プロローグ

漆黒《しっこく》の闇の中、地響きが轟《とどろ》く。

暗い広場を、波のように流線形を描きながら、いくつもの影が前へ前へと疾駆する。

長いたてがみをなびかせ、蒸気機関車の如《ごと》く真っ白な息を吐き出しているのは、馬だ。

何頭ものサラブレッドたちが、向かい風にジャンパーを膨らませた騎手を背に、見事な筋肉を弾ませ、次々と砂の上を飛んでいく。

まるで、荒波の中を突き進む、巨大なシャチの群れだ。

やがて山の端《は》が白く染まり、砂の広場に夜明けの気配がうっすらと漂い始めた。

痺《しび》れるような寒気の中、馬体からもうもうと白い湯気が立ち昇る。疾走する馬の放つ強烈なエネルギーが、夜明け前の早春の空気へ溶けていく。

まだほとんどの人々が眠りについている未明に繰り広げられる、関係者以外、決して見ることのない勇壮なメリーゴーラウンド。

馬場《ばば》を旋回する馬の群れの先頭に、ひと際目立つ馬がいる。

黒曜石《こくようせき》のように輝く漆黒の馬体に、仮面をかぶったような白い顔。

爛々《らんらん》と光る両の眼《め》は蒼《あお》い。

その蒼白い大きな眼球に、小さな黒目が浮かんでいる。

魚目《さめ》の馬だ。

通常馬は、人間でいえば白目に当たる強膜《きょうまく》の部分にも色素がある。それ故に、誰からも愛される大きな黒い瞳が形成される。

しかし、ごく稀《まれ》に、この強膜や虹彩《こうさい》の色素が欠落して生まれてくる馬がいる。

中でも、虹彩の蒼白い馬を魚目と呼ぶ。

視力や能力に関係はないが、一種の形態異常だ。

大きな蒼い眼をカッと見開いた魚目の馬は、周囲を睥睨《へいげい》し、他の馬が先へいくことを許さない。

鬼神を思わせる魚目と息を合わせ、巧みに手綱《たづな》をしごくのは、赤いヘルメット。

桜色の唇を真一文字に結び、ヘルメットからこぼれ落ちる黒髪が肩を打つ。

芦原瑞穂《あしはらみずほ》。十九歳。

山に囲まれた、ここ鈴田《すずた》競馬場唯一の、若き女性ジョッキーだ。

1

厩舎

暗いうちから始まった駈歩《かけあし》調教の後、後出しの馬たちの調教をすべて終えて厩舎《きゅうしゃ》に戻ってくると、既に日は高く昇っていた。

ペットボトルの水を飲み干し、瑞穂は額の汗をぬぐう。裏山の竹藪《たけやぶ》に新緑が萌《も》え出し、どこかから雲雀《ひばり》のさえずる声が聞こえた。

鈴田は瀬戸内海に面した町だが、この山並に遮られ、ここから海は見えない。馬道《ばどう》が整備された裏山を登っていくと、中腹のあたりから、緑の小島が浮かぶ穏やかな海が初めて顔を覗《のぞ》かせる。

栃木県那須《なす》の地方競馬教養センターを卒業し、瑞穂が広島の鈴田競馬場にやってきてから、三度目の春がやってこようとしていた。

空のペットボトルをダストボックスに投げ入れ、瑞穂は大きく伸びをする。今は人も馬もいない、砂地の馬場《ばば》が眼《め》に入った。

一周千メートルの小さな馬場は、〝お弁当箱〟と揶揄《やゆ》されることもある。中央競馬が開催している競馬場に比べれば、約半分の大きさだ。

現在日本には、二つの体系の競馬が存在する。

ひとつは国営競馬の流れをくむ、日本中央競馬会《JRA》が主催する中央競馬。そしてもうひとつは、祭典競馬の流れをくむ、地方自治体が主催する地方競馬だ。この二つは、運営組織も違えば、制度も免許も資格も違う。

なにより、規模と、経営状況がまったく違う。

競馬といえば誰もが思い描く、広大で美しい緑の芝《ターフ》や、日本ダービーや有馬記念《グランプリ》などの華やかなＧⅠ《グレード・ワン》競走は、そのほとんどが中央競馬のものだ。対して地域密着型の地方競馬は、砂埃《すなぼこり》を上げて馬を叩《たた》き合う砂地《ダート》競走が中心で、こちらのレースがメディアで放送されることは滅多にない。

戦後の隆盛期には全国に六十以上あった地方競馬場だが、現在は四分の一近くにまで激減している。娯楽の多様化による、若年層の競馬離れが原因だ。

今では、一般的に〝競馬〟といえば、それは大抵、中央競馬を意味するまでになってしまった。

経営が疲弊する地方競馬の中でも、特に小さな市町村が主催する競馬場はほとんど瀕死《ひんし》の状態にある。瑞穂が配属された鈴田競馬場もまた、毎年廃止問題が取《と》り沙汰《ざた》されている、経営悪化の一途を辿《たど》る、弱小競馬場だった。

初めてきたときは、その設備の古さや、斜陽業界独特の閉鎖的な人間関係に、瑞穂自身おおいに戸惑った。

しかし、慣れとは怖いものだ。

品行方正とは言い難い男だらけの緑川《みどりかわ》厩舎での生活も、いつしか、当たり前の日常に変わっていった。

それに、行き詰まりのように見えた厩舎の中にも、いくつもの可能性が埋まっていることに、瑞穂はだんだん気づけるようになっていた。

食糧庫を挟み、左右に長く延びる馬房《ばぼう》を眺め、瑞穂は胸を開く。むずがゆい早春の空気に、嗅《か》ぎ慣れた馬の匂いが混じっていた。

馬房では、調教の汗や汚れを綺麗《きれい》に洗い落としてもらった馬たちが、思い思いにくつろいでいる。水や飼葉《かいば》は足りているらしく、瑞穂の姿を見ても前掻《まえが》きを始めたりする馬はいなかった。

人の声や気配に慣れさせるため、厩舎によっては馬房でラジオを流すところも多い。

中央競馬の厩舎には、クラシックやオペラを流す高尚なところまであるそうだ。

だが、瑞穂が所属する緑川厩舎には、そうした必要はなさそうだった。

なぜなら——。

「せやでぇ、ポポロン。昨日俺な……」

ブラッシングをしてやりながら、いがぐり頭の男が、盛んに栗毛《くりげ》馬に声をかけている。小柄な栗毛は両耳をピンと立て、本当に男の話に聞き入っているようだった。

向こうの馬房でも、赤ら顔の五十がらみの男が芦毛《あしげ》馬相手になにやら話し込んでいる。

厩舎には、調教師の下、馬の世話をする〝世話役〟の厩務員《きゅうむいん》と、馬の調教を行う〝乗り役〟の騎手がいる。瑞穂のように、厩舎に住み込み、馬の世話をしながら調教を行う騎手のことを、〝持ち乗り〟ともいう。

こうした競馬場独特の通称を、瑞穂は先輩である世話役たちに怒鳴られながら覚えていった。

最初こそ、女だというだけで散々自分を除《の》け者《もの》にした彼らに辟易《へきえき》した瑞穂だが、深く知り合っていくうちに、これほど密接に馬と関わろうとする世話役は、他にいないのではないかと思うようにもなっていた。

「ちゃうちゃう、そうやないねんて。分かっとらんなぁ、ポポロン。俺はそこまでフィリピンパブにいれ込んどるわけやないねん」

よくよく聞いていけば、相当くだらないことを話しているだけでもあるのだが。

「あ、嬢ちゃん、お疲れちゃーん」

瑞穂の気配に気づき、いがぐり頭が振り返った。女性ジョッキーに対する偏見丸出しだった世話役たちの中で、この男のみ、最初から変わらずにいつも愛想だけはいい。

自称、この厩舎で唯一のまともな厩務員、トクちゃんだ。

「嬢ちゃん、ええとこきたやんけ。さ、さ、そこんとこの棚、ちょいと片しといてぇな」

通常厩舎では、担当馬の馬房の前は、厩務員のプライベート空間になる。当然、棚の整理も掃除も、担当厩務員が責任を持つ。

ところがトクちゃんは、なにかというと調子よく、瑞穂に自分の棚の整理を押しつけた。

「ちょっと、トクちゃん、ここ、ぐちゃぐちゃじゃない」

「せやろ? だから嬢ちゃんのヘルプが必要なんや」

憤慨する瑞穂に、トクちゃんは悪びれた様子もなくかっかと笑う。

人によっては、聖域とばかりに自分の馬房の前の棚を誰にも触れさせないのに、トクちゃんにそうしたこだわりは皆無のようだった。

いつ使ったのか分からない馬服《ばふく》や、覆面《メンコ》が、古雑巾と一緒くたに丸められていることに、瑞穂は溜《た》め息《いき》をつく。この厩舎で唯《ただ》ひとりの乗り役である瑞穂は、夜明け前からたて続けに、何頭もの馬を走らせてきたばかりだというのに。

「魚目《さめ》はんの攻め馬はどうやったん?」

攻め馬とは、本番レースを踏まえたうえで行う、少し強めの調教のことだ。追い切り調教ともいう。

終えたばかりの調教の様子を思い描き、瑞穂の鼓動は高まった。

「絶好調！」

フィッシュアイズという、見た目のまんまの名前を持つ魚目の馬の上《あ》がり時計《どけい》——ゴール前三ハロン（六百メートル）のタイム——は、ほとんど馬に任せた〝馬なり〟の状態で三十七秒台だった。これは、能力のない馬が出せる数字ではない。

フィッシュアイズは現在四歳。競走馬としても、脂が乗り始めている。

「ほな、今度の銀河特別《ぎんがとくべつ》も楽勝っちゅうところやな」

思わずトクちゃんとハイタッチを交わすと、背後で大きな咳払《せきばら》いが響いた。

「なにが、楽勝だ。どんな競馬でも、楽に勝てるレースがあってたまるか」

向こうの馬房にいた中年男が、腕を組んで仁王立ちしている。

大きな前垂れをつけ、魚市場の仲買人のようないでたちをした赤ら顔は、ベテラン厩務員のゲンさんだ。

「うっせえ、クソオヤジ」

トクちゃんの呟《つぶや》きを耳ざとく拾い、ゲンさんは益々《ますます》顔を赤くした。

「冗談ごとじゃねえぞ。てめえがほったらかしにした桶《おけ》に蹴躓《けつまず》いて、魚目が歩様《ほよう》をおかしくすることだってあんだ。それが分かったら、厩舎前の清掃くらいしっかりしとけや！」

次にゲンさんはじろりと瑞穂を睨《にら》みつけた。

「こら、娘っ子、お前も一緒になって浮かれてるんじゃねえ。これだから、女の乗り役は、甘っちょろいんだ」

濁声《だみごえ》で叱《しか》りつけられ、瑞穂は肩を竦《すく》める。未《いま》だに「女、女」と決めつけられるのは心外だが、ゲンさんの言い分がもっともなだけに、反論することができなかった。

そのとき。手前の馬房から、芦毛馬がひょいと顔を出した。

「おお、オトメ」

途端にゲンさんの口調がコロッと変わる。

「すまん、すまん。ちょっと大声を出しすぎたな。おどかして、すまんかった。どうにも、バカタレが多くてなぁ」

さっきまで剥《む》いていた眼を糸のように細め、ゲンさんはでれでれと芦毛の鼻面を撫《な》でた。

ゲンさんが担当する芦毛馬、ツバキオトメは瑞穂と同じくもうすぐ二十歳。人間でいうと、七十歳を軽く超える、鈴田競馬場現役最高齢の牝馬《ひんば》だ。

「そうか、そうか。わしの気持ちを分かってくれるのはお前だけだ。お前は本当に賢くて優しくて、世界一の馬だなぁ」

「けっ、ババア馬とイチャイチャして、気色わりい」

「なんだと！」

ゲンさんがキッとして振り返る。

「オトメをババアぬかすな、クソボウズ！」

「ほなこと言うたかて、ほんまにババア馬やん。どこがオトメやねん。大体、誘導馬より年上の現役馬って、どういうこっちゃ」

「そんなことは、てめえのその万年未勝利の駄目馬を一勝でもさせてから言いやがれ」

「俺のポポロンを、駄目馬言うなぁっ！」

トクちゃんの大声に、栗毛馬がビクンと身体《からだ》を竦ませた。

二人は顔を見合わせると馬房を離れ、表に出るなり、取っ組み合いを始めた。

「ヤロー」「テメー」とつかみ合っている二人をよそに、瑞穂はてきぱき棚の整理を始める。こんなことにいちいち臆していては、この厩舎の乗り役は務まらない。

トクちゃんの担当馬、スーパーポポロンが甘えて鼻面を寄せてきた。撫でてやると鼻を鳴らす。ついでにニンジンが欲しいらしい。スーパーポポロンは八歳の牝馬だ。

八歳といえば、競走馬としては大ベテランだが、この馬は未だにレースを怖がる。隣の馬のダッシュに驚き、ゲート内で腰を抜かしてしまったこともある程だ。

ツバキオトメも、スーパーポポロンも、勝利を目指すのは難しい。本来勝てなくなった馬は、引退して誘導馬になったり、乗馬になったりするのだが、鈴田のように賞金の安い小さな競馬場では、こうした馬たちがいないと、レースの頭数をそろえることができない。

綺羅星《きらぼし》の如《ごと》くスター馬が集う華やかな中央競馬とはかけ離れた、これもまた、弱小地方競馬の厳しい現実だった。

「お、魚目はん、お帰りでっか！」

トクちゃんの声に、瑞穂は手をとめて顔を上げた。

追い切り調教の後の曳《ひ》き運動と冷却療法《アイッシング》を終えたフィッシュアイズが、機嫌のよさそうな足取りで、堂々とした体躯《たいく》を押し進めてくる。自分の馬房の前でつかみ合っているゲンさんとトクちゃんを見るなり、フィッシュアイズはブフーッと鼻から息を吐いた。

明らかに、「どけや」という態度だった。

「ひえー、これが女馬《おんなうま》だってんだから、恐れ入るわ」

蒼白《あおじろ》い眼球に浮かんだ小さな黒目でしたたかに睨みつけられ、トクちゃんとゲンさんはつかみ合っていた互いの襟首を放した。

フィッシュアイズを曳いてきた青年が、無言で馬具を外し始める。青年に誘導され馬房に入ると、フィッシュアイズは真新しい寝藁《ねわら》の上にどたりと横になった。心底リラックスしている馬の様子に、青年の頬《ほお》に微《かす》かな笑みが浮かぶ。

切れ長の目蓋《まぶた》の下の涼やかな眼差《まなざ》し。綺麗に通った鼻梁《びりょう》の脇に、長い睫毛《まつげ》が影を落とす。

思わず見惚《みと》れる美貌《びぼう》だが、彼の笑みは、馬にしか向けられない。

木崎誠《きざきまこと》。

どうしようもない暴れ馬だったフィッシュアイズを手懐《てなず》けた、凄腕《すごうで》の厩務員だ。

「どうだ、アンちゃん。魚目はいけそうか」

ゲンさんの呼びかけに頷《うなず》き、誠はすぐにフィッシュアイズの蹄《ひづめ》のチェックを始めた。

問題がないと見て取ると、端の馬房から、一頭一頭の蹄をチェックして回る。

自分の担当馬か否かにかかわらず、すべての馬の脚をチェックするのは、誠の日課のようなものだった。ゲンさんもトクちゃんも、それをとめない。誰もが、誠の馬に対するずば抜けた能力に一目置いているからだ。

但し、木崎誠はそれを皆と共有する〝言葉〟を持たない。

心因性失声症《しっせいしょう》というらしい。子供時代の心理的ストレスが原因で、誠は今も言葉を発することができない。セラピー牧場出身の誠は、瑞穂が厩舎にきたばかりの頃、誰かの声がけに反応することすら稀《まれ》だった。

ぶわーっくしょい……!

どこかで、くしゃみの音が響く。

ぶ、ぶ、ぶわーっくしょい、チキショー！

だんだんに近づいてくる方向へ視線をやると、左脚を引きずりながら歩いてくる長髪の男と、その後ろで盛んにくしゃみをしている白髪の老人の姿が眼に入った。

「先生！」

「テキ！」

瑞穂とトクちゃんの声が重なる。

「木崎、馬たちの調子はどうだ」

ファイルを手にした長髪の男が、低い声を響かせた。

三十代半ばの野性的な面持ちの男は、この厩舎の調教師、緑川光司《こうじ》だ。騎手《キテ》を引っくり返した、〝テキ〟と通称される調教師は、厩舎を会社にたとえるなら、社長に当たる。所属騎手の瑞穂にとっては、騎乗指導を受けることもある、いわば師匠のような存在だ。

誠が深く頷き返すと、光司は静かな笑みを浮かべた。

「そうか。問題はなさそうだな」

光司がファイルを抱え直した途端、背後の老人が「ぱーっくしょーい」と、唾《つば》を撒《ま》き散らした。

「げげ！　ジジイ、齢《よわい》八十五にして、花粉症デビューかよ、汚ねえなぁっ」

関西弁を放棄したトクちゃんが飛び退《しさ》る。

「やっかましい、誰がジジイじゃあ！」

唾と鼻水を振り飛ばしながら応戦するのは、カニ爺《じい》こと蟹江《かにえ》老人。鈴田競馬場が軍用保護馬の養成地域だったときから馬の世話をしている、鈴田最高齢の現役厩務員だ。

「全員、そろってるな」

トクちゃんとカニ爺のやり合いにはまったく構わず、光司がファイルを叩く。

瑞穂は棚の整理をやめて外に出ると、カニ爺にティッシュを手渡した。

藻屑《もくず》の漂流先――。どこの競馬場でも、使いものにならなかった人や馬が流れ着く。それが、閉鎖寸前の鈴田競馬場の中でも最も小さい、緑川厩舎の通称だった。

〝じゃがな、嬢ちゃん。藻屑の中にも磨けば光る宝があるけえのう〟

かつて、自分とフィッシュアイズにそう言ってくれたのは、ティッシュで鼻水をびしびしとかんでいるカニ爺だ。

競馬教養センター卒業後、鈴田市競馬事業局のたっての希望で、瑞穂はこの競馬場に招聘《しょうへい》された。当時瑞穂は、それを自分のセンターでの成績が見込まれたものだと思い込んでいたが、それは違った。競馬事業局が求めていたのは、優秀なジョッキーではなく、潰《つぶ》れかけた競馬場の広告塔を担わせるアイドルとしての少女ジョッキーだった。

その瑞穂が、どうにもならない連敗中に出会ったのが、魚目の馬、フィッシュアイズだ。

白面《はくめん》の魚目という奇怪な容貌に生まれたため、口約束のできていた馬主《うまぬし》から見捨てられ、格安で売り払われた末、中央での登録を抹消された痩せ細った暴れ馬。

北関東の牧場で瑞穂たちが初めて出会ったフィッシュアイズは、見るものすべてに歯を剥《む》くような馬だった。

フィッシュアイズとコンビを組むことになった瑞穂を最終的に本当に認め、惜しみない指導と協力を申し出てくれたのは、ここにいる〝藻屑〟と腐されていた緑川厩舎の人たちだ。

昨年、瑞穂はフィッシュアイズと共に、中央競馬のGI競走、伝統のクラシック戦桜花賞《おうかしょう》に挑戦した。光司をはじめとする全員が、無謀ともいえる挑戦を最後まで全力で支えてくれた。

結果は、残念ながら惨敗に終わった。

それでも、一流の騎手や馬たちと同じ舞台に立った経験は、瑞穂にとって大きな宝になった。

瑞穂は今でも、胸の中でこの宝を大切に温め続けている。

「みんな、いいか。よく聞け」

光司が一歩前に出て、改まった声を出した。瑞穂も我に返り、姿勢を正す。

「今週、新しい馬がくる」

その言葉に、全員から歓声があがった。

瑞穂はトクちゃんと一緒に、光司の開いたファイルを覗き込む。

「なになに、ティエレン？　かっこええ名前やね。元は中央の馬やねんてぇ。へー、三歳の牡馬《ぼば》か。まだ若いやん。デビュー戦勝った後、全然勝てないねんな。早熟な馬やったんかもしれんねぇ……って、はぁあああ⁉」

資料を読んでいたトクちゃんが、いきなり大声をあげた。

「テキ！　なんやねん、この血統！」

トクちゃんが指差した箇所に眼をやり、瑞穂も驚く。

ここ数年のGⅠを総なめにしている種牡馬《しゅぼば》の産駒《さんく》。鈴田競馬場では絶対にお目にかかれない、超良血馬だった。

「しかもこの馬、栗東《りっとう》やなくて美浦《みほ》の馬やん。なんでこんな良血の関東馬が、わざわざ鈴田の、しかもいっちゃんぼろっちい、うちの厩舎なんかにくんねん」

厩舎の代表である光司の前にもはばからず、トクちゃんは口角から泡を飛ばす。栗東は滋賀県、美浦は茨城県にある、中央競馬のトレーニング・センターのことだ。

「……風水じゃ」

沈黙している光司に代わり、厳かに口を開いたのはカニ爺だった。

「なぁにぃいいっ」

トクちゃんとゲンさんが同時に眼を丸くした。

「どういうことだ、じいさん」

「どうもこうもない。馬主が風水師なんじゃ。風水で、この厩舎に白羽の矢が立ったんじゃ」

「テキ、まじでぇ?」

仰天しまくるトクちゃんとゲンさんに、光司は無言で頷いた。

「どれどれ……。あっ、ほんまや! 馬主、ワン・ユーティンやって。嬢ちゃん、これあれやろ。ミスター・ワンやろ。イケメン風水師の」

興奮したトクちゃんに迫ってこられたが、瑞穂は言葉に詰まる。正直、聞き覚えのない名前だった。

「か〜っ、まじかい、嬢ちゃん知らんのかい。ほんま、嬢ちゃんの女子力の低さにはがっかりやわ。このお人、しょっちゅう女性誌に出とるで」

おおげさに嘆かれ、瑞穂は肩を竦める。実際、瑞穂は女性誌などほとんど読んだことがなかった。

「なんでお前が女性誌なんか読んでんだ」

ゲンさんの突っ込みに、トクちゃんは「フン」と胸をそらす。

「読まなくたって知ってるわ。ミスター・ワン、テレビにもよう出とるやん。へえー、あの人、馬主やったんか。知らんかったわー。いや、ほんま、びっくりしたわー」

トクちゃんの大騒ぎをひと通りやり過ごしてから、光司が手を叩いた。

「馬がくるのは、明日の午後の予定だ。それまでに、空《あ》いている馬房を整備しておけ」

光司の号令に、いち早く誠が動いた。瑞穂も勇んで後に続く。

ミスター・ワンのことはよく分からないが、GIを総なめにした種牡馬の産駒にはおおいに興味がある。

「あれ？　嬢ちゃん、俺の棚は？」

「自分で整理してください」

きっぱりと告げ、瑞穂は誠と共に、使っていない馬房の清掃を始めた。

馬房が埋まるのは、厩舎としてもよいことだし、所属騎手である瑞穂にとっても新しい可能性につながる。

しかも今回やってくるのは、今まで縁のなかった超良血馬だ。

瑞穂の胸は躍った。

今年の春は、なんだかいいことが起きそうだ。

2

予言

灰色の空から、綿毛のような雪が絶え間なく降ってくる。

このところ春めいた陽気が続いていたのに、昨夜から気温が一気に下がり、早朝の調教時には鈴田では珍しく雪となった。

管理棟の応接室の窓から、緑川光司は雪に覆われていく馬場《ばば》の様子を眺めていた。

「すみません、緑川先生、お待たせして」

額の汗をふきながら、眼鏡をかけた痩せぎすの男があたふたと部屋に駆け込んでくる。

「この雪で新幹線が遅れてるみたいで、先程、広島に到着したばかりだという連絡が入りまして……」

「構いませんよ」

光司は答えてソファにもたれた。馬に飼葉《かいば》を与える飼いつけまでにはまだ時間があった。

「いやあ、なんだか有名人と会うのは緊張しますねぇ」

太いネクタイを首までしっかりと締めた眼鏡の男は、高揚した面持ちで、光司の向かいのソファに腰を下ろした。鈴田競馬場の主催者である鈴田市競馬事業局の職員、広報課の大泉《おおいずみ》だ。

この日、光司は大泉と共に、馬主のワンと顔合わせをすることになっていた。

「ミスター・ワンの馬を鈴田で預かる日がくるとは、思ってもみませんでしたよ」

大泉はすぐにまた立ち上がり、落ち着かない様子でうろうろと応接室の中を歩き回り始める。

「でも、でも、厩舎《きゅうしゃ》を見た途端、やっぱりやめるとか言いませんよねぇ！」

眼鏡の奥のぎょろ眼《め》を剝《む》いて迫られ、光司は内心溜《た》め息《いき》をついた。

知るか——。

競馬場では、今でもジンクスが生きている。四本脚のうち、三本に白斑《はくはん》が入った、所謂《いわゆる》「三白《さんぱく》」は走らない。白面《はくめん》、輪眼《りんがん》、魚目《さめ》といった、人相の悪い馬も嫌われる。代わって額に星や流星が入った、美しい馬が好まれる。

厩舎街で育った光司は、子供の頃からこうしたジンクスを聞いてきた。

だが、光司自身はこうしたことはたいして気にならない。事実、白面で魚目という凶相のフィッシュアイズは、厩舎の救い主になってくれた。占いを信じたことも、一度もない。

その自分が、「風水で厩舎を決めました」と言われたところで、なにをどう返せばいいのか分からない。

もっとも厩舎に馬主を選ぶ権利はないし、ただでさえ空《あ》いている馬房《ばぼう》に馬が入ってくれるのは、ありがたい。光司にとっては、ただそれだけのことだった。

「でも、ミスター・ワンの馬が鈴田にくれば、少しは盛り上がりますよねぇ。プレス席、また、増やしといたほうがいいかなぁ」

さっきまで不安げにうろうろしていた大泉が、今度は途端に「広報」の顔になった。

〝廃《すた》れは萌《も》えで救え〟という、光司には意味不明のスローガンを掲げ、十七歳だった少女ジョッキー芦原瑞穂を、研修先の厩舎からわざわざ移籍までさせて鈴田競馬場に招聘《しょうへい》したのは、他でもないこの大泉だ。そして、引き取り手のなかった〝女〟ジョッキーを押しつけられたのが、当時まったくやる気がなく、所属騎手を置いていなかった自分の厩舎だった。

春先になると妙なものが飛び込んでくるのは、それこそ〝宿命〟なのではないかと、光司は苦笑したくなる。

しかし、大泉も懲りない男だ。昨年の桜花賞《おうかしょう》挑戦の際に、散々振り回されたマスコミと、またしても果敢に関わろうとしている。よくも悪くもマスコミは移り気で、当時はあれだけ瑞穂とフィッシュアイズを追い回していながら、今では、鈴田のことなど完全に忘れ去ってしまっている。一時期、カメラが鈴なりに並んでいたプレス席も、今では地元の競馬新聞の馴染《なじ》みの記者《トラックマン》がぶらぶらしているだけになっていた。

「薔薇《ばら》の騎士ミズホちゃんとティエレンのブロマイドを作って、売れ残ってるフィッシュアイズのと抱き合わせにするのも手ですよね」

早くも捕らぬ狸《たぬき》の皮算用をして、大泉はひっひとほくそ笑んでいる。気弱そうに見えて、その商魂は実にたくましい。

毎年、閉鎖が取り沙汰《とざた》される斜陽の競馬場をなんとかしろと、市長からせっつかれている彼らも大変なのだろうと、光司は呆《あき》れついでに感心した。

そのとき、大泉の背広ポケットの携帯が振動した。

「えぇっ！　やぁっ！　はっ、はぁっ！」

ほとんど感嘆詞だけで応答すると、大泉は大慌てで応接室を飛び出していった。

どうやらミスター・ワンが到着したらしい。

光司はソファにかけたまま、降り続ける雪を眺めた。瀬戸内気候の鈴田にこれだけまとまった雪が降るのは本当に珍しい。

この調子では、今日中に入厩《にゅうきゅう》する予定のティエレンの到着も、遅れるのではないかと思われた。

超良血馬とはいえ、ティエレンはデビュー戦以来勝てていない。データによれば、デビュー戦は二着以下に大差をつけた圧勝だった。そんな強い勝ち方をした馬が、なぜそれ以降入着《にゅうちゃく》すらできないのか、見極めなければならない。

風水なんかで、馬が強くなるとは思えない。結果を出すには、慎重な調教が必要だ。まずは、長距離移動で緊張している若い馬を、安心できるように迎え入れてやることが大切だ。最近、中央の厩舎は、寝藁《ねわら》ではなく、チップやオガコを馬房に敷くと聞くが、ティエレンはどうなのだろう。

そんなことをつらつら考えていると、扉の向こうがにわかに騒がしくなった。

応接室の扉をあけたのは、こういうときにしか競馬場に顔を出さない、鈴田市競馬事業局の局長だった。

「さ、さ。どうぞ、あちらへ」

愛想笑いを浮かべた局長に促され、奥から白いコートを纏《まと》った長身の男がゆらりと現れる。

安っぽい赤いソファを並べた応接室に、白檀《びゃくだん》の香気が漂った。

コートをするりと脱ぎ、男がソファの前に立つ。

気づいたときには、正面に細面の白い顔があった。

その身のこなしのあまりの優雅さに、光司は一瞬、茫然《ぼうぜん》としてしまう。

ワン・ユーティンが部屋に入り、コートを脱ぎ、テーブルの向こうに立つまで、物音ひとつしなかった。

「ワンさん、こちらが、緑川厩舎の緑川調教師です」

局長の紹介に、光司はようやく腰を浮かす。

「王雨亭《ワンユーティン》です。このたびは、お世話になります」

流暢《りゅうちょう》な日本語だったが、母音のどこかに外国人特有の響きがあった。

和紙の名刺を差し出され、初めて、ブルゾン姿はまずかったかなという思いが頭をかすめる。

「さ、どうぞ、どうぞ。おかけになってください」

満面の愛想笑いを浮かべている局長の後ろから、コーヒーを載せた盆を持った大泉が部屋に入ってきた。

ソファにかけ直しながら、光司は眼の前の男を改めて見つめる。

確か――。資料によれば、還暦に近いはずではなかったか。

あまりの肌の若々しさに、眼を疑う。

だが笑みを浮かべている眼差《まなざ》しには、若年のものには到底醸し出せない凄《すご》みのようなものが滲《にじ》んでいた。

上海《シャンハイ》と日本を行き来する実業家であり、人気風水師でもあるワン・ユーティンは、年齢どころか性別さえも超越したような、白狐《びゃっこ》の化身を思わせる中性的な男だった。

「えー、このたびは、雪の中をご足労いただきまして……」

競馬事業局局長による社交辞令がたっぷり入った挨拶《あいさつ》が一段落したところで、光司はおもむろに厩務員《きゅうむいん》ファイルを差し出した。

「今回、ティエレンには、木崎厩務員を担当につけようと思っています」

事務的なやり取りをさっさと終わらせて、早めに厩舎に戻るつもりだった。

「いえ」

ところが、それまで眼を細めて話を聞くばかりだったワンが、澄んだ声をあげる。

「その方以外でお願いします」

資料を見ることもなく、しかし、はっきりとそう告げた。

根拠が分からず、光司は言葉を呑《の》み込む。局長と大泉も、意外そうに顔を見合わせた。

「木崎は優秀ですが」

「もちろん、そうでしょう。フィッシュアイズの担当も、木崎厩務員ですね。でも、私は、他の方の担当を希望します」

一瞬光司は、ワンがなにかの手を使い、誠が失声症《しっせいしょう》であることをつきとめたのではないかと勘繰《かんぐ》った。

「深い理由はありません。ただ、風水師の勘だと思っていただければ」

光司の疑念を読んだように、ワンがゆったりとつけ足す。穏やかな口調だったが、有無を言わさぬ響きがあった。

光司は無言でファイルを閉じる。

そのとき、窓の外から歓声が聞こえた。聞き慣れた厩務員たちの声を認め、光司は窓の外に眼をやった。馬運車《ばうんしゃ》が到着し、馬場に一頭の馬が降ろされている。

ティエレンが到着したのだ。

光司は思わず席を立ち、その様子を見にいった。遠目にも堂々たる体躯《たいく》の芦毛《あしげ》馬だ。馬の周囲を取り囲み、トクちゃんやゲンさんが大声でなにかを言い合っている。瑞穂や誠の姿も見えた。

長距離移動を終えた後にもかかわらず、馬は落ち着いている。新しい競馬場に連れてこられると、大抵の馬は不安がり、大きな声で嘶《いなな》いたり暴れたりするが、そうした様子も見られなかった。

これだけ肝の据わった馬体のいい馬が、デビュー戦以来、五着以内にすら入れないとは一体どうしたことか——。

光司が考え込んでいると、ふいに声が響いた。

「私は、ティエレンの調教を、芦原瑞穂さんにお願いしたいと思っています」

いつの間にか、傍らにワンが立っていた。

「うちの所属騎手は芦原だけですから、当然、そうなります」

「ええ」

光司の言葉に、ワンは頷《うなず》く。

「ティエレンの騎乗を芦原さんにお願いしたうえで、フィッシュアイズとぶつけていただきたい」

「……調教で、ということですか」

「いいえ、レースでです」

さすがに光司は苦笑した。

「うちの厩舎が、二頭出しできるようなレースはありませんよ」

この馬主は、地方競馬の現状をたいして知らないのではないかと思った。

第一、緑川厩舎の主戦騎手は瑞穂しかいないし、他の厩舎に騎乗依頼をするにしても、過去にトラウマを持つフィッシュアイズは男の騎手を受けつけない。

しかし、ワンは静かに首を横に振る。

「いいえ、必ずあります。しかも、そう遠くないうちに」

ワンの白狐を思わせる細面の顔に、三日月のような笑みが張りついていた。

光司は黙って窓の外を見つめた。いつの間にか、雪がやんでいる。

囁《ささや》くように密《ひそ》やかに、ワンが告げた。

「私はそのために、ティエレンをここに連れてきたのです」

3

新馬

春霞《はるがすみ》のかかった晴天の下、十頭の馬が円形のパドックを周回している。

第一レース、モーニング特戦《とくせん》。

平日の午前中にもかかわらず、パドック周辺の人だかりはいつもより多い。プレス席にも数台のカメラが並んでいる。

この日、中央から転厩《てんきゅう》してきたティエレンが、初めて鈴田のレースに出走することになった。人気風水師ミスター・ワンの馬に、多くの人たちが注目している。取材にきているプレスの中には、普段、競馬とは無関係の媒体もあるようだ。

黒いヘルメットをかぶった瑞穂は、騎手控室からトクちゃんに曳《ひ》かれて周回しているティエレンの姿を眺めていた。

五百キロを超える、堂々とした体躯《たいく》。若い芦毛《あしげ》馬に特有の美しい銀色の毛並みが、隆々たる筋肉をぴったり包み込んでいる。落ち着いた足取りでパドックの外目《そとめ》を歩く様子は三歳馬とは思えないほどに頼もしい。

ティエレンが到着した雪の日、緑川厩舎《きゅうしゃ》はちょっとしたお祭り騒ぎになった。

良質な筋肉に恵まれた美しい馬体と、若い馬とは思えない落ち着いた態度に、皆の期待は最高潮に達した。到着翌日から大暴れしたかつてのフィッシュアイズと違い、ティエレンは到着日からまったくうるさいところを見せなかった。

見慣れぬ厩舎に入厩《にゅうきゅう》させられると、神経質な馬は食が細くなったり、睡眠不足になったりするのに、ティエレンは初日から旺盛な食欲を示し、誠がふかふかに整えた寝藁《ねわら》でぐっすりと眠り、翌朝の調教も難なくこなした。

これが、生まれながらにして王者の道を歩くことを運命づけられた超良血馬というものなのかと、瑞穂も緑川厩舎の面々も感嘆した。

特に、担当厩務員《きゅうむいん》に任命されたトクちゃんの喜びは一入《ひとしお》だった。

「なんでもなぁ、ミスター・ワンからのご指名やったんやってぇ。やっぱ、分かる人には分かるんやなぁ。なんたってこの俺は、この厩舎で唯一のまともな厩務員やさかいなぁ」

胡散臭《うさんくさ》い関西弁でさんざん浮かれ、ゲンさんとカニ爺《じい》から顰蹙《ひんしゅく》を買いまくった。

「テキ、こんな立派な馬、クソボウズなんかの担当で本当にいいのかよ」

ゲンさんは憤慨していたが、そうした古株厩務員たちの不満を、調教師の光司はくわえ煙草《たばこ》で聞き流していた。

実のところ、この人選には、瑞穂も多少の疑問を感じずにはいられなかった。

今後主戦力になるであろう大事な馬に、なぜ一番優秀な誠をつけようとしないのだろう。もっとも誠は、自分の担当馬であるか如何《いかん》にかかわらず、すべての馬に全精力を傾けているが。

それでも、転厩先にわざわざ緑川厩舎を指名してきたという馬主のミスター・ワンが、看板馬のフィッシュアイズの担当厩務員である誠を指名しなかったというのは、いささか不思議だった。

「おい」

ふいに肩を小突かれ、瑞穂はハッと顔を上げる。

「すげえ馬じゃねえかよ」

前のベンチの池田《いけだ》が振り返り、面白くなさそうに顎《あご》をしゃくっていた。

鈴田のリーディングジョッキーである池田は、フィッシュアイズに次ぎ、話題の馬に瑞穂が騎乗することに、心中納得していない様子だった。

「……はい」

確かに、ティエレンは血統に恥じない素晴らしい馬だ。

先日行われた転厩の際の能力試験を、ティエレンはたいして汗もかかずに余裕でクリアした。調教でも乗りやすく、飼葉《かいば》もよく食べ、力もある。

だが――。瑞穂の胸の中には、ぬぐい切れない小さな不安が影を落としていた。

そのとき、馬場《ばば》取締委員の号令がかかり、馬の周回がとまった。

「とまぁーれー」

「よし、いくぞ」

池田の号令で、ベンチに座っていたジョッキーたちが次々に立ち上がる。瑞穂も先輩ジョッキーに続き、パドックへ駆け出した。

いつもより少し多めの観客たちに一礼し、瑞穂はトクちゃんの組手を踏んで馬に跨《また》がった。

瞬間、ふわっとした感触が返ってくる。

強靭《きょうじん》でいて柔らかな筋肉のクッションに、瑞穂は陶然となった。

こんな乗り心地は、鈴田ではなかなかお目にかかれない。選ばれし馬だけが持っている、独特の感触だ。

ティエレンの背に揺られる瑞穂を、競馬新聞と赤ペンを握りしめたオヤジたちが、血走った眼《め》つきで睨《にら》みつけてくる。

デビュー当初、瑞穂が有力馬に乗るたび、鈴田競馬場古参のオヤジたちは「やい、女、下りろ!」と額に青筋を立てて怒鳴りつけてきた。今でもその状況はたいして変わっていないが、三度目の春を迎え、瑞穂自身がそうした野次や恫喝《どうかつ》の視線に動じなくなっていた。

最初は嫌でたまらなかった、広報課の大泉プロデュースによる赤い薔薇《ばら》模様の安っぽい勝負服も、年季が入って、それなりに馴染《なじ》んできている。

瑞穂はいつしか、鈴田競馬場の主戦騎手としての度胸と貫禄《かんろく》を身につけ始めていた。

「嬢ちゃん、今日の相手は牡馬《ぼば》だけやで」

引き綱を持ったトクちゃんが、周囲を見回しながら囁《ささや》いてくる。

中央で新馬戦を勝っているティエレンは、ここ鈴田ではB3ランクに格づけされる。

今日の対戦相手は、ある程度の勝ち星を挙げた、四歳から五歳の脂ののった牡馬ばかりだ。

「ほな、しっかり、やる気見せるんやで」

ティエレンの首筋を軽く叩《たた》き、トクちゃんが引き綱を外す。

白いヘルメットをかぶった騎手を乗せた一番の栗毛《くりげ》馬の後に続き、瑞穂はティエレンを地下馬道《ばどう》へと進ませた。

今回瑞穂とティエレンは二番。内枠からの発走だ。

外枠に逃げ馬が一頭。大外《おおそと》の十番に、ティエレンと人気を二分する、池田の駆る先行を得意とする鹿毛《かげ》が控えている。

恐らく、外の二頭がレースを引っ張る展開になるだろう。

距離は千二百五十。マイルよりも短い。

いくら馬力のあるティエレンでも、あまり控えさせていては届かない。

瑞穂が頭の中で何度もレースのシミュレーションをしていると、突如、ぐんと手綱《たづな》を引かれた。大人しく栗毛馬の後を歩いていたはずのティエレンが、いつの間にか鼻息を荒くしている。

「ちょ、ちょっと、ティエレン……？」

本馬場《ほんばば》に出た途端、観客席から爆笑が沸き起こった。

まさか――！

瑞穂の胸に影を落としていた小さな不安が、にわかに現実みを帯びてくる。その瞬間、先日の〝事件〟が、走馬灯のように甦《よみがえ》った。

その誰もが予想だにしていなかった出来事は、能試を終えたティエレンが、洗い場から戻ってきた直後に起きた。

そのとき、ちょうど曳き運動を終えてきたフィッシュアイズと、馬房《ばぼう》に入ろうとしているティエレンが、厩舎の前で初めてまともに顔を突き合わせることになったのだ。

ティエレンの顔を見るなり、フィッシュアイズの虹彩《こうさい》の抜け落ちた蒼白《あおじろ》い眼に、すぐさま不機嫌な色が浮かんだ。

厩舎を自分の〝家〟だと認識しているフィッシュアイズは、いつの間にか現れた若い芦毛馬の存在を快く思っていないようだった。

鼻息を荒くし始めたフィッシュアイズを宥《なだ》めながら、誠が馬房の扉をあけようとしたとき、それまで落ち着いていたティエレンが、突然、トクちゃんの傍《そば》を離れた。

「こ、こ、こらぁああああっ！」

途端に、トクちゃんが眼を剥《む》いて絶叫した。

「なに、馬っ気出しとんやぁああああっ！」

馬っ気――それは、牡馬の発情だ。

いきなりフィッシュアイズにのしかかろうとしているティエレンに、瑞穂も思わず呆気《あっけ》に取られた。

ただでさえ、新参者の牡馬に嫌悪感を示していたフィッシュアイズの眼が怒りに燃えた。

厩舎ナンバーワンの自負を持つ勝気なフィッシュアイズは、激しく嘶《いなな》きながらティエレンを振り払い、厩舎の前はあっという間に大混乱に陥った。

騒ぎに気づき、事務所から光司とカニ爺《じい》が駆けつけ、なんとか全員で二頭を引き離したが、気にくわない新参者に狼藉《ろうぜき》を働かれたフィッシュアイズの興奮ぶりは尋常ではなかった。

対してティエレンのほうは、フィッシュアイズの姿が見えなくなると、けろりとしていた。三歳といえば、人間なら十五歳。まさかこんなことが起きるとは、思ってもみなかった。

「強い馬は、強い馬を意識するもんじゃけえのう」

それでは、超良血馬であるティエレンは、フィッシュアイズのたぐい稀《まれ》なる潜在能力を、その研《と》ぎ澄まされた勘で嗅《か》ぎつけたのだろうか。

鈴田競馬場の生き字引でもあるカニ爺の説に、瑞穂たちが納得しかけたそのとき——。

「ちゃう、ちゃうー。こいつポポロンにも馬っ気出しとる。ただの見境なしのエロガキやー」

隣の馬房から響いてきたトクちゃんの悲鳴に、その場にいた全員が唖然《あぜん》とした。

「早熟は早熟でも、そっちの早熟かーい」

トクちゃんの空《むな》しい突っ込みが、瑞穂の頭の片隅《かたすみ》にいつまでも木霊《こだま》した。

そして、今。

ティエレンはぐいぐいと手綱を引き、前を歩いていた栗毛馬を追い越し、誘導馬のお尻を追いかけ始めている。

「こら、こら、こらぁっ！」

観客たちが大笑いしている中、トクちゃんが血相を変えて地下馬道から飛び出してきた。

「落ち着かんかい、このエロガキ。見せるのは、そっちのやる気やないっ」

再び引き綱を取りつけたトクちゃんが、眉を寄せてティエレンに顔を寄せる。

「あれは牝馬《ひんば》やない。去勢された騸馬《せんば》や、ニューハーフや。騙《だま》されたらあかんっ」

鼻息の荒いティエレンを相手に、トクちゃんは必死の説得を始めた。

「大体な、ありゃ、十五歳の騸馬やで。ええとこオッサンのニューハーフや。いくらなんでも見境なさすぎやろ、お前。俺かて、もう少し節操あんねんて」

トクちゃんは眉根にきつく皺《しわ》を寄せて「ニューハーフ！　オッサン！」と、ティエレンの耳元で囁き続けた。

よもや言葉が通じているとは思えないが、トクちゃんのあまりの真剣さに、ティエレンの歩みが遅くなる。その隙に、瑞穂は手綱を引いて、ティエレンを誘導馬から引き離した。

「さっすが、藻屑《もくず》の漂流先！」

鹿毛の鞍上《あんじょう》の池田が嫌味を吐き捨て、傍らを軽快に駆け抜けていく。

ティエレンの興奮が収まるまで、瑞穂は返し馬にいくこともできなかった。

「今日のレースは牡馬ばかりやから、大丈夫やと思ったんやけどなぁ。まさか、誘導馬にくいつくとは……」

「勝負はこれからだよ、トクちゃん。ティエレンは能力はある馬だもの。なんとかやってみる」

冷や汗をふいているトクちゃんと別れ、瑞穂はひと足先に待機所《たいきじょ》までティエレンを進ませた。

ティエレンに速足《ダク》を踏ませながら、三階建てスタンドの最上階にある馬主席を見上げる。あのガラス張りの奥に、馬主のミスター・ワンがいる。

光司曰《いわ》く、ミスター・ワンは瑞穂の騎乗に期待をしているとのことだった。女性ジョッキーへの偏見がまだまだ強い競馬業界で、自分に馬を任せてくれる馬主は貴重だ。なんとしてでも、その期待に応えたい。

「頑張ろうね」

首筋を軽く叩くと、ティエレンは片耳だけをくるりと動かした。耳に力が入っていない。ティエレンが力《りき》んでいない証拠だった。

やがて返し馬に出ていた馬たちが戻ってくると、待機所で馬を周回させる輪乗りが始まる。池田の鹿毛の足取りは弾むようで、こちらも状態のよさを窺《うかが》わせた。

発走委員を乗せたスタンドカーの台がゆっくりとせり上がり、赤い旗が振られる。発走時刻だ。

奇数番号の馬たちに続き、偶数の瑞穂たちも順番に枠入りする。ゲート入りを嫌がる馬はおらず、枠入りは比較的順調だった。

だが狭いゲートの中に閉じ込められると、馬たちのテンションは高くなる。

競馬ほど、スタートのタイミングを計るのが難しいレースはない。なんといっても、スタートを切るのは自らの脚ではなく、言葉の通じない馬たちだ。

すべての馬がゲートに入れば、スタートランプがつき、ゲートが開く。そのとき、自分の馬がたたらを踏んでいようが、隣馬に気を取られていようが、なにかに驚いて立ち上がっていようが、それはもう、運が悪かったとしかいいようがない。

どんなに強い馬でも、出遅れてしまえば、それを取り返すのは難しい。

グワシャッ！

眼の前でバネが弾《はじ》けゲートが開くと同時に、瑞穂はティエレンと共に飛び出した。

よし――！

瑞穂は内心快哉《かいさい》を叫ぶ。ティエレンはスタートの上手な馬だった。

しかし。控えさせているわけでもないのに、ティエレンの走りは緩い。

死に物ぐるいで先頭をいこうとする逃げ馬に引っ張られ、あっという間に内枠がばたばたと埋まっても、ティエレンは平然と最後方を走っていた。肝が据わっているのだろうか。

第二コーナーを回り向正面《むこうじょうめん》に入ったところで、瑞穂は早めに手綱をしごき始めた。

だが手応えがない。

「ティエレン？」

第三コーナーが間近に迫り、さすがに瑞穂は焦り始める。これでは調教のときのほうが、よっぽど手応えがあったくらいだ。

「ティエレン、真面目に走りなさいっ」

瑞穂が鞭《ステッキ》をちらつかせて合図を送っても、ティエレンはゆるゆると走り続けている。

前方集団の馬たちは乾いた砂を巻き上げながら、地響きを上げて第三コーナーに突っ込んでいく。竜巻のような砂嵐の中、池田の鹿毛が強引に内柵《ラチ》沿いを奪いにかかった。第四コーナーを最短距離で回り、直線で一気に抜け出す、池田お得意の戦法だ。

このままでは、本当に置いていかれる。

「ティエレン！」

瑞穂がステッキを振り上げると、ようやくティエレンが動いたが、馬の後方につこうとしない。そのとき瑞穂は、自分たちが乾いた馬場で、まったく砂塵《さじん》の洗礼を受けていないことに気がついた。

この馬、砂埃《すなぼこり》を避けている――！

瑞穂は歯噛《はが》みしながら、とにかくティエレンを大外に持ち出した。ここなら砂はかぶらない。

全身を使って手綱をしごき、馬を押したが、ティエレンは相変わらず耳をくたりとさせたまま、涼しい顔で走っている。

こいつ……、少しは力め！

鞍上が汗だくで押しまくっているのに、馬のほうはどこ吹く風だ。

それでも直線では強いところを見せ、余裕のなくなった前方集団の馬たちをするすると追い抜いていく。だが、先頭を奪った池田にはまったく届かない。

結果、十頭中、六番目で瑞穂とティエレンはゴール板の前を駆け抜けた。

「バカヤロー、女ぁっ！」

「しっかり走らせろ、根性なし！」

「二度と乗るな、小娘！」

馬券を破り捨てながら、オヤジたちが口々に叫ぶ。

地下馬道に入るなり、瑞穂はどっと疲れを感じた。

根性なしは、一体どっちよ……。

顎にまで滴ってくる汗をぬぐい、息ひとつ乱していないティエレンの長い首を睨みつける。

「嬢ちゃん、久しぶりにえらい言われ方やったな」

トクちゃんが持ってきてくれたタオルを受け取りながら、瑞穂は馬を下りた。

「しかし、駒馬相手に馬っ気は出すわ、まともに走らんわ、なんちゅう見掛け倒しのバカ馬や～」

「違うよ、トクちゃん」

ティエレンに引き綱を取りつけながら嘆くトクちゃんに、瑞穂は首を横に振る。

ゲートの出方といい、最後の直線での脚の使い方といい、この馬はレースを知っている。

恐らくティエレンは、最初のデビュー戦で勝った後、急に調教がきつくなったことをしっかり覚えていて、以来、勝てるレースでもわざと手を抜くようになったのだろう。

つまり――。

この馬は、ものすごく頭がいい。

疲れること、汚れること、追われることを自ら避けている。

レースを知らない暴れ馬だったフィッシュアイズより、ずっとずっと質《たち》が悪い。

検量に必要な馬具を外しながら、瑞穂はティエレンの大きな馬体を見上げた。

ほとんど汗をかいていないティエレンは、飄々《ひょうひょう》とした表情で、片耳だけをくるりと回した。

4

予兆

厩舎《きゅうしゃ》の前を歩きながら、光司は自分の足元に白い花びらが舞っていることに気がついた。

ふと眼《め》をやると、裏山の山桜がほころんでいる。今年の桜の開花は、例年よりも早いようだ。

夜明け前から始まった調教が一段落し、瑞穂や他の厩務員《きゅうむいん》たちは、午後の飼いつけ時間まで束《つか》の間《ま》の休憩を取っている。母屋の事務所で調教報告書を書き終えた光司は、ひと足早く馬房《ばぼう》の様子を見に、表へ出てきていた。

フィッシュアイズの馬房の前までくると、光司は足をとめて金網の奥を覗《のぞ》き込んだ。

曳《ひ》き運動を終えたフィッシュアイズは、間食用に用意されている布袋の中の青草をモリモリ食べている。

光司に気づくと、フィッシュアイズは一瞬咀嚼《そしゃく》をやめた。ふいと横を向き、ぶるっと鼻を鳴らす。まるで「けっ」と吐き捨てるような態度だった。

「相変わらず、可愛《かわい》げのねえ馬だな」

苦笑する光司を、フィッシュアイズは蒼白《あおじろ》い眼球に浮かんだ小さな黒目でじろりと睨《にら》み返す。

「お前さん、一度、誰のおかげで飯が食えてるのか、ちゃんと考えたほうがいいんじゃねえの？」

さすがに暴れまくることはなくなったが、フィッシュアイズが心を許しているのは、今でも担当厩務員の誠と、共にレースに出る瑞穂だけだ。光司や他の厩務員に対しては、〝許容してやっている〟というのが、この馬の変わらぬスタンスだった。

だが、本当にこのままでいいのだろうかと、最近光司は考えるようになっていた。

先週、誰もが楽勝だと思っていた銀河特別で、フィッシュアイズは負けた。

レースの前日、馬っ気を出したティエレンにのしかかられて激怒したことが響いたのか、朝から興奮状態が続き、本馬場《ほんばば》に出てきたときには既に〝祭りが終わった〟状態になっていた。

どんな競馬にも絶対はないのだから、負けたこと自体はやむを得ない。

しかし光司は、フィッシュアイズのこうした過敏さを、ときに危うく感じることがある。

馬が人間と同じような心を持っているとは思わない。だが、生き物である以上、馬には馬の感情がある。己の快楽に貪欲《どんよく》な牡馬《ぼば》はある意味単純だが、周囲をよく観察する牝馬《ひんば》は特に難しい。

フィッシュアイズは、共に戦ってきた瑞穂を己の一部のように思っている節がある。その瑞穂が、大嫌いなティエレンに騎乗している姿を見ると、心底面白くなさそうな様子まで見せる。

瑞穂を独占したがり、瑞穂にしか騎乗させない。

競走馬という観点から見れば、それはいささか不完全な状態だと言わざるを得ないだろう。

だからといって、心の奥底にトラウマを抱えているフィッシュアイズを、今後どう矯正していけばいいのかが、光司には今ひとつ、はっきりとしなかった。

心の奥に刻み込まれた傷を、馬はそう簡単に忘れない。

ならば、それを思い出させないように気を配るしか、方法はないのだろうか。だがそれでは、いつまでたっても根本的な解決にはならない。

或《あ》るいは、それを上書きするような経験をさせるとか――。

そこまで思いを巡らせ、光司は息を吐いた。

現役ジョッキー時代から、馬と直接言葉を交わすことができたらどれだけ楽かと、何度真剣に考えたか分からない。

「でもお前さん、もう少しでAクラスに上がれるところだったんだぜ」

再び青草をごりごり咀嚼し始めたフィッシュアイズに、光司は囁《ささや》きかける。

ここ鈴田での格づけでは、中央競馬の指定交流競走での賞金獲得額は、大幅に減額される。中央との賞金格差が大きすぎる鈴田では、そうでもしないと中央遠征で入《にゅう》着《ちゃく》した馬の相手がいなくなってしまうからだ。

しかもフィッシュアイズは四歳だ。競馬場では、四歳からすべての馬は古馬《こば》と見做《みな》される。このままぴりぴりとした状態が続けば、夏以降、降級される可能性も出てくる。そうなれば、転厩《てんきゅう》してきたばかりのティエレンと、本当に同クラスになってしまうかもしれない。

あの風水師、まさか、そこまで見透かしていたわけじゃないだろうな――。

レースでティエレンとフィッシュアイズをぶつけてほしいと告げてきた、ワンの優雅だが油断のならない眼差《まなざ》しを思い返し、光司は少々寒気を覚えた。

「おい、緑川!」

ふいに、背後で荒々しい声が響く。

振り向けば、厩舎の前の砂地を踏んで、池田が近づいてくるところだった。光司はフィッシュアイズの馬房から離れると、今は誰もいない洗い場の前で池田と落ち合った。

「お前んとこにきた、あの新しい芦毛《あしげ》馬のふざけた走りはなんなんだ」

腕を組んで、池田は片眉を思い切り引き上げる。元々強面《こわもて》の人相が、益々《ますます》悪人面に
なった。

「ああ、あれな」

「あれな、じゃねえよ！」

光司のぼんやりした返答に、池田は唾《つば》を飛ばした。

同じく鈴田競馬場のジョッキーだった父を持つ光司と池田は、幼い頃からの顔馴染《なじ》みだ。二人とも、元は〝厩舎街の子供〟だ。

二人が徹底的に袂《たもと》を分かつようになったのは、中学を卒業した十五歳のときだった。

池田が那須《なす》の地方競馬教養センターにいったのに対し、光司は父親の猛反対を押し切って、千葉の中央競馬会付属の競馬学校にいった。

当時の光司は、鈴田で調教師となった父の厩舎ではなく、中央競馬を選んだのだ。

亡き父の後を継いで鈴田の調教師になる以前、光司はJRA栗東《りっとう》所属のジョッキーだった。

不祥事を起こし、若くして引退を余儀なくされるまで、光司はフリーランスジョッキーとして、中央開催、地方開催と、文字通り全国を駆け巡っていた。デビュー三年目にフェブラリーステークスでGⅠを勝った光司には、どこへいっても騎乗依頼が集まった。

今でも自分の名前をネット検索すれば、JRAジョッキーだった時代の記事《キャッシュ》がぞろぞろと出てくる。

もっともそれは、決して輝かしいものばかりではない。

八百長《やおちょう》。

自分の名前に枕詞のようについてくる言葉を、未《いま》だにかき消す術《すべ》はなかった。たとえそれが信憑性《しんぴょうせい》のないデマや、心無い誹謗中傷《ひぼうちゅうしょう》だったとしても、一度ついてしまった汚名は、そう簡単に返上できるものではないことを、光司は身に染《し》みて知っていた。

たった一度の失敗が、あまたの栄冠を帳消しにしてしまうことも。

GIを何度も勝った馬でさえ、故障してしまえば、結局は淘汰《とうた》されていく。それと同様に、光司もまた、中央競馬から追放された。

中央に後ろ盾のない自分をかばってくれる人は、誰ひとりとしていなかった。

一方的に騎手免許を剥奪《はくだつ》されたときは、自分が競馬界に戻ってくることは二度とないだろうと思っていた。

ましてや、ずっと忌み嫌っていた、潰《つぶ》れかけた地方競馬場の、しかも〝藻屑《もくず》の漂流先〟と揶揄《やゆ》されていた、父の厩舎を引き継ぐことになろうとは――。

「おい、緑川、聞いてんのかよ」

池田に大声を出され、光司は我に返る。

「あの馬、完全に、レースを舐《な》めてんじゃねえか。ありゃあ、お嬢ちゃんジョッキーなんかの手には負えないぞ。一度俺を乗せてみろ。死ぬ気でぶっ叩《たた》いて、一発で、眼覚まさせてやる」

「まあな」

「まあな、じゃねえよ！」

光司の生返事に、池田は眼を剥《む》いた。

「大体俺は、〝お馬さんの気持ちを第一に〟なんて、ぬるいことばかりぬかしてる芦原には虫唾《むしず》が走る。俺たちが乗ってんのは競走馬だぞ。競走馬は勝たせてなんぼだ」

「そうだな」

今度は光司も少し真面目に頷《うなず》いた。

池田の言うことはあながち間違っていない。口は悪いが、この男はこの男なりに、馬のことを真剣に考えている。

「でも芦原の騎乗は、馬主の希望でもあるんでね」

「またかよ」

池田が苦々しげに舌を鳴らした。

「女ジョッキーにいれ込むスケベな馬主が多くて、お前も商売繁盛だな」

「そんなのは、溝木《みぞき》のクソオヤジくらいだよ」

以前、鈴田の大馬主が、騎乗依頼をダシに瑞穂に手を出そうとしたことがあったが、そうしたホースマンシップに欠ける馬主は例外中の例外だ。それに――。

「今回は、特にあり得ないな」

白狐《びゃっこ》の化身のようなワンの超然とした姿を思い浮かべ、光司は口の中で呟《つぶや》く。

「あぁ?」

池田が不審そうに眉を寄せたとき、光司の尻ポケットのスマートフォンが震えた。

取り出してみれば、広報課の大泉からのメールが着信していた。

「悪い、主催者から呼び出しだ」

「人気馬を抱える先生は、お忙しいこってすな」

「そう言うな。お前からのアドバイスは、俺からも芦原に伝えておくよ」

途端に池田が赤くなる。

「ふ、ふざけんな。いつ、俺がアドバイスなんかした。俺はあの馬の手綱《たづな》をこの俺に寄こせって言ってんだ!」

「そういうことにしておくよ」

どの道、最初から宝物の如《ごと》く大切に扱われてきたであろうティエレンに、フィッシュアイズのときと同じアプローチは通用しない。あの馬を勝利に導くために、瑞穂にはまた違った覚悟をさせる必要があるだろう。

「芦原には、どんな馬でも強引に押しまくる、お前の剛腕《ごうわん》を少しは見習わせることにするよ」

光司は厩舎の前に停めてある原付に跨《また》がった。

「うるせえ！　俺の騎乗を、小娘ジョッキーが真似《まね》できてたまるか」

吠《ほ》えている池田を後目《しりめ》に、光司は原付を発進させた。バックミラーの中で、中指を突き立てている池田が小さくなっていく。

昨年の春、池田は父親になった。子供ができたと分かったのと同時に、池田は中央への移籍を表明している。リーディングジョッキーでも厩舎街の寮にしか住めないのが、今の鈴田の厳しい現実だからだ。だが、今年の春も、それは果たされていない。

中央で挫折を味わい、鈴田に戻ってきた自分と、鈴田でトップになりながらも、この先中央を目指そうとしている旧友。ひとつしかない道を、正反対に歩いていこうとする幼馴染みを思うと、光司は競馬界に携わる者の、狭くて深い業《ごう》のようなものを感じてしまう。

でも、俺は駄目だったけれど、あいつなら——。

地方から中央に移籍したジョッキーのすべてが成功できるわけではないが、護《まも》るべきもののある池田の前途は明るいものであってほしいと、光司は思った。

管理棟の前で原付を乗り捨て、光司は大泉の待つ広報課の事務所に向かった。

「緑川先生っ」

扉をあけるなり、ファイルを手にした大泉がいそいそとやってくる。

「先生、ついに、認可が出たんですよ！」

大泉が上機嫌で、光司の前にファイルを広げ始めた。

〝全日本女性ジョッキー招待競走　アマテラス杯〟

ファイルの一番上に躍っているタイトルに眼をとめ、光司は煙草《たばこ》に火をつけかけていた手をとめる。

「ほら、昨年、調教師会で先生がたにも相談したじゃないですか。ずっと中断されていた全日本女性ジョッキー杯を、うちの競馬場の主催でやりたいって」

指に煙草を挟んだまま、光司は絶句した。

全然覚えていない。

恐らく、話半分に聞き流していたのだろう。光司は慌ててファイルを手に取った。

全国の地方競馬場の女性ジョッキーたちのリストの下にその名を見つけ、眼を見張る。

ＪＲＡ栗東所属　二階堂冴香《にかいどうさえか》――。

「二階堂騎手。もう何年もレースに出てないから、とっくに引退してると思ってたんですけど、実はまだ現役だったんですね。私もびっくりしちゃいましたよ」

光司の表情に気づき、大泉があっけらかんと言い放つ。

「でも、彼女が久々にレースに出るとなると、またしても話題呼んじゃいますよ。ネットでは、〝中央競馬の女性ジョッキーは最早《もはや》都市伝説〟なんて言ってる連中もいるくらいですからね。これは間違いなく、目玉企画になりますよ。収益アップ、間違いなしってところですね」

ひっひとほくそ笑む大泉を無視し、光司は冴香のプロフィール写真を見つめた。

記憶の底に仕舞い込んでいた切れ長の奥二重の眼が、じっと自分を見返したような気がした。

「他の地方競馬場や、中央競馬会からも正式な認可が出たので、ゴールデンウイーク開催日のメインレースに、この特別番組を組もうと思っているんですよ」

自分の企画が実現したことに、大泉は興奮を隠し切れない様子だった。

「次回の調教師会で発表する前に、緑川先生にはお伝えしておきたいと思いまして」

大泉は満面の笑みを浮かべる。

「それに、先日、ミスター・ワンにちょっとだけこの話をしたら、実現の際には、ぜひ、ティエレンを出走させたいって言っていただけたんですよ。それで、今回、アマテラス杯は、B1下選抜でいこうかと思ってるんですが、先生、いかがですかね……」

これか――。

光司は無言で、ファイルをテーブルの上に伏せる。

浮かれて喋《しゃべ》り続けている大泉の声は、もう耳に入ってこなかった。

B1下選抜ならば、B1クラスのフィッシュアイズと、B3クラスのティエレンの対戦が成立する。

ティエレンをレースでフィッシュアイズにぶつけたいとワンが申し出てきたとき、光司は「そんなレースはない」と答えた。

〝必ずあります。しかも、そう遠くないうちに〟

そう予言してみせたワンの囁き声を思い返し、光司はわずかに口元を引きしめた。

5

食卓

四月も半ばになるとぐっと気温が上がり、既に初夏を思わせるような日差しが降り注いでいる。

調教で使った馬具を片づけてきた瑞穂は、厩舎《きゅうしゃ》の前の一角にしゃがみ込み、足元をじっと見つめていた。

柔らかい黒土を持ち上げ、鮮やかな緑のアスパラガスが、小さな頭を覗《のぞ》かせ始めている。

馬糞《ボロ》を発酵させた堆肥《たいひ》と引き換えに、トクちゃんが時折農家からもらってくる苗や種を、荒れ放題だった花壇に撒《ま》いてみたのだ。このままうまく育つようなら、ここを菜園に変えてしまおうと思っている。

採れたてのアスパラガスは、煮るか焼くかの二択しかない光司の大雑把《おおざっぱ》な料理でも、充分美味《おい》しく食べられるだろう。

こんなことを思っているのがばれたら、師匠の光司は怒るだろうか。

暖かな日差しを浴びながら、瑞穂はふっと微笑した。

ただでさえ忙しい光司が賄いまで担当しているのだから、もちろん感謝しなければいけない。

瑞穂がここにきた当初は、調教師も厩務員《きゅうむいん》もばらばらで、一緒に食事をする習慣はなかった。

〝本気で競馬をやろうと思う〟

暴れ馬だったフィッシュアイズが緑川厩舎にきた直後、光司が全員を厩務員休憩室の大仲《おおなか》に集めてそう言った。そのとき初めて、瑞穂は誠や他の古株厩務員たちと、全員で大きな鉄板を囲んだのだ。

以前は光司の母であるおかみさんが、毎日所属騎手や厩務員たちの賄いを作っていたらしい。

〝そのお袋も、とっくの昔にここに愛想を尽かして出てったけどな〟

そう呟《つぶや》いた光司の自嘲的な眼差《まなざ》しを思い出し、瑞穂の口元から笑みが消える。

けれど、どんなに雑な料理であっても、血のつながりのある家族ではなくても、大勢で食卓を囲んで一緒に食事をするのは楽しいものだ。

生まれてすぐに母を亡くし、仔馬《こうま》の馴致《じゅんち》の仕事をしていた父と北海道の牧場にいた瑞穂は、年老いた牧場主のおかみさんに、実の孫のように可愛《かわい》がられて育った。小さな牧場では働く全員がいつも一緒で、瑞穂は母の顔を覚えていなくても別段寂しさを感じたことがなかった。

だが、重症クモ膜下出血で父が急逝したとき、小学生だった瑞穂は耐えがたい喪失感に襲われた。物心ついたときから存在しなかった母と違い、いつも一緒にいた父の不在には、決して慣れることがなかった。

後見人となった伯父に連れてこられた都会での生活は、益々《ますます》瑞穂を追い詰めた。夜空には星も見えず、周囲に馬たちの姿のない高層マンションでの暮らし――。大勢の同級生に囲まれた集団生活の中、突如瑞穂は、自分がどうしようもなく独りぼっちであることを自覚した。

食事が喉《のど》を通らず、夜も眠れず、心療内科に通わされていた当時の苦しみを思い返すと、瑞穂は今でも胸の奥がうっすら痛くなる。

もしあのとき、ジョッキーになるという夢に出会わなければ、自分はどうなっていたか分からない。

伯父の猛反対を押し切って地方競馬教養センターに入ったとき、瑞穂は心の底から解放された。どんなに規則が厳しくても、どんなに訓練が過酷でも、耐えることができた。

馬と共に暮らす毎日には、父の面影があったからだ。

そして今、瑞穂はプロのジョッキーとして三度めの春を迎え、再び独りぼっちではなくなった。現在の瑞穂には、師匠である光司、共に働く誠たち、力を合わせて勝利を目指す、フィッシュアイズをはじめとする馬たちがいる。

今の自分には、〝乗り役〟という役目がある。

膝《ひざ》についた砂を払い、瑞穂はゆっくりと立ち上がった。厩務員たちが調教後の馬を洗っている間に、光司の賄い作りを手伝おうと思った。

洗い場の前を通りかかると、ちょうど誠がフィッシュアイズを洗い終えたところだった。

誠は踏み台の上に乗り、鼻筋の通った横顔をフィッシュアイズに近づける。そして、フィッシュアイズの大きな蒼白《あおじろ》い眼《め》にフーッと息を吹きかけた。

明るい日差しを反射して、眼尻に溜《た》まっていた砂埃《すなぼこり》がきらきらと吹きこぼれる。

もう一度息を吹きかけると、再び砂が舞い散った。フィッシュアイズは心底気持ちよさそうな顔をしている。

あんなにたくさんの砂が入っていたのかと、瑞穂は少々驚いた。

だが考えてみれば当たり前だ。鞍上《あんじょう》のジョッキーはゴーグルの上に砂よけまで装備して砂塵《さじん》を防御するが、砂の上を疾走する馬たちは、その間ずっと大きな眼を見開いている。大量の砂が眼に入り込むのもやむを得ない。ああして誠たち世話役が、調教やレースの後にそれを丁寧に取り除いてやっているから、大事に至らずに済んでいるのだろう。

それにしても――。

フィッシュアイズの眼に唇を寄せている誠の姿に、瑞穂は思わず見惚《みと》れた。

まるで、馬の瞳に口づけているようだ。

溢《あふ》れる陽光の中、馬の瞳に接吻《せっぷん》する端整な美青年。神話を描いた中世ヨーロッパの絵画のような光景にうっとりしていると、ふいに視線がぶつかり息を呑《の》む。

以前なら、間違いなく、刃のような冷たい一瞥《いちべつ》を返されるところだ。

だが、誠は特に不快そうな表情を浮かべなかった。それどころか、わずかに口元をほころばせたようにも見えた。

瑞穂は手を振り返しながら、密《ひそ》かに胸を撫《な》で下ろす。

トクちゃんに言わせれば「宝の持ち腐れ」ということにもなるのだが、とかく誠は自分の容貌《ようぼう》に興味を示されることを嫌っていた。パドックで馬を曳《ひ》くときなど、女性ファンにスマホを向けられるたび、あり得ないほど深く下を向く。

以前にも、〝イケメン厩務員〟狙いでいきなりカメラを向けてきたテレビクルーと、誠はひと悶着《もんちゃく》起こしかけたことがあった。光司が間に入り、大ごとにはならなかったが、そのとき誠はクルーに向かって鋭い寝藁《ねわら》カギを振り上げたという。

セラピー牧場にいた誠の詳しい過去を、瑞穂は知らない。ただ分かるのは、誠もまた、声を失うほどつらい思いを抱えてここへやってきたということだけだ。

だが、最近、誠は随分変わってきたように思う。フィッシュアイズがきた直後の変化とはまた違う。

今年に入ってからだろうか。誠の雰囲気が、どこか柔らかくなった。

まるで、なにか嬉《うれ》しいことでもあったように——。

嬉しいこと?

今度はたてがみを梳《す》いてやっている誠を遠目に眺め、瑞穂は首を傾《かし》げた。

最近、緑川厩舎はたいした勝ち星を挙げていない。

馬のこと以外で、誠がなにかに関心を持つことがあるだろうか。

「嬢ちゃん、お疲れちゃーん」

瑞穂が考え込んでいると、スーパーポポロンを洗い終えたトクちゃんが、背後からやってきた。

小柄な身体《からだ》を隅々《すみずみ》までブラッシングしてもらったスーパーポポロンは、瑞穂を見ると、すぐに甘えて鼻面を寄せてきた。ニンジンが欲しいのだ。

「ニンジンは後でね」

瑞穂が鼻面を撫でると、ポポロンは大人しく下を向いた。普段は穏やかな牝馬《ひんば》だが、レースの前は緊張のあまり、いきなり噛《か》みついてくることもある。

「嬢ちゃん、アマテラス杯楽しみやなぁ」

スーパーポポロンを馬房《ばぼう》につなぎながら、トクちゃんが浮き浮きとした声をあげた。

五月の連休に、鈴田競馬場では全日本女性ジョッキー招待競走アマテラス杯が開催されることが決まった。女性ジョッキーの減少から、ここ数年中断されていた女性騎手限定の招待競走を鈴田主催で復活させようという、大泉肝いりの企画だ。

全国の地方競馬場に所属する瑞穂を含めた五人の女性ジョッキーの他に、JRA唯一の現役女性ジョッキーも鈴田にやってくる。他の競馬場で活躍する先輩や後輩たちと顔を合わせることのできる、瑞穂にとってもまたとない貴重な機会だった。

「なんたって、山口の片上《かたがみ》競馬場から、新人ジョッキー、ラブちゃんがくんやでぇ」

だがトクちゃんがあまりにでれでれと浮かれまくっているのを見て、瑞穂は少々むっとした。

「私がきたときは、皆で除《の》けものにしたくせに」

「そりゃあ、あれやで」

「あれってなんですか」

畳みかければ、トクちゃんは厩務員用のヘルメットを外していがぐり頭を掻《か》いた。

「そりゃあ嬢ちゃんだって、黙ってれば、ラブちゃんに引けを取らずに可愛いと思うでぇ。でも嬢ちゃんときたら、口を開けば〝私、勝ちたいんです〟〝徳永《とくなが》さん、しっかりしてください〟、挙句の果てには、〝私が厩舎をなんとかします〟って、普通、新人ジョッキーが言う台詞《せりふ》やないやろ」

「そんな言い方してません！」

「してた、してた。めっちゃ生意気やったねん」

指を突きつけられ、瑞穂は口をつぐむ。

確かに、ここへきたばかりの瑞穂は怖いもの知らずで、まったくやる気のない緑川厩舎の中、ひとりシャカリキになっていた。

「でも、そこが嬢ちゃんのええところやねん。ある意味、嬢ちゃんは、女ジョッキーブームの火つけ役やでぇ」

黙り込んでいると、トクちゃんにどしんと背中をどやされた。

ブーム、なのだろうか。

お隣、山口県の片上競馬場でこの春デビューした、ラブちゃんこと木下愛子《きのしたあいこ》は、瑞穂の薔薇《ばら》模様の勝負服に対抗してか、ピンクの撫子《なでしこ》模様の勝負服を着用している。長い髪をツインテールに結い、〝ラブリーラブちゃん〟と書かれた垂れ幕の前でピースサインをしている写真をネットニュースで見たときには、他人事《ひとごと》ながら大変だろうなと思った。

「……本当にそうなら、なんか責任感じちゃう」

瑞穂がきまり悪く呟くと、トクちゃんはかっかと笑った。

「そんな必要あらへん。ラブちゃんには、元々アイドルの適性があんねんて。しっかりラブラブ光線出しとるやん。ま、女子力ずんどこの嬢ちゃんには、所詮《しょせん》無理な話やったけどな」

女、女と決めつけられるのも嫌だけれど、ここまで女扱いされないのも癪《しゃく》に障る。

「けど嬢ちゃん、今度のアマテラス杯は、ついにうちの厩舎も二頭出しやで」

いささか不機嫌になっていた瑞穂は、しかし、その言葉にはたと我に返った。

「トクちゃん、その話、本当かな」

「ほんまやろ。ティエレンの出走は、ミスター・ワンの要請やっていうし」

まだ正式に決定したわけではないが、B1下選抜のアマテラス杯には、緑川厩舎からはフィッシュアイズとティエレンが出馬登録されている。

最初光司からこの話を聞かされたとき、瑞穂は耳を疑った。

招待競走の鞍上は、基本、籤《くじ》で選定される。つまり――。

自分以外の騎手が、あのフィッシュアイズに騎乗する可能性があるということだ。

「ま、あのミスター・ワンの要求を撥《は》ねるわけにもいかんのやろうけど、テキも、よう呑んだもんやと思うわ。あの二頭を一緒にレースになんか出したら、無茶苦茶なことになるんやないやろか。第一、あの癖馬《くせうま》の魚目《さめ》はんに、嬢ちゃん以外のジョッキーが乗れんのかい」

確かに、よほど慎重な調教が必要になると思われる。招待した他競馬場の騎手に、万にひとつでも怪我《けが》を負わせるわけにはいかない。

しかし瑞穂には、自分以外の騎手を乗せているフィッシュアイズの姿が、まるで想像できなかった。

「ラブちゃんに会えるのは楽しみやけど、それ考えると、やっぱ恐ろしいわ〜」

気楽に言い放ちながら馬房から離れると、トクちゃんは「お！」と、フィッシュアイズを曳いてきた誠に眼をとめた。

「アンちゃん、魚目はん、ちゃんと大人しくさせといてな。それと、俺のティエレンもアマテラス杯までになんとかしといてや」

誠はトクちゃんを見ようともせず、無反応で通り過ぎていく。

「こら、アンちゃん、先輩を無視すんな。頼むから、あのエロ馬、なんとかしてやぁあああ」

とても先輩厩務員の言葉とは思えない。

自分の担当馬をどうにかしてくれと騒ぎながら、トクちゃんは誠を追いかけていってしまった。

瑞穂は溜め息《いき》をつき、ひと足先に大仲に足を向けた。

緑川厩舎の大仲は、母屋の向かいの馬房の突き当たりにある。中庭を通って自転車置き場の前までくると、瑞穂はふと足をとめた。

風に乗り、なんともいい匂いが漂ってくる。醤油《しょうゆ》の甘辛さと、ニンニクの香ばしさが混じった食欲をそそる匂いだ。

早朝からなにも入れていない空っぽの胃袋が、ぐうっと音を立てた。

「わあっ」

縁側に上がるや、瑞穂は大きな歓声をあげた。

大皿一杯に盛られた鶏《とり》の唐揚げ、艶々《つやつや》した茄子《なす》とパプリカの炒《いた》め物、切り口にニンジンとインゲンの綺麗《きれい》な赤と緑が覗く牛肉巻き、ふっくらとした卵焼き、瑞々《みずみず》しい春菊のサラダ……。

まだ湯気を立てている出来たてのご馳走《ちそう》が、大仲の卓袱台《ちゃぶだい》の上に、所狭しと並べられている。

「先生、これどうしたんですか！」

部屋の隅《すみ》に腕を組んで突っ立っている光司に声をかければ、「まあな」という甚《はなは》だぼんやりした答えが返ってきた。

「出前……とかじゃないですよね。もしかして、先生、お料理教室に通ったとか」

瑞穂の問いかけに、光司はふっと鼻を鳴らす。

「バカ言ってないで、鍋持ってこい。味噌汁《みそしる》もあるから」

「はい！」

瑞穂は大声で返事して、大仲の奥の台所に飛び込んだ。

ガスレンジの上の大鍋をあければ、ふわりとかつお出汁《だし》の香りが立ち昇る。小松菜と油揚げの味噌汁だった。瞬間、頭に浮かんだのは、牧場の「おばあちゃん」のご飯だった。

おばあちゃんは毎日、瑞穂たちにたくさんの料理を作ってくれた。あのとき真面目に料理を習っていれば、自分も少しは〝女子力〟とやらが上がったのだろうか。

だが師匠の光司は、早朝から何頭もの馬を走らせる瑞穂に、女だからといって料理を強要するようなことは、一度もなかった。

「なんや、このご馳走は！　テキ、今日は一体、なんの日やねん！」

大仲がにわかに騒がしくなる。トクちゃんや、他の厩務員たちが集まってきたらしい。

瑞穂は大鍋を抱え、大仲に戻った。

「うまっ、うんまぁ〜！」

早速牛肉巻きを頬張《ほおば》ったトクちゃんが、悶絶《もんぜつ》するように身もだえる。

瑞穂も熱々の唐揚げに齧《かじ》りついた。じゅわっと肉汁が口中に広がり、唾液腺《だえきせん》が刺激されて耳の下がきゅうっと痛くなる。ニンニク醤油の味つけが絶妙だった。

「馬やないけど、やっぱ、飼葉《かいば》は重要やねんなぁ」

トクちゃんは上機嫌で茶碗《ちゃわん》にご飯を山盛りにしている。誠やゲンさんやカニ爺《じい》も、いつもより箸の動きが速い。

瑞穂はなんだか本当に、幼い頃の牧場での食卓に戻ったような気がした。

それにしても、一体誰がこんなご馳走を用意してくれたのだろう。

「先生、もしかして、これ、他の厩舎のおかみさんからの差し入れですか」

そう尋ねてから、瑞穂は内心首を傾げた。

残念ながら最近は、他厩舎の馬を勝たせた覚えもない。

「嬢ちゃん、こりゃ、あれやで」

どこか上の空の光司の代わりに、トクちゃんが片眉を上げた。

「妖精さんや、妖精さん。毎日一生懸命働いてる俺のために、厩舎に棲《す》んどる妖精さんたちが、ちょいとしたサプライズを用意してくれたっちゅうわけや」

「またぁ……」

いい加減極まりない返答に、瑞穂は呆《あき》れる。

トクちゃんはかっかと笑い、「まあ、よう知らんけどぉ」とつけ加えて、唐揚げを口に突っ込んだ。他の厩務員たちも、意に介した様子もなく、我先にとおかずを口に運んでいる。牛肉巻きがなくなりかけているのに気づいて、瑞穂も慌てて箸を伸ばした。

だが、最初こそ料理に夢中になっていたが、やがて瑞穂は、ゲンさんやカニ爺が随分静かなことに気がついた。いつもなら、すぐに丁々発止の言い合いが始まるのに、二人とも黙々と料理を食べている。

光司に至っては、ぼんやりしていて箸を持とうともしない。

「先生、食べないんですか？」

瑞穂が見上げれば、光司は「ああ」と頷《うなず》いた。

「食ってろよ。俺はいいから」

言うなり、光司は席を立っていってしまった。

思わず周囲を見回すと、カニ爺と視線が合ったが、曖昧《あいまい》にそらされてしまう。

卓袱台には、光司の茶碗が手つかずのまま伏せられていた。

6

電話

長いたてがみをなびかせ、銀色の馬体が弾むように砂の上を駆けていく。

鈴田での初戦を勝つことこそできなかったが、転厩《てんきゅう》後のティエレンの状態は上々だ。

〝天狗山《てんぐやま》〟と呼ばれる調教スタンドから馬場《ばば》を見下ろし、光司は腕を組んだ。

鞍上《あんじょう》の瑞穂は手綱《たづな》を緩く持ったまま、ティエレンのスピードに身を任せている。こちらも相変わらず、綺麗《きれい》なフォームだ。

最近は基礎トレーニングの曳《ひ》き運動や遠乗りに特化し、敢《あ》えてティエレンを全力で走らせなかったのは正解だった。馬は元々走りたがる動物だ。今のティエレンは走りたくてうずうずしている。

もっとも、馬は自分の好きなペースで好きなように走りたいのであって、それをレースで勝つように仕向けるのは、また別の問題だ。

とりあえず今日は馬なりで走らせ、走る楽しさを思い出させたのち、レースまでは軽めに仕上げよう。後は、いかに本番のレースで、あの小賢《こざか》しい馬を本気にさせるかだ。

胸ポケットから煙草《たばこ》を取り出し、火をつけていると、ふいに背後から白檀《びゃくだん》の香気が漂った。振り向かなくても、誰がやってきたのかは分かる。

「緑川先生」

周囲の注目の中、花道を歩くような優雅な足取りで、白い背広姿のミスター・ワンが近づいてきた。ここしばらく大阪のブランチを拠点に活動しているワンは、時間があるとこうしてティエレンの調教を見にくるようになっていた。

「ティエレンの調子はどうです」

「非常にいいですよ。体重は増えてますが、これは成長分です」

気を遣って煙草の火を消そうとした光司に、ワンは「どうぞそのまま」と、にこやかに手を差し出す。

「次は勝てますか」

並んで馬場を見下ろしていると、ワンがおもむろに言葉を継いだ。

「……フィッシュアイズに」

いつしかワンの眼元《めもと》から笑みが消えている。

ティエレンの次走はアマテラス杯だ。

「努力します」

光司は努めて平静に答えた。

「ただ、今回はB1下選抜ですからね。相手はフィッシュアイズだけではありませんよ」

鈴田のリーディングトレーナー藤村厩舎《ふじむらきゅうしゃ》からも、中央入りを目論《もくろ》む溝木の馬が出てくる。

「いえ、フィッシュアイズに勝てれば……」

言いかけて、ワンは口をつぐんだ。

光司は次の言葉を待ったが、結局ワンはそれ以上のことを言おうとはしなかった。

昨日、アマテラス杯の出走馬が発表になった。

出走は全部で六頭。出走馬数の少ない鈴田のレースでも、最も少頭数のレースになる。地方競馬と中央競馬を合わせて、全国から女性ジョッキーを掻《か》き集めても、たった六人しかいないためだ。この数字は、あらゆる分野で女性が活躍する中、競馬業界が圧倒的に男性優位であることを雄弁に物語る。

しかし、だからこそ、女性ジョッキーのレースは注目や話題を呼びもする。

一番人気になるであろう、連戦連勝中の溝木の馬には、東北のベテラン女性ジョッキーが騎乗することが決まった。

ティエレンには、ワンの希望通り瑞穂が騎乗する。

できすぎの結果だと思うが、ここにワンの意思が反映されているのか否か、光司は敢えて聞いていない。

そして——。フィッシュアイズに、JRAの二階堂冴香。

恐らくこの三頭が、オッズの上位を占めることになるだろう。

正直、フィッシュアイズの鞍上が冴香に決まったとき、光司は密《ひそ》かに安堵《あんど》した。あの気難しい馬に、新人の木下愛子などが決まったら、本当に危ないところだった。

随分長い間、レースに出ることはできずにいるが、冴香は決して実力のない騎手ではない。その腕前を、光司はよく知っている。四期下の後輩に当たる二階堂冴香は、競馬学校卒業時に、成績優秀の訓練生に与えられるアイルランド大使特別賞を受賞している。

幼少期から馬と共に育った瑞穂が感性で騎乗するタイプなら、冴香は正確な技術と知識で騎乗するタイプだった。まったくアプローチの違う騎手が乗ることで、ひょっとするとフィッシュアイズも競走馬として、もうひと皮剥《む》けるかもしれない。

そんな微《かす》かな期待もあった。

「確かに、ここへきて、またひと回り大きくなったようです。感謝します」

ワンが恭しく頭を下げる。

「そんなふうに言っていただくのは、まだ早いですよ」

その慇懃《いんぎん》な態度に、光司は首を横に振った。

事実、緑川厩舎はまだティエレンを勝たせることができていない。

調教スタンド前までやってきたティエレンは毛艶《けづや》の状態も良好だが、それだけで判断できないのが、この馬の厄介なところだ。

まだ枠順や馬番は決定していないが、光司としては、できるだけフィッシュアイズと離れてくれることを祈るばかりだった。

「でも、先生。私の言った通りになったでしょう」

ワンが、三日月のように眼を細める。

「……たいしたものですね」

光司は頷《うなず》いて、結局ほとんど吸っていない煙草を灰皿で揉《も》み消した。

「緑川先生」

長身のワンが身を屈《かが》めて顔を寄せてくる。白檀の甘い香りが一層強く、鼻孔を擽《くすぐ》った。

「私は、あなたの厩舎に興味がある。だから敢えてお伝えします」

誰にも聞かれないように声を潜め、ワンはひと息に告げた。

「フィッシュアイズの厩務員《きゅうむいん》、木崎誠。彼はあまりよくない」

ぴくりと眉を寄せた光司に、ワンは囁《ささや》く。

「私たちの言葉で、不吉祥《ブージイシャン》と言います。彼は残念ながら、背負っているものがよくない」

光司は黙って視線をそらした。

拒絶を感じ取ったらしく、ワンがすっと身を引く。

「失礼しました。余計なことを言いました。私の悪い癖です。忘れてください」

それからしばらく、光司もワンも互いに口を利かなかった。

瑞穂を背にしたティエレンが、コーナーを回る。

二周目に入っても、ティエレンはのびのびと馬場を駆けていた。


ひと足先に厩舎に戻ってくると、厩務員休憩室、大仲《おおなか》に人の気配がした。

慌てて裏口から出ていく影に、光司は見て見ぬふりをする。

後乗りの馬たちの様子を見にいけば、馬房《ばぼう》の前で、カニ爺《じい》がきまり悪そうにしていた。このところ、大仲の台所を出入りしている人物の手引きをしているのは、この時間ひとりで馬房の番をしているジイサンに違いない。

光司は無言でカニ爺の前を通り、事務所に入った。

まったく、どいつもこいつも——。

競馬新聞の散らかったデスクに着き、息を吐く。

どれだけ長い間顔を合わせていなくても、自分の母親の作った料理が分からないわけがない。父の代からこの厩舎にいるゲンさんだって、とっくに気づいている。

最近毎日のように賄いを作りにきているのは、二十年以上前に自分と父を捨てて厩舎街を出ていった、母の美津子《みつこ》だ。

父の辰夫《たつお》が倒れたとき、光司に隠れて美津子は何度も見舞いにきていたと聞く。カニ爺やゲンさんはそれを黙認していたが、当時の光司はそれを認めることができなかった。辰夫の葬儀のときですら、光司は美津子の出入りを許さなかった。

なぜなら、厩舎街を出ていったとき、母は出入りの業者の男と一緒だったのだ。

たとえ父がそれを許したとしても、自分にそれはできない。

もっとも――。

自分も母と同じく、一度は鈴田を捨てた身だ。

やつれはてた母が、業者の男と一緒に逃げるように厩舎街から姿を消したとき、光司の中でなにかが切れた。鈴田ではなく、中央競馬のジョッキーになると心に決めたのは、そのときだ。

あの頃の自分は、母にも父にも、廃れ始めた鈴田にも、潰《つぶ》れかけていた厩舎にも、勝てない馬たちにも、なにもかもに猛烈に腹を立てていた。

故郷のすべてと縁を切り、己の腕だけを信じて、ひとりで生きていくつもりでいた。中央になんの後ろ盾も持たない自分を案じ、父がどれだけ警告しても、聞く耳を持たなかった。

その光司が中央で不祥事を起こし、辰夫が病に倒れたとき、美津子は必死に厩舎に戻ろうとしていたらしい。だが、カニ爺やゲンさんにどれだけ説得されても、光司は絶対にそれを受け入れようとはしなかった。

どうせ、男と別れて、他にいくところがないだけだろう。

そう罵《ののし》り、頑《かたく》なに拒絶した。

その母が、今になって再び厩舎に現れるとは——。

昔の自分なら、間違いなく「ふざけるな」と、追い返していただろう。

だが、大喜びで料理を食べている瑞穂やトクちゃんの姿を見ると、光司はなにも言えなくなった。事実、賄いを作ってもらえるのは、調教師としてはありがたい。

しかも、かつて所属騎手や大勢の厩務員を抱えていた父の厩舎のおかみだった美津子の献立は、カロリーや栄養面の配慮も申し分がなかった。

以前より管理馬が増えた今、自分も忙しくなっている。このまますべてを黙認し、利用するのもひとつの手ではある。

しかしそこまで考えたとき、光司はふと、昨年の桜花賞《おうかしょう》挑戦を知った美津子が、この状況を見越したうえで戻ってきたのではないかと思い当たった。

往年のおかみであれば、調教師である今の光司になにが必要であるかを察することなど、容易《たやす》いだろう。

つまり、母は今尚、緑川厩舎のおかみとしての役割を果たそうとしているのかもしれない。

ふいに光司は、そこに美津子の執念を見る思いがした。

たとえ左脚に癒えぬ傷を負っていても自分が一生馬から離れられないように、一度は厩舎街から逃げた母もまた、一生、厩舎のおかみとしての自分を捨て切れないのかもしれない。

ここでも光司は、競馬界に足を踏み入れた者の、深い業《ごう》を感じずにはいられなかった。

だが——。

それでも光司自身はどうしても、箸を取る気になれずにいた。

大仲にご馳走《ちそう》が並ぶようになった途端、皆と一緒に食卓を囲もうとしなくなった光司のことを、瑞穂は訝《いぶか》しく思っているようだった。

既に両親が他界している瑞穂や、施設育ちの誠のことを考えると、大人げないような気もするが、光司はやはり心のどこかで今でも美津子を許すことができずにいた。

〝木崎誠は、あまりよくない——〟

ふと、さっきのワンの言葉が頭をかすめる。

背負っているものがよくないと、ワンは冷たく言い捨てた。

光司はポケットから取り出した煙草に火をつけ、今度こそ胸一杯に吸い込んだ。

言ってろ、バカ野郎。

そんなことを言い始めたら、ここに集まっている全員が、多かれ少なかれ詮《せん》のないものを背負い込んでいる。いちいち気にしていられるか、胡散臭《うさんくさ》い占い師め。

鯨が潮を吹くように盛大に煙を噴き上げていると、デスクの上の電話が鳴った。

「はい、緑川厩舎」

背もたれに寄りかかったまま、受話器を耳に当てる。

「ご無沙汰《ぶさた》してます。緑川先生」

響いてきた声に、光司はくわえていた煙草をもう少しで落としそうになった。

遠い記憶の中。長い黒髪を翻《ひるがえ》し、ひとりの女が振り返る。

「……覚えていますか。二階堂です」

光司の沈黙を別の意味に取ったのか、冴香が名乗った。

覚えている。忘れるわけがない。

そう答えようとして、光司は言葉を呑《の》んだ。それは嘘《うそ》だ。自分は長い間、冴香のことを忘れていた。

光司の躊躇《ためら》いには構わず、冴香は淡々と用件を口にし始めた。

「え」

聞き返した光司に、鈴田市の競馬事業局の許可は取ってあると、冴香は落ち着いた声で続ける。

「後は先生のお許しさえいただければ、フィッシュアイズの事前調教に伺いたいんです」

「ちょっと待てよ。鈴田じゃ交通費も出せないぞ」

「私はそれで構いません」

「そういうわけにはいかないよ」

「その先生のお気持ちだけで充分です」

「あのなあ……」

「フィッシュアイズは難しい馬だと聞いています。レースで全力を出すためにも、事前に顔合わせをさせてもらいたいんです」

　冴香の声の必死さに、光司は言葉を詰まらせた。

　騎手が基本的に厩舎に所属する地方競馬と違い、中央競馬では、騎手はデビューから時間が経つとフリーランスになることが多い。フリーランスになる理由は様々だ。そのほうが、色々な厩舎の馬に騎乗しやすいということもあるが、新人騎手が入ってくると同時に、押し上げ式にフリーランスになる場合もある。騎乗馬を集めることができない冴香がフリーになった理由は、推して知るべしといったところだろう。

　厩舎に所属していれば調教師の伝手《つて》に頼ることもできるが、フリーになれば、騎乗依頼がない限りレースに出ることはできない。アマテラス杯は、長い間レースに出られなかった冴香にとって、健在をアピールするまたとないチャンスだ。

　それに、初めてその馬に乗る〝テン乗り〟の難しさは、同じくフリーランスだった自分も痛い程知っている。

光司の態度が軟化したのを悟って、冴香がすかさず告げてくる。

「ありがとうございます。それでは、明日の早朝に伺います」

冴香の強引さに光司は慌てた。

「ちょっと待てよ、おい、冴香……！」

思わず、昔の呼び名が口をついて出る。

その瞬間、受話器を叩《たた》きつける音が響いた。

光司は受話器を耳に当てたまま、無機質な不通音を茫然《ぼうぜん》と聞いていた。

7

麗　人

　フィッシュアイズとティエレンが曳《ひ》き運動に出ている間、瑞穂はゲンさんと一緒に馬房《ばぼう》のボロ出しをしていた。

　汚れた寝藁《ねわら》を掻《か》き出していると、飼葉桶《かいばおけ》からこぼれたエン麦《ばく》を狙い、スズメや鳩《はと》が盛んに舞い降りてくる。夜明けが早くなり、鳥たちの動きも活発だった。

　つい先日まで真っ暗だった空がすっかり明るくなっていることに、瑞穂は日々の移り変わりの速さを感じる。

　ゴールデンウィークが始まり、アマテラス杯の開催がいよいよ二日後に迫っていた。

　平日開催の鈴田競馬場にとって、連休中は数少ないかき入れどきだ。そこへ、アイドルジョッキーの招聘《しょうへい》や、人気占い師の持ち馬が出走する番組を企画したことで、競馬事業局広報課の大泉は大張り切りだった。

　昨夜、瑞穂は光司より、ティエレンが曳き運動から戻ってきたら、最終調整の〝朝追い〟をするように命じられた。朝追いとは、馬にレースがあることを分からせるための、軽く流す程度の追い切り調教だ。スタート地点からゴールまで、実際のレースと同じコースを走らせるよう指示されている。

恐ろしく利口なティエレンに、直前にコースを教え込むことは確かに有益に思われた。気持ちよく走らせてやることができれば、レース本番でもそのときの快感を追想しようとする可能性がある。日頃光司が言うように、牡馬《ぼば》はなによりも自分の快楽に従順だ。

でも——。

瑞穂は寝藁を掻き出している熊手を持つ手を一瞬とめた。唯一腑《ふ》に落ちなかったのは、フィッシュアイズの調教のことをひとつも指示されなかったことだ。

フィッシュは……。問いかけた瑞穂に、光司はただ、「ああ」と頷《うなず》いただけだった。

こういうときの光司は分かりにくい。

瑞穂の自主性を重んじてくれているのか、はたまた関心がないのか、判断しかねるときがある。それでもいざというときには、最低限の言葉で最も的確な助言を与えてくれる、頼もしい師匠でもあった。

ふいに、光司が自分に笑いかけた気がして、瑞穂はハッとする。

現実のイメージではない。そうだ、夢だ。

朝起きたとき、久しぶりに父の夢を見たような気がした。起き抜けにはどうしても思い出せなかったのに、その断片が、今になってようやく頭の中で像を結んだ。

馬房の中、幼い頃に戻った瑞穂は父と一緒に、仔馬《こうま》に干し草をやっていた。草を咀《そ》嚼《しゃく》するたび、仔馬の鼻がぴくぴく動く。その様子があまりに可愛《かわい》らしくて、瑞穂は声をたてて笑った。

やがて父が立ち上がり、馬房の奥へ消えていった。きっとニンジンを取ってくるのだろう。仔馬と一緒に期待していると、戻ってきた人影はやはり手にニンジンを持っていた。

だがその姿は、父ではなく、ブルゾンを羽織った光司だった。

光司から差し出されたニンジンを受け取ったところで、目覚ましのけたたましい電子音が鳴り響いた。

逆光の中、ニンジンを差し出してきた光司の笑みを思い返し、瑞穂は微《かす》かに眉を寄せる。

どうして、あんな夢を見たのだろう――。

父の面影が光司と重なった気がして、瑞穂は小さく首を振った。

父の享年は今の光司の年齢と近いが、穏やかな父と、どこかに凄《すご》みを隠した野性的な光司の容貌《ようぼう》はまるで似ていない。

おかしな夢を見たものだ。

最近、光司が自分たちと一緒に食事をとらないことが気になっていたので、常に心にある父の残像と入り混じったのだろうか。

あれ以来、ほとんど毎日、大仲《おおなか》の食卓には美味《おい》しくて栄養満点の料理が並ぶ。他の厩務員《きゅうむいん》たちが誰も不思議がらないので、いつしか瑞穂も料理については、光司が優秀な仕出し会社と契約を結んだのだろうくらいに考えるようになっていた。

だが、光司自信が頑《かたく》なに料理を食べようとしないことだけは、どうにも不思議で仕方がなかった。

子供の頃は、一緒に働いている人たちはなにもかも分かり合っているように思っていたけれど、実際大人に近づけば、どんなに近い距離で働いていても、分からないことはたくさんある。

光司のことも、それから誠のこともだ。

集めたボロを取りまとめていると、突如足元の藁をついばんでいた鳥たちが一斉に舞い上がった。

「大変だぁあああっ！」

ティエレンを曳いたトクちゃんが、大声をあげながら、厩舎《きゅうしゃ》に駆け込んでくる。

「うるせぇなぁ」

担当馬のツバキオトメを庇《かば》うように立ち、ゲンさんが盛大に舌打ちした。

「大変だ、大変だ、大変だぁっ」

「うるせえっつってんだよ。馬房の前で騒ぐなって、何度言ったら分かるんだ。大体、てめえの大変なんざ、いちいち真に受けてたら、こっちは身が持たねえんだよ」

確かにトクちゃんの話はどんなに大事件であっても、大抵最後に「よう知らんけど」がつく。

「ちゃうちゃう、今度はほんまに大事件やねん。今、テキがえらい綺麗《きれい》なおねえさんと一緒におったで」

「え！」

しかしトクちゃんが続けた言葉に、瑞穂とゲンさんは同時に声をあげた。

「ついにうちのテキにも、年貢の納めどきがきたかね」

ゲンさんが呟《つぶや》いたとき、瑞穂の胸は自分でも驚くほど大きく波打った。

「あっ、きたきた！」

トクちゃんが指を差す。

既舎の向こうから、光司がほっそりとした人影を伴って、近づいてくるところだった。

夢で見た逆光の中の光司の笑みが甦《よみがえ》り、瑞穂は再びどきりとする。

「バカたれ！」

ゲンさんが熊手の柄でトクちゃんのヘルメットをしたたかに殴りつけた。

「ありゃあ、中央の二階堂だ」

悶絶《もんぜつ》するトクちゃんに、ゲンさんが呆《あき》れたように言い放つ。

中央の二階堂——？

瑞穂は思わず眼《め》を見張った。

JRAのベテランジョッキー、二階堂冴香。大泉から渡された資料で、写真は見ていたけれど。

近づいてくる姿は、ヘルメットをかぶり、硬い表情をしたデータ写真とは全然違う。

緋色《ひいろ》のジャンパーの胸まで届く、真っ直ぐな長い黒髪。

抜けるように白い肌は、とても炎天下に馬を走らせるジョッキーのものとは思えない。

形のよい眉の下、切れ長の奥二重の眼が、涼しげな色を湛《たた》えている。

実際の二階堂冴香騎手は、どこか儚《はかな》さの漂う、稀《まれ》に見る美しい女性だった。

そして、その隣に立つ光司もまた——。

競馬関係者にもかかわらず朝の弱い光司は、いつもなら寝癖だらけの頭に、無精《ぶしょう》髭《ひげ》の浮いた顔で、パジャマの上にジャージを引っかけてあくび交じりに現れる。ところが今朝に限って、髭を綺麗に剃《そ》り、長い髪をひとつにまとめ、小ざっぱりしたジーンズを穿《は》いていた。

「栗東《りっとう》から事前調教にきてくれた、二階堂騎手だ。今日は二階堂騎手に、フィッシュアイズの調教をしてもらう」

光司が発した言葉に、瑞穂は絶句した。

「よろしくお願いします」

澄んだアルトの声が響く。冴香が一歩進み出て、頭を下げていた。

こういうことだったのか。

昨夜、光司からフィッシュアイズの調教について指示がなかった理由がようやく分かる。

でもそれならそれで、どうして光司はそのことを、事前にひと言も教えてくれなかったのだろう。

「なにをボケッとしてる」

光司の叱責《しっせき》に、瑞穂はびくりと肩を弾ませた。

「さっさとその馬に、水を飲ませてやれ」

だが光司の視線の先にいたのは、眼を皿のようにして冴香を眺め回しているトクちゃんだった。

「あっ、こら!」

ようやく我に返ったトクちゃんが、慌てて引き綱を曳く。

皆が冴香に気を取られているのをいいことに、ティエレンが鼻を伸ばしながらツバキオトメに近づこうとしていた。

「だからそれは七十すぎのババアやねん。一体どこまでストライクゾーンが広いんや、お前は。いいから、てっちゃんはこっち、こっち。おっかねえ魚目《さめ》はんが帰ってくる前に、しっかりお水飲んで、馬場《ばば》に出るんやで」

馬主のワンから、ティエレンが「鉄人」の中国語読みであることを聞いてから、トクちゃんはこの馬を「てっちゃん」と呼んでいる。

「ほな、嬢ちゃん、先に馬場にいっとるで」

おざなりな様子で瑞穂に声をかけると、トクちゃんはすぐさま冴香に向き直った。

「二階堂はんもよろしゅうな。分からんことがあったら、なんでも聞いてや。なんちゅうても俺は、この厩舎で唯一まともな……」

「はよいけや！」

ゲンさんにどやされ、トクちゃんは名残惜《なごりお》しそうに冴香を振り返りながらティエレンを曳いていった。

「まったく、わしのオトメをババア呼ばわりしくさって、クソボウズ……」

忌々し気に吐き捨て、ゲンさんがツバキオトメの馬房に入っていく。

しばらくレースの予定のないツバキオトメは、これから少し長めの曳き運動に出る。

馬の毎日の健康のために、こうした地道な運動は欠かせない。

「芦原さん」

「……は、はい！」

ふいに冴香に声をかけられ、瑞穂は変な声をあげた。

「少しお話を伺ってもいいですか」

「も、もちろんです！」

冴香の口調は穏やかなのに、なぜだか緊張してしまう。

「フィッシュアイズは難しい馬だと聞いています。調教の際、なにに一番気をつけてあげればいいですか」

「そうですね……」

改めて聞かれると、どう答えればいいのか分からず、瑞穂は口ごもった。

「あの、最初はうるさいところがあると思うんですが、あまり、抑えつけないほうがいいです」

鞍上《あんじょう》が抑えつけようとすればするほど、フィッシュアイズはむきになって反抗してくる。

かつて併《あわ》せ馬調教で主力馬の相手をさせられ、燃え尽き症候群になるまで使い倒された過去を持つフィッシュアイズは、当たりの強い乗り役に激しい敵意と恐怖心を持っている。

だが、鞍上が指示を出さないことには調教にならない。

それではそこをどうしていたのかと改めて問われると、瑞穂は途端に言葉に詰まった。

冴香は小さなメモを取り出し、瑞穂の答えを待っている。

「えと……、命令するというより、合図を送る感じで……」

こんな抽象的な言い方が、他人に伝わるわけがない。けれど瑞穂は、今の今まで自分以外の乗り役が、フィッシュアイズに調教をつけることになるとは思ってもみなかったのだ。

「大丈夫だ。二階堂、お前なら乗れる」

そのとき、光司の声が飛んだ。

「まずはお前のやり方で、フィッシュアイズに乗ってみろ」

光司の冴香への口調があまりに自然なことに、瑞穂は二人が初対面ではないことを感じ取った。

そういえば――。

瑞穂はふと思い出した。

まだこの厩舎にきたばかりの頃。勝ち急ぐ瑞穂に、光司は「レースに出ることのできない俺の後輩の女ジョッキーよりはマシだ」と言い放ったことがある。

〝俺の後輩の女ジョッキー〟

あのとき光司が口にしたのは、この二階堂冴香のことだったのだ。

そこへカツカツと蹄《ひづめ》の音が響いた。

振り向けば、誠と共にフィッシュアイズが厩舎に入ってくるところだった。

「あ、フィッシュ……」

フィッシュアイズと誠は、同時に足をとめた。見慣れぬ冴香のことを、そろって睨《にら》みつけている。

「木崎」

光司が誠に声をかけた。

「栗東の二階堂騎手だ。今日は、二階堂騎手にフィッシュアイズに乗ってもらう」

誠の整った顔には、なんの表情も浮かばなかった。ふいと視線をそらし、一旦フィッシュアイズを馬房につなぐと、水を汲《く》みに表へ出ていく。

馬房につながれたフィッシュアイズは、蒼白《あおじろ》い眼球に浮かんだ小さな黒目で、冴香のことをじっと睨み続けていた。冴香が一歩近づくと、フィッシュアイズはひゅっと耳を後ろに引き絞った。馬が耳を絞るのは、強い警戒心の表れだ。

いきなり前脚を振り上げ、地面に叩《たた》きつける。蹄鉄《ていてつ》が金網のレールに当たり、カーンと鋭い音を立てた。

「フィッシュ！」

慌てて駆け寄ろうとした瑞穂を光司が制す。

カーンカーンと脚を振り下ろしているフィッシュアイズを前に、冴香は調教用のヘルメットをかぶり、慎重に距離を詰めていった。そして視線を合わせると、ゆっくりグローブを外し、フィッシュアイズの鼻先にそっと掌《てのひら》を近づける。

フィッシュアイズの眼にハッとした色が浮かび、一瞬、思わずといった様子で差し出された掌の匂いを嗅《か》いだ。その隙を逃さず、冴香は掌でフィッシュアイズの鼻を柔らかく包み込むようにする。

冴香の掌の匂いを嗅ぐうちに、フィッシュアイズの荒い鼻息が自然と収まってきた。

水を汲んできた誠は、冴香がフィッシュアイズに自分の掌の匂いを嗅がせているのを見ると、無言で水桶《みずおけ》をいつもの位置にセットした。

途端にフィッシュアイズは冴香から離れ、水桶の中に顔を突っ込むようにして水を飲み始める。そのときには、引き絞っていた耳がすっかり元の状態に戻っていた。

動物は互いの匂いを嗅ぎ合うことで、警戒を解く。相手に好きなだけ自分の匂いを嗅がせてやることは、敵意のないことの証明につながる。冴香はその理論を応用したのだろう。

だが、冴香がいざ鞍《くら》の上に乗ろうとすると、フィッシュアイズは再び激しい抵抗を始めた。冴香が自分を痛めつけた〝攻め専〟の男たちとは違う人種だということは理解できても、まさか瑞穂以外の人間が自分に乗ろうとするとは、思ってもみなかったようだ。

ぴょんぴょんと尻っぱねを繰り返す姿は、怒りよりも、驚きの色のほうが濃く見えた。

「芦原、お前はもう、ここにいないほうがいい」

はらはらと見守る瑞穂に、光司が声をかけてきた。

「木崎、後は任せたぞ」

絶対に返事をすることのない誠にそう告げ、光司は瑞穂を伴ってさっさと厩舎を離れようとする。暴れまくるフィッシュアイズの上で必死に手綱《たづな》を握る冴香に、瑞穂はさすがに同情を覚えた。任されたところで、誠が冴香のためになにかをするとは到底思えない。

「どうした、早くこい」

結局、瑞穂は冴香になんの助言も与えることができずに厩舎を後にすることになった。

光司と一緒に表へ出ると、早朝の白い光が眼を射る。馬場に向かう川べりの道は、葉桜がすっかり新緑に変わっていた。

「先生」

前をいく光司の背中に、瑞穂は呼びかけてみる。

「なんで、二階堂さんのこと、昨日のうちに教えてくれなかったんですか」

「うん。まあな……」

旺盛に茂る新緑を見上げながら、光司がぼんやりとした声をあげた。

こういうときの光司は、本当に分かりづらい。

小さなメモ帳を手に、自分の前に立った冴香の真っ直ぐな眼差《まなざ》しを瑞穂は思い返した。

わざわざ栗東から鈴田まで事前調教にやってきたことといい、ひと回り以上年下の自分に助言を求めたことといい、〝俺さま〟が多いジョッキー界では、あまり見ない人のようだ。

デビューしたばかりの瑞穂は、大先輩の池田のお手馬に乗ることになったとき、お伺いを立てたところでどうせ邪険《じゃけん》にされるだけだろうと諦《あきら》めて、端《はな》から教えを請おうともしなかった。

それに比べると、冴香の態度はとても誠実だ。

「前もって知っていれば、もう少しまともなことが言えたかもしれないのに……」

悔しげに呟《つぶや》いた瑞穂に、光司がフッと鼻で笑った。

「お前さ、ちゃんと分かってるのか。明後日《あさって》のレース、フィッシュアイズはお前の敵になるんだぞ。冴香……二階堂の世話を焼いてる暇なんてあるのかよ」

冴香――?

光司が二階堂騎手を下の名前で呼びかけた瞬間を、瑞穂は聞き逃さなかった。

「この間、ミスター・ワンに聞かれたぞ。ティエレンはフィッシュアイズに勝てるかって」

だがそう続けられると、瑞穂は返答に詰まった。

ティエレンには、フィッシュアイズ以上の厄介さがある。レースで手を抜く悪賢さは、競走馬としては致命的だ。

「馬の気持ちを第一に考えようとするお前の乗り方は、鞍上の出方を窺《うかが》う馬には正解だ。でもな、あのティエレンは、お前のことなどこれっぽっちも考えてないぞ」

牝馬《ひんば》は人を見る。牡馬《ぼば》は自分のことしか考えない。

瑞穂にも、それは分かる。

「お前に関心のない馬相手に、心を添わそうったって土台無理な話だ」

「……じゃあ、どうすればいいんですか」

「ねじ伏せてみせろ」

光司はちらりと瑞穂を見た。

「ねじ伏せる？」

「そうだ。鞍上のことなどひとつも考えてない馬を、完全にねじ伏せるんだよ」

眉を寄せる瑞穂に、光司は向き直った。

「だがな、剛腕と言われる池田だって、五百キロを超える馬を腕力だけでねじ伏せられるわけがない」

〝どぉおおけぇえええっ‼〟

三コーナーの手前にくると、いつも雄叫《おたけ》びをあげて無理やりインサイドを奪おうとする、池田の悪鬼の如《ごと》き形相が浮かんだ。

「じゃあ、どうやって……」

「それが分からなければ、ミスター・ワンの要望には応えられそうにないな」

あっさり突き放され、瑞穂は唇を噛《か》む。

それに光司に指摘された通り、瑞穂は未《いま》だに、フィッシュアイズが自分の敵に回ることが現実に思えなかった。

黙り込んだ瑞穂に、光司は淡々と告げた。

「今のままじゃ、お前とティエレンは、二階堂とフィッシュアイズに勝てないよ」

8 会見

緋色《ひいろ》のジャンパーの華奢《きゃしゃ》な騎手を背に、フィッシュアイズが砂の上を駆けていく。

光司は煙草《たばこ》をくわえたまま、その様子を調教師席から眺めていた。

相変わらず綺麗《きれい》なフォームだ。一ハロン（二百メートル）を十五秒で走らせるという、ラップタイムにもくるいがない。

馬場《ばば》に出るまでは相当てこずっていたが、冴香は自分をフィッシュアイズに受け入れさせることに、なんとか成功したようだった。最初はうるさく首を振っていたフィッシュアイズも、今は前を向いて自然なリズムで走っている。

正確なラップで走るのは、馬としても気分が悪いものではないのだろう。始めこそは見知らぬ鞍上《あんじょう》を気に食わなく思っていたようだが、今のフィッシュアイズは無心に馬場を駆けている。

冴香の腕がまったく落ちていないことに、光司は微《かす》かに感嘆する。

15-15のラップは朝追いとしては緩いが、たった数時間であの癖馬《くせうま》をここまで慣れさせたのだから上出来だ。

長らくレースに出られなかった冴香が、陰でどれだけの努力をしてきたかが窺《うかが》われる。おそらく、自分に電話をかけてきたときのように、あちこちの厩舎《きゅうしゃ》に頭を下げて調教を請け負ってきたのだろう。本番のレースでは、その馬の手綱《たづな》が決して自分に回ってくることがないと分かっていながら――。

〝とっくに引退したと思っていた〟〝中央の都市伝説〟

大泉がなんの悪気もなく口に出していた言葉の数々を思い出し、光司は溜《た》め息《いき》をつくように煙を吐く。

何度勝ってもトリッキーに扱われる瑞穂を含め、競馬界における女性ジョッキーに対する偏見はまだまだ根深い。

光司はふと、恨めしげに自分を見ていた瑞穂の眼差《まなざ》しを思い返した。

ティエレンの朝追いを終わらせた瑞穂は、今は先に厩舎に戻っているはずだ。ティエレンは調教はしやすい馬だが、レースでは平然と鞍上を無視する。しかし競馬では、能力のある馬ほど扱いにくいというのが定説だ。

突き放したのは可哀《かわい》そうな気もするが、こうした壁は、ジョッキーが自力で乗り越えていくしかない。

特に、女性である瑞穂や冴香の前にある壁は、不必要に高い。

その不公平さを打ち破っていくためには、本人たちが弛《たゆ》まぬ努力と地道な結果を示し続けるしか方法はないのだろう。

光司は煙草をくわえたまま、長い黒髪をなびかせてコーナーを回っていく冴香の姿を見つめた。鈴田のきついコーナーを、冴香は無駄なく回っていく。

しかしそのとき、光司は微かな違和感を覚えて小さく眼《め》を見張った。

「緑川」

ふいに背後から肩を叩《たた》かれる。

「中央の女ジョッキー、なかなかやるな」

振り向けば、藤村調教師が立っていた。

「おはようございます」

先輩調教師に、光司は頭を下げる。

リーディングジョッキーの池田が所属する藤村厩舎は、鈴田で一番大きな厩舎だ。今回のアマテラス杯にも、二頭の馬を出走させる。そのうちの一頭は、鈴田の大馬主、溝木が所有する地元で連戦連勝中のレボルティオだ。

「それに比べて、あのお嬢ちゃんを見ろよ」

藤村に顎《あご》をしゃくられ、光司はその方向へ視線を移す。

馬場の隅《すみ》のほうで、ヘルメットからツインテールを垂らした騎手が、アマテラス杯に出走するもう一頭の藤村厩舎の管理馬の背にしがみついていた。

その姿には光司も見覚えがあった。片上競馬場がアイドルジョッキーとして売り出している、新人ジョッキーの木下愛子だ。

「中央の女ジョッキーが事前調教にくるって聞いて、急きょ、片上から送り出されてきたんだよ。ま、あれ見ちゃうと、俺が調教師でも、事前調教にいかせたくなるね。あれじゃ、ぶっつけ本番のテン乗りなんて、怖くてできないだろうよ」

確かに、随分怖々と乗っている。

アイドル売りが先行し、話題を集めてはいるが、四月にデビューしたばかりの愛子は未《いま》だに一勝もできていない。

「向こうの調教師の話じゃ、デビュー早々レースで落馬して以来、ずっとあんな感じなんだそうだよ。レースに出すのもひと苦労らしい」

レース中の落馬の恐怖は、調教中のそれとは比べ物にならない。運悪く周囲の馬に踏まれれば、命を落とすこともある。

一度レースでの落馬を経験すると、男の騎手でも怖さが先に立ち、積極的な騎乗ができなくなる場合がある。デビューしたばかりの少女ジョッキーなら、尚更《なおさら》だろう。

「まあ、女ジョッキーの全部が、お前んとこの芦原みたいに度胸があるわけじゃないからな。それでも、片上競馬場にとっちゃ、目下売り出し中の大事なお姫さまだ。怪《け》我《が》させちゃ大変だし、こっちも気を遣うよ」

しかし藤村のその言葉に、光司は軽く眉をひそめた。

片上競馬場は、鈴田同様、毎年閉鎖が取り沙汰《ざた》されている小さな競馬場だ。木下愛子のアイドル売りは、片上競馬場の競馬組合が鈴田に続けとばかりにひねり出した苦肉の策でもある。

だが、たとえ新人であっても、そんなふうに特別扱いすることが、果たして本当に本人のためになるだろうか。

中央では、実力があっても乗り馬を集められない冴香のような騎手がいるのに、片や地方では、調教師から気遣われながらレースに出るアイドル新人騎手がいる。

そんなことでは女性ジョッキーを取り巻く環境は、いつまで経っても歪《いびつ》なままだ。

それに、こうしたことを続けていけば、後々愛子自身が厳しい競馬界で苦労することになる。

だから光司は、今まで敢《あ》えて瑞穂を女扱いしてこなかった。

以前、池田が、男の自分は一生馬乗りだが、女のお前にその覚悟があるかと、瑞穂に凄《すご》んだことがある。

そのときはおおいに反発していたが、その瑞穂も、ここのところ成績はあまりよくない。以前のように勝ち急ぐことはなくなったが、その分、優しくなった。甘くなったといってもいい。

些細《ささい》なことでカリカリするフィッシュアイズを御せず、銀河特別で勝つことができなかったのは、瑞穂の甘さだ。

〝鈴田の薔薇《ばら》の騎士〟という広告塔の範疇《はんちゅう》を超えて己の本来の力をいかんなく発揮するためにも、馬と力を合わせるだけではなく、もっと積極的に馬を御していく方法を瑞穂は学ばなければならない。

そうしてこそ、初めて高い壁を乗り越えることができるだろう。

ティエレンの調教時間が終わりに近づいていることに気づき、光司は藤村に会釈して〝天狗山《てんぐやま》〟を下りて馬場に向かった。

スロープを歩いている最中、ジャンパーのポケットのスマートフォンが震えた。取り出してみると、広報課の大泉からの着信だ。

調教後、冴香と共に管理棟の事務室にきてほしいという伝言だった。

ちょうどコーナーを回ってきた冴香に向かい、光司は片手を上げた。冴香が緩やかにフィッシュアイズの足をとめる。

「悪いが、管理棟までつき合ってくれ。主催者がお呼びだ」

光司の言葉に、冴香は無言で頷《うなず》き馬を下りた。

控えていた誠に冴香がフィッシュアイズを受け渡すのを待って、光司は管理棟に足を向けた。小走りに後を追ってくる冴香のために、歩く速度を幾分緩める。

「フィッシュアイズはどうだ？」

冴香の顔を見ないようにして尋ねてみた。

「おかげさまで、乗る自信がつきました」

応える冴香も、白い顔を俯《うつむ》けて足元を見つめている。

そのまま互いに口を利かずに、砂利道を歩いた。日は既に高く昇り、裏山から鶯《うぐいす》の鳴き声が盛んに響いてくる。

「お待ちしておりました！」

光司が冴香を伴って管理棟の事務所に入った途端、大泉が大きな荷物を抱えてすっ飛んできた。

「実は、二階堂さんに、たってのお願いがございまして……」

ソファに腰を下ろす暇さえ与えず、大泉がずいずいと冴香に向かって身を乗り出す。

「ぜひ、こちらをご覧になってください」

大泉がテーブルの上で勇んで包装を解いてみせた荷物の正体に、光司は一瞬、唖然《あぜん》とした。

「明日の記者会見と明後日《あさって》のアマテラス杯で、ぜひとも、こちらの勝負服を着てはいただけないでしょうか！」

黒地に紫のカトレア模様。

またしても戦隊もののヒロインのような代物だ。

瑞穂に薔薇模様の勝負服を着せるだけでは飽き足らず、招待騎手にまでこんなものを用意するとは、この男は、一体なにを考えているのだろう。

「おい、いい加減に……」

「分かりました」

ところが、言いかけた光司を遮り、冴香が即答した。

「いやあ、よかったぁ！」

絶句する光司をよそに、大泉は満面の笑みを浮かべる。

「お姿をお見受けしたときから、絶対、紫のカトレアがぴったりだと思ったんですよねぇ」

ひとしきりはっはと笑ってから、大泉はがらりと表情を変え、陰険な眼差しで会計課のデスクを睨《にら》みつけた。

「まーったく、たった一回の貸し服にそんな経費はかけられないとか、けち臭いこと言うから、実はこの勝負服は、不肖私めが自腹を切ってご用意させていただいたんですよ」

以前の冴香なら、絶対にこんなことを引き受けたりはしないはずだ。

だが、光司の訝《いぶか》しげな眼差しを撥《は》ねつけるように、冴香はいたって平静な表情をしている。

「緑川先生！」

突如、大泉が感極まった表情で光司に向き直った。

「熱血の薔薇騎士ミズホちゃんに、ピンクの撫子《なでしこ》のラブリーラブちゃん、そこに紫のカトレアの綺麗系おねえさんがそろうなんて、本当に夢みたいな話ですよ！　これならどの属性のファンも大満足です。いやあ、こんなの三次元《リアル》で見られるなんて、私は競馬事業局に移ってきて、本当によかったですよ」

相変わらず、この男が競馬になにを求めているのかがさっぱり理解できない。

「これで明日の記者会見は大成功ですよ」

光司の呆《あき》れ顔をよそに、大泉はひとりで興奮していた。

ミスター・ワンのネームバリューを当て込み、大泉は明日、この管理棟でアマテラス杯の記者会見を開くことを目論《もくろ》んでいる。

「謎のイケメン風水師、ミスター・ワンを囲む、全国の魔女《まじょ》っ娘《こ》……じゃなかった、女性騎手！　いやあ、これは絵になる。絵になりますよ！」

勝手にしろ。

嘆息した瞬間、傍らの冴香と一瞬眼が合った。

本当に、いいのかよ――。

思わず見返せば、光司の思いを察したように、冴香が小さく頷いた。

翌日の記者会見は、大泉の言葉通り大盛況となった。

管理棟の応接室には入り切れないほどのムービーとスチルのカメラが並び、容赦なく焚《た》かれるフラッシュで、時折狭い部屋が真っ白になる。

光司は部屋の隅で、壁を背に立っていた。

前方に設《しつら》えられた即席の壇上に、真っ白なスーツ姿のミスター・ワンと、色とりどりの勝負服に身を包んだ六人の女性ジョッキーが並んでいる。

ワンのネームバリューのおかげで、普段鈴田とは縁のないキー局の取材も入り、会見の模様はネット配信もされるという。

大泉の仕切りは相変わらず要領が悪く、つい先程まで場所取りをするカメラマンたちの怒号が飛び交っていたが、壇上にワンが登場するなり、会場は水を打ったように静かになった。

ワンに威圧感を覚えるのが自分だけではないと分かり、光司は密《ひそ》かに苦笑を噛《か》み殺す。

女性司会者を相手に、ワンは先程から如才のないトークを繰り広げていた。

長らく香港《ホンコン》で馬主をしていたが、現在は日本の競馬に興味があること。初戦以来勝

ち星のないティエレンを、ここ鈴田で使うようになったのは、自らの風水に則《のっと》っての
こと。
「こうして、華やかな女性ジョッキーたちとここに並ぶことができたのも、風水のお
かげです」
　にこやかな笑みを浮かべるワンに、司会の女性が大仰な相槌《あいづち》を打っている。
　マスコミの目当ては、もちろんワンと、それからアイドルジョッキー〝ラブちゃん〟
こと、木下愛子だったはずだ。しかし――。
「それにしても、二階堂ってのは、随分、いい女だな」
「あんな美人を広告塔に使わないなんて、中央はさすがに贅沢《ぜいたく》だよ」
　前に立つ調教師たちがぼそぼそ囁《ささや》き合っている。
　彼らの囁き通り、前列に陣取るカメラマンたちのレンズは、普段滅多に人前に現れ
ない冴香にばかり向けられていた。
　人垣の後ろから、光司はライトを浴びている冴香を見つめた。
　自分の知っている昔の彼女なら、あんな格好でここに並ぶことは断固拒否したに違
いない。
　元々デビューした当初から、冴香は正統派の美少女だった。それでもあまり話題に
上ることがなかったのは、当時は中央にも他に何人か女性ジョッキーがいたことと、

冴香自身の性格の硬さが原因だ。デビュー当時の冴香は、カメラを向けられてもにこりともしなかった。

それが、変われば変わるものだ――。

それだけ、苦労をしてきたということでもあるのだろう。

あんなに潔癖で頑《かたく》なだった冴香が、壇上でぎこちない笑みを浮かべている姿に、光司はなんだか胸が痛んだ。

本当に、こんなことでいいのだろうか。

著名人馬主や女性ジョッキーをダシに、一時的に話題作りをしてマスコミの注意を引くことが、斜陽の地方競馬の存続につながるのか、根本のところでは光司は懐疑的だった。

但し、毎年、競馬場の累積赤字を突きつけられる競馬事業局の苦労も分からないではない。

マスコミ対応の傍ら、自らシャッターを切るのに余念のない大泉を眺め、光司は肩で息を吐く。

薔薇、撫子、カトレアの勝負服を着た三人の横で、規定柄の勝負服を着た他のジョッキーたちは、いささか白けたような表情をしていた。どうせなら、この際全員まとめて花柄にしてやればよかったのにと、光司は小さく口元を歪《ゆが》めた。

瑞穂と冴香はそれぞれ几帳面《きちょうめん》に唇を結び、愛子だけが笑顔を振りまいている。

「み……緑川先生」

ふいに傍らから小さな声が響いた。

「船井《ふない》さん！」

振り返ってみて、光司は驚いた。

フィッシュアイズの馬主の船井が、古びたジャケットを着てにこにこ笑っている。

「なんでこんな隅にいるんですか。馬主さん用の席はちゃんと用意されているでしょう」

「い、いいや、め、滅相もない。あ、あんなテレビに映るようなとこ、わ、わわわ私なんか、とてもいけませんよ」

言葉に詰まりながら、船井は真っ赤になって首を横に振った。

馬主用の関係者席では、鈴田の大馬主の溝木が、自分の愛人たちを侍《はべ》らせてふんぞり返っている。確かにあそこに交じるのは嫌かもしれない。

魚目《さめ》の馬に〝フィッシュアイズ〟という、見たまんまの馬名をつけた船井は、町の薬局を営む素朴な主人だった。

「そ、それにしても緑川先生、フィ、フィッシュアイズに芦原さん以外のジョッキーが乗るなんて、な、なんだか不思議ですねぇ」

小さな眼を瞬《しばた》かせ、船井が壇上の冴香を見やる。

「ええ。でも、二階堂騎手でもフィッシュアイズを勝たせることはできるかもしれませんよ」

光司は正直な気持ちを口にした。

昨日の調教を見たところ、フィッシュアイズは最初こそ多少不満げではあったが、最終的には、冴香を自然に受け入れていた。

だが――。光司はそのとき、ひとつ気づいてしまったことがある。

「それでは、このへんで、写真撮影に移らせていただきます」

一連のトークが終わり、司会者が舞台袖にはけ、ワンと女性ジョッキーたちが壇上の真ん中に集まった。

「目線くださーい」

「こっち、目線くださーい」

「こちらお願いしまーす」

途端に、会場のカメラマンたちが口々に声をあげる。

大泉が目線のパネルを突き上げるたび、その方向に向かってワンと瑞穂たちが口角を上げてみせた。

一瞬。紫色のカトレアの勝負服を纏《まと》った冴香と眼が合った。

いつもならすぐにそらされるその眼差しが、じっと自分に注がれた気がした。気づくと光司も冴香から眼が離せなくなる。
大勢の人の中で、互いの視線が絡み合った。
その刹那《せつな》、応接室の喧騒《けんそう》が消え、時が飛んだ。
まだ二十代だった頃の自分たちの姿がまざまざと甦《よみがえ》る。
長い髪を翻し、冴香が振り返る。
〝コ・ウ・ジ〟
冴香の唇が自分の名を呼ぶ形に動いた気がして、光司は思わず息を呑んだ。

9 血統

調整ルームの食堂に足を踏み入れるのは、本当に久しぶりだ。

いつもと違う雰囲気に、瑞穂は不思議な感慨を覚える。食堂のテーブルに、調理のおばちゃん以外の女性が座っているのを見るのは、鈴田にきて以降初めてのことだ。

瑞穂自身が女性ジョッキー第一号となる鈴田競馬場には、女性専用の部屋はもちろん、浴場もサウナもない。いつもなら、瑞穂は食事も入浴も厩舎《きゅうしゃ》で先に済ませ、ひたすら眠るためだけに調整ルームに入室する。先輩ジョッキーたちが半裸でたむろする、男だらけの食堂を利用することは皆無に等しかった。

だが今日の食堂には、自分を含めて五人の女性の姿がある。

鈴田のリーディングジョッキー池田が常に陣取り、普段瑞穂が絶対近寄らないようにしている中央のテーブルでは、各地方競馬場からやってきた三人の女性ジョッキーが楽しげに談笑していた。池田も満更ではない様子で、缶ビール片手に相好を崩している。

「ま、今回、私たちはどうせ〝お客さん〟だからねぇ。売りは中央の二階堂さんと、お宅の薔薇《ばら》の騎士の一騎打ちでしょう？」

池田の隣に座っているのは、東北のベテランジョッキー、浅井環《あさいたまき》だ。同世代のせいか、池田とも自然な口調でやりとりしている。

「そうでもないぞ。お前が乗る、俺の厩舎のレボルティオもたいした馬だぞ。なんせ、鈴田じゃ連戦連勝中の土知らずだ。馬主の溝木のおっさんは、ただの助平親父だけどな」

池田の言葉にどっと笑い声があがった。

一見和気藹々《わきあいあい》としていて楽しそうだが、ベテランたちのテーブルには、新人が近づけない無言の圧力のようなものがある。瑞穂があそこに加われば、今の池田の気さくな態度はがらりと豹変《ひょうへん》するだろう。圧倒的に男性優位である競馬界は、同時に完璧なまでの縦社会でもあった。

「ねえ、聞いてますぅ？」

ふいに声をかけられて我に返る。

向かいに座った木下愛子が、不服そうに頰《ほお》を膨らませて瑞穂を見ていた。

「えと、なんだっけ……」

「あー、やっぱり聞いてないー」

駄々っ子のような声をあげられ、瑞穂は困惑する。先輩とのつき合いも苦手だが、後輩とのつき合いにも慣れていない。

いつもなら、瑞穂は池田が牛耳る食堂になど立ち寄らず、すぐに自室に入室する。ところが今回、初めての競馬場の調整ルームでひとりきりになるのは嫌だと、後輩の愛子から拝み倒されてしまったのだ。

本当は、早々に自室にこもり、明日のレース展開のシミュレーションでもしておきたいところなのだが。

「だからー、あの、ものすごくかっこいい厩務員《きゅうむいん》さんのことですよ」

身を乗り出し、愛子が眼《め》を輝かす。

「ああ、木崎さんのこと?」

「木崎さんっていうんだ。下の名前はなんていうんですか」

「……誠」

「誠さん? なんか、ぴったりー」

どうやら愛子は、事前調教中に見かけた誠の美貌《びぼう》に、すっかり魅了されてしまったようだった。

「で、芦原さんは、先程から、しつこく誠のことを聞き出そうとする。

「ない、ない。なんでもない」

全身で否定した瑞穂を、愛子は疑わしそうに眺め回した。

「嘘《うそ》ですよ。あんなかっこいい人と、ひとつ屋根の下で暮らしててなにも感じないなんて、もし本当なら、芦原さん、絶対おかしいです」

愛子に決めつけられ、瑞穂は内心小さく溜《た》め息《いき》をつく。

ずっと以前にもあった。この感じ――。

〝瑞穂って、本当に努力家だよね〟〝瑞穂って、ちょっと人と違うよね〟

暇さえあれば、校庭をランニングしていた中学時代。クラスメイトたちからたびたび言われた。それが賞賛の言葉でないことくらい、瑞穂はとうに自覚していた。

〝話、合わないねー〟

声をそろえて敬遠された、東京での息苦しい学校生活。

地方競馬教養センターに入って以降、過酷な訓練と引き換えに、こうした煩《わずら》わしさからは卒業したつもりでいたのだが。

しかし、自分と同じくジョッキーの道を選びながら、未《いま》だにクラスの主流派的な思考回路を保ち続けている愛子は、ある意味感嘆に値する。ひょっとすると、これが所謂《いわ》《ゆる》〝女子力〟とかいうものなのか。

「じゃあ、本当に芦原さんがなんでもないっていうなら、私がアタックしちゃってもいいですかぁ」

愛子に上目遣いで尋ねられ、瑞穂は途方に暮れた。

正直、好きにしてもらってまったく構わないのだが、あの誠に無闇にアタックなどしたら、一体どんな態度を取られるだろう。

氷のような一瞥《いちべつ》を投げつけられるたび、瑞穂ですら落ち込むのだ。愛子の恋心が無残に打ち砕かれるのは、眼に見えている。

「でも木崎さんは、馬が恋人みたいな人だから……」

曖昧《あいまい》に言葉を濁しながら、手元のスポーツ新聞を開いてみる。

「あーっ」

途端に、耳元で大声をあげられた。

「なに、この記事！　ちょっと酷《ひど》くないですかぁ⁉」

愛子が指差した記事に、瑞穂も軽く眼を見張る。

〝JRAの隠し球、二階堂冴香、アマテラス杯（鈴田）に登場！　紫のカトレアの色香に、地方競馬のアイドル、ラブちゃんの影も薄れる〟

広報課の大泉が自腹で用意したというカトレア柄の勝負服を身につけた冴香が、誰よりも大きく取り上げられていた。

「なにが隠し球ぁ？　単に今までレースに出られなかっただけじゃん。アラサーのおばさんのくせに……！」

同じくアラサー組の環たちのテーブルをはばからず、愛子が悔しげに声を張り上げる。

瑞穂は環たちが振り返るのではないかとはらはらしたが、〝影が薄い〟と腐された愛子の憤慨は収まらないようだった。

「んもー、本当腹立つ！　こんな目立つ貸し服じゃなければ、アラサーなんかより、私たちティーンのほうが絶対注目されるのにぃっ」

〝私たち〟って、自分まで巻き込むのはやめてほしい。

「私はもうすぐ二十歳になっちゃうから」

「それでも、アラサーよりは無敵ですって！」

環たちのテーブルから、黒雲のような気配が立ちのぼっている。

「そ、そんなことより、木下さんは他に気になることとかないの？」

「木下さんじゃなくて、愛ちゃんでいいですよー。他に気になることって？」

「例えば鈴田《うち》のコースのこととか」

瑞穂はなんとか、明日のレースに話題を切り替えようとした。そもそも自分たちはジョッキーだ。若さなんかで競い合ったところで仕方がない。

ところがレースの話になると、愛子は途端につまらなそうな顔になった。

「んー、なんか鈴田って、コーナーきつくて嫌かも」

一周千メートルの右回り。地方競馬場の中でも小さな馬場《ばば》は、たびたび〝お弁当箱〟と揶揄《やゆ》される。愛子が所属する片上競馬場に比べても、三メートルほど幅が狭い。

「でも明日は六頭だし、きっと混まないよ」

瑞穂は先輩らしく助言したつもりだったが、愛子はまだ浮かない表情をしていた。

明日、愛子が乗る馬は典型的な逃げ馬だ。しかも、愛子は一枠を引き当てている。アマテラス杯は千八百メートルと距離は少し長いが、思い切って逃げるという戦法もある。

「それより、この二階堂さんって、芦原さんのお手馬に乗るんですよね。なんか、むかつきません？」

再び愛子が、スポーツ紙に大きく取り上げられている冴香の姿を睨《にら》みつけた。

「狡《ずる》い、この勝負服！」

声を荒らげる愛子の姿に、瑞穂はなんだか拍子抜けしてしまう。愛子は実際のレースより、メディアでの露出のほうに、闘志を燃やしているようだった。

それに、冴香が注目されるのは、なにも勝負服のせいばかりではないだろう。

真っ直ぐな黒髪を胸まで垂らした色白の冴香は、実際、女優だと言われても違和感がない程に美しい。今までメディアに取り上げられなかったことのほうが、不思議なくらいだ。

その冴香は、調整ルームに入るなり、即座に自室に直行したようだった。同世代の環たちとも、ひと言も言葉を交わしている様子は見られなかった。

冴香は本来、あまりつきあいのいいタイプの女性ではないようだ。事前調教の際に自分に声をかけてきたのは、あくまでフィッシュアイズを乗りこなすヒントをつかむためだったのだろう。

ふと瑞穂の脳裏に、光司と並んで立っていた冴香のほっそりとした姿が浮かんだ。

〝冴香……〟

そこに、滅多に人を下の名前で呼ばないはずの光司の声が重なった。

瞬間、胸の奥が小さく疼《うず》く。

なに――？

自分でも覚えのない感覚に、瑞穂は思わず戸惑った。

「……さん、芦原さん！」

強く声をかけられ、ハッと顔を上げる。

「もー、また、聞いてないー」

頬を膨らませた愛子が、上目遣いで睨んでいた。

ゴールデンウイークのど真ん中。みどりの日は、これ以上ない程の快晴となった。

ここ数日雨がなく馬場が乾いているため、砂の補充は見送られている。今日は朝から、先行馬有利の前残りのレースが多い。

鈴田競馬場メインレース、全日本女性ジョッキー招待競走アマテラス杯は、午後三時四十五分の発走だ。

今日ばかりは女性だらけの騎手控室から、瑞穂はパドックの様子を眺めた。

普段の鈴田競馬場からは考えられない程、たくさんの人たちがパドックに詰めかけている。赤ペンオヤジばかりのいつもの客層とは明らかに異なる若い人たちが、スポーツ紙を片手に瑞穂たちの登場を待ちわびていた。

発走十五分前になり、瑞穂たちがパドックに整列すると、一斉にカメラのレンズやスマートフォンやタブレットを向けられた。

「わ! 本当に全員女じゃん」

「俺、女がレースで乗ってるのって、見たことない」

前列の二十代と思《おぼ》しき男たちが、興奮したように指を差す。

どこからきた人たちなのかは知らないが、瑞穂だけなら毎週、ここ鈴田のレースに出ているのだが。恐らく競馬好きといっても、今まで中央競馬しか見たことのない人たちなのだろう。

一般的には、女性ジョッキーはまだまだ認知されていないのだと、瑞穂は改めて思い知らされる。

「花柄の勝負服、着てるよ」

「本当だ。まじ、うける〜」

「あれ？　でも、なんで残りの三人は花柄じゃないわけ？」

傍若無人に騒いでいる男たちから眼をそらし、瑞穂はトクちゃんが引き綱を曳《ひ》いているティエレンに駆け寄った。

「だって私たち、どうせ〝お客さん〟だもの」

その瑞穂に近づき、緑の格子柄の勝負服を着た浅井環が素早く耳打ちする。

驚いて振り向けば、もう環は、すぐ後ろのレボルティオに跨《また》ろうとしているところだった。

茫然《ぼうぜん》としていると、トクちゃんに肩を叩《たた》かれた。

「嬢ちゃん、気にしちゃあかんて。招待競走なんてお祭りやって言う人もおるけど、なんや、今日こそ、てっちゃんが勝てるような気がすんねん」

「ありがと、トクちゃん」

気を取り直し、瑞穂もトクちゃんの組手を踏んでティエレンの背に跨った。

大丈夫。今まで散々腐されてきたのだ。これくらいの嫌みでへこたれる自分ではない。

「まあ、魚目《さめ》はんには悪いけどな」

トクちゃんの言葉に、瑞穂は前をいくフィッシュアイズと黒いヘルメットをかぶった冴香の後ろ姿を見た。

誠に曳かれていくフィッシュアイズの後ろ脚のつけ根に、白い泡状の汗がこびりついている。漆黒の馬体に、白い汗の跡はよく目立った。

「せやけど、魚目はんと枠離れてくれて、ほんまによかったわぁ。隣同士とかなったら、どないしょかと思ったわ」

ティエレンを曳きながら、トクちゃんが安堵《あんど》の息を漏らす。

今回、冴香とフィッシュアイズは内枠の二番。間に二頭を挟み、瑞穂とティエレンは外枠の五番。そして、大外《おおそと》の六番が、溝木の馬、レボルティオに乗る環となる。

直前で確認したオッズでは、冴香のフィッシュアイズが一番人気だった。恐らく、スポーツ紙で話題になった冴香の美貌も人気の後押しをしたのだろう。

二番人気に、地元鈴田で連戦連勝中の三歳牡馬《ぼば》、レボルティオ。溝木はこのレースの後、まだ若いレボルティオを中央に転厩《てんきゅう》させようと目論《もくろ》んでいるらしい。

瑞穂が駆るミスター・ワンのティエレンは、鈴田での実績がないことがたたり、三番人気に甘んじた。

だが、今日もティエレンの状態は絶好調だ。若い芦毛《あしげ》馬特有の銀色の毛並みが、降り注ぐ陽光を浴びて艶《つや》やかに輝いている。

対して、フィッシュアイズはかなり汗をかいていた。やはり、鞍上《あんじょう》がいつもの瑞穂でないことに、緊張をしているのかもしれない。

　ここにきてまでフィッシュアイズのことが気にかかってしまい、瑞穂は慌てて頭を振る。

　今日、自分が勝たせるべきはこのティエレンだ。それ以外のことを、考えるべきではない。

　地下馬道《ばどう》でトクちゃんと別れ、返し馬を順調にこなしてから、輪乗りの位置へ馬を進める。この間、瑞穂はできるだけ、フィッシュアイズを見ないようにした。

「はい、入るよー」「入るよー」

　発走係員に誘導され、一番の愛子の馬からゲート内に収まっていく。

　アマテラス杯は、通常より長い千八百メートル。向正面《むこうじょうめん》からスタートし、馬場を二周近く回ることになる。順当に考えれば、最内枠を引き当てた愛子の馬が逃げるだろう。他に、逃げ馬はいない。果たしてフィッシュアイズはいつ動くか。

　わずかな時間の間に、瑞穂は最大限に頭を働かせた。

　枠入りを嫌がる馬はおらず、鈴田でも最少数の六頭立ての馬たちはあっという間にゲート内に収まった。態勢が整う。

　スタートランプが点灯し、ゲートが開いた。

　瑞穂は勢いをつけティエレンと共に飛び出す。

　よし――！

瑞穂は内心、拳《こぶし》を握る。やはり、この馬はスタートがうまい。

位置取りを決めようと素早く周囲を見回し、瑞穂はハッとした。

真っ先に逃げていくと思われた白いヘルメットがいない。視線を走らせれば、愛子は出遅れたようだった。

逃げ馬が不在のまま、団子状態で馬が進む。誰もが様子見をしているようだ。

それなら、思い切っていってやれ！

今日の馬場は先行が有利だ。

ところが、瑞穂がティエレンを先行させようとしたそのとき、突如、ドスンと重たいものを叩きつけられたような衝撃が走った。バランスを崩しそうになり、瑞穂は慌てて手綱《たづな》を握りしめる。

やはり先行しようとした大外のレボルティオが、追い越しざま、馬体をぶち当てていったのだ。

体重五百キロを超える典型的なダート馬にぶつかられ、さすがのティエレンが横にぶれる。

どうせ〝お客さん〟だから――。

あんなふうに言っておきながら、実際の環《みなぎ》は恐ろしい程の闘志を全身に漲らせていた。現役女性ジョッキー中最多の、六千鞍《くら》近い騎乗は伊達《だて》ではない。誉《ほ》められた乗り方ではないが、したたかだ。

そうこなくっちゃ——！

瑞穂の中にもマグマのような熱が込み上げる。

瑞穂は即座に体勢を立て直した。一瞬、弾《はじ》かれたことで、ティエレンがやる気をなくすのではないかと案じたが、それは杞憂《きゆう》にすぎなかった。それどころかティエレンは、ぐっと下肢に力を込めた。

あっ！

思わず瑞穂は息を呑《の》む。

ティエレンが飛んだ。まさに、ロケットスタートというやつだ。

乾いた馬場の上を軽々と、翼が生えたようにティエレンが飛んでいく。

今までの走りは一体なんだったのか。

これが、数々のGIを総なめにしてきた種牡馬《しゅぼば》の産駒《さんく》、超良血馬の真の実力か。

あっという間に、先をいくレボルティオの尻尾が見えてくる。瑞穂はスピードに身を任せながら、ちらりと背後を窺《うかが》った。

どの馬もティエレンについてこられない。背後には、大きな差がついていた。

無意識のうちに、瑞穂はフィッシュアイズの姿を探す。

フィッシュアイズは遥《はる》か後方にいた。進路をふさがれ前に出ることができないのか、大きく出遅れた愛子の馬と並んで走っている。

これなら、勝てる。

「いくよ、ティエレン！」

ようやく本気の走りを見せたティエレンに、瑞穂はステッキをちらつかせて合図を送った。

ところが、レボルティオに並びかけた途端、ターボチャージャーが効いたようだったティエレンの筋肉からふっと力が抜けた。

え、なに——？

見せ鞭《むち》をしても反応が返ってこない。

ティエレンは、レボルティオの横にぴったりと並んだ。

環が歯を食いしばり、力一杯鞭を入れる。押し出されるように、レボルティオが前に出た。

すると、ティエレンも同じだけ前に出る。再び、環が鞭を振り上げた。鞭を風車のように回転させ、レボルティオを連打する。レボルティオが泡を吹きながら、必死に足を伸ばした。それをあざ笑うように、ティエレンも同じだけ前に出る。

瑞穂はゾッとした。

ティエレンは、明らかにレボルティオを弄《もてあそ》んでいる。

こんなふうに走る馬に、瑞穂は乗ったことがなかった。

これが、ありとあらゆる強豪馬に打ち勝ってきた絶対王者の血筋を受け継ぐ、超良血馬に秘められた残酷さか。

ティエレンは、本来は自分の欲望に素直な気のいい馬だ。疲れることや汚れることを巧妙に避けようとする小賢《こざか》しさは競走馬としては厄介だが、世話役のトクちゃんが必死に語りかければ一応聞く耳を持つ素直さもある。

だから、今回のレースでも、瑞穂はティエレンとなんとか息を合わせることができるのではないかと期待していた。

だが、この展開は瑞穂の予想を遥かに超えていた。

ぶつかられ、進路を奪われたことで、ティエレンの身体《からだ》の中に眠っていたなにかが目覚めた。

汚れを避けるために自ら負けることはあっても、他の馬に身体をぶつけられることなど、ティエレンの中に流れる血が、絶対に許しはしないのだ。

二周目の向正面に入った瞬間、ティエレンは一気に加速し、レボルティオを突き放した。

瑞穂はそのとき、レボルティオの断末魔を聞く思いがした。

こんな差され方をした馬は、再起不能になってしまうかもしれない。特に、徹底的な力の差を見せつけられた牡馬は脆《もろ》い。

ただでさえ、レボルティオは今まで鈴田で負けたことがなかったのだ。その鼻っ柱を完膚なきまでに叩き潰《つぶ》され、レボルティオは魂が抜けたように失速していった。

この馬が、今後、実力馬がそろう中央に転厩するなど、到底無理な話だろう。

己の残酷な仕打ちになどまったく気づかぬ様子で、抜け出したティエレンはのびのびと駆けていく。

しかし、二週目の第三コーナーに差し掛かったとき、瑞穂は自分の背筋がびりりと痺《しび》れるのを感じた。

振り向かなくても分かる。この気迫――。

やがて、地鳴りのように蹄《ひづめ》の音が迫ってきた。視界の広いティエレンなら、とっくにとらえているはずだ。わずかに視線を走らせれば、思った通り。

覆面《メンコ》をかぶったような白面《はくめん》を突き出し、蒼《あお》い眼を燃え立たせ、フィッシュアイズと冴香が迫ってくる。

その爆発的な末脚《すえあし》に、瑞穂は悟った。進路をふさがれていたのではない。冴香は敢《あ》えていきたがるフィッシュアイズの前に壁を作り、虎視眈々《こしたんたん》とこのときまで脚を溜《た》めさせていたのだ。

「ティエレン!」

瑞穂は叫んだ。

長い髪をなびかせる冴香を背に、凄《すさ》まじい勢いでフィッシュアイズがやってくる。

うぉおおおーっ。

フィッシュアイズの後方からの猛追に、競馬場全体から嵐のような唸《うな》り声があがった。

ティエレンの耳がくるりと動く。

瑞穂の見せ鞭に応え、ティエレンが加速した。

だが蹄の音は遠ざからない。後ろから聞こえていたものがあっという間に全身を包み、気づいたときにはすぐ横に、漆黒《しっこく》の馬体が見えていた。

ティエレンの銀の馬体と、フィッシュアイズの漆黒の馬体が、ほとんど同時に砂の上を飛んでいく。

ティエレンがちらりとフィッシュアイズに眼をやったことに、瑞穂は気づいた。

ぶるんと馬体に力が漲り、ティエレンが手前の脚を替えて更に加速した。必死に前だけを見て駆けていくフィッシュアイズの鼻先を交わし、ティエレンがインコースを奪いにいく。

よし！

最後のコーナーを回り、直線に入る。

抜け出したのはインを奪ったティエレンだ。

しかし——。

フィッシュアイズを振り払った瞬間、ティエレンの身体から再びふっと力が抜けた。

まさか——⁉

瑞穂は我が眼を疑った。

ここへきて、またしてもレースの手を抜こうとするティエレンの悪い癖が出ようとしている。一度振り払ってしまえば、追いすがってくることもないと高を括《くく》っているのだろう。

「バカッ!」

瑞穂は大声で叫んだ。

相手は、あのフィッシュアイズなのだ。フィッシュアイズが途中で諦《あきら》めるわけがない。

再び背筋がびりびりと痺れた。このままでは差されるのはこっちだ。

だが、どれだけ鞭を見せようが、手綱をしごこうが、ティエレンは反応しない。押しても引いても、巨大な筋肉は自分の本能だけに従って動いている。

もう、無理だ。

瑞穂は顔を伏せそうになった。

五百キロを超す牡馬を動かすなんて、自分にできるわけがない。

〝勝てないよ〟

そのとき、瑞穂の耳に、光司の冷たい声が響いた。

突如、瑞穂の脳裏に光司の言葉が次々に甦《よみがえ》る。

〝俺の後輩の女ジョッキーよりはマシだ〟

かつて勝ち急いでいた自分に、光司はきっぱりとそう告げた。

浅井環が六千近い鞍数を誇るのに比べ、同世代の二階堂冴香の鞍数は、千鞍に満たない。瑞穂ですら、千七百強の鞍を乗ってきたのだ。綺羅星《きらぼし》の如《ごと》くGⅠジョッキーが居並ぶ中央競馬の中で、たったひとりの現役女性ジョッキーである冴香がどれだけの苦汁を舐《な》めてきたかは、この鞍数だけでも明らかだ。

中央の都市伝説。とっくに引退してると思ってた――。

そんなふうに揶揄されながら、レースに出られない長い時間を、冴香はどんなふうに耐え忍んできたのだろう。

その冴香の執念が、フィッシュアイズの勝負強さに呼応するのは当然だ。

でも、だからこそ――。

瑞穂は鞭を握り直す。

〝冴香……〟

そう呼びかけてつぐんだ、光司の唇。

〝お前とティエレンは、二階堂とフィッシュアイズには勝てないよ〟

淡々と告げてきた眼差《まなざ》し。

その瞬間、瑞穂の中に、今まで感じたことのない火のような激情が込み上げた。

私は、あの人に負けたくない――!!

「ティエレン！ 眼、を、覚、ま、せっ」

瑞穂は鞭を振り上げると、渾身《こんしん》の力で振り下ろした。衝撃が走り、上腕が痺れる。

鞭が折れるのではないかと思った。こんなに全身で、馬を打ったのは初めてだ。

さすがにティエレンがハッとする。

同時にティエレンも気づいた。フィッシュアイズも冴香も、まだなにひとつ諦めていない。

ふーん――。

このとき瑞穂は、ティエレンがそう感嘆の息を漏らしたような気がした。

再びフィッシュアイズが迫ってきたことに、競馬場中が地響きのような歓声をあげる。

フィッシュアイズの手綱をしごく、冴香の息遣いがここまで響く。あっという間に、
漆黒の馬体が横に並んだ。

瑞穂も鞭を持ち替え、肩鞭《かたむち》を入れる。

差されるものか、差されてたまるか――!

ゴール直前の大接戦。

ティエレンの筋肉が大きくうねり、本気の力が爆発する。だがフィッシュアイズも負けていない。跳躍ごとに双方の鼻先が入れ替わる。

だが、最後の最後でフィッシュアイズが口をあけた。苦しげな息と共に、口角から泡が飛ぶ。

え――⁉

その刹那《せつな》、ティエレンの身体からわずかに力が抜け、瑞穂は仰天した。

必死に眼を見張り、泡を吐きながらフィッシュアイズが首を伸ばそうとする。

差される――！

一瞬、鞍上の瑞穂までがそう思った。

しかし。

力を抜いたと見せかけて、その直後にティエレンの筋肉がもうひとつ大きく弾む。

凄まじい瞬発力で、最後の最後に相手を突き放し、鬼神の如くゴール板の前を駆け抜けたのは、ティエレンのほうだった。

ゴールの直前に、ティエレンは己の持てる真の力のすべてを見せつけたのだ。

大歓声の中、瑞穂はようやく我に返る。

勝った、ようやく勝てた……。

それなのに、この無力感はなんだろう。

ティエレンは、鞍上の自分までを欺いた。今回ティエレンを本気にさせたのは、一度振り切っても萎《な》えることのなかったフィッシュアイズのあくなき闘争心だろう。

ふーん――。

あのときティエレンから感じた、冷めたような反応が甦る。

鞍上との共同作業など、結局、あってなきが如しだった。超良血馬とは、こうしたものなのか。しかも、最後に相手の本気をあざ笑うような突き放し方をしたのは、鞍上としても気分のよいものではなかった。

勝利の興奮も薄いティエレンに速歩《ダク》を踏ませながら、ふと振り返り、瑞穂は息を呑む。

瑞穂の眼に入ってきたのは、見たことのないフィッシュアイズの眼差しだった。

最後の最後にいたぶられたことに、フィッシュアイズは深く傷つき、絶望し――。

そして、くるおしいほどに怒っていた。

全身から汗を滴らせ、荒い息を吐きながら、フィッシュアイズは蒼い眼を激しく燃え立たせ、正面から瑞穂を睨みつけていた。

10　過去

　最終レース後、管理棟の大会議室で始まったアマテラス杯の打ち上げは、既に二時間近く続いていた。

　光司は空になったグラスをテーブルの上に置き、周囲を眺める。ケータリングの料理もあらかたなくなり、招待されていた女性騎手たちはそれぞれ帰り支度を始めていた。

　だが、ティエレンを優勝に導いた瑞穂と、馬主のミスター・ワンは、まだ記者たちに取り囲まれている。ワンの知名度もあり、スポーツ紙の記者だけでなく、一般週刊誌や、女性誌の記者までが取材にきているようだった。

　瑞穂は相変わらず慣れない様子で、記者たちの質問に訥々《とつとつ》と答えている。その姿を眺めていると、瑞穂の傍らのミスター・ワンと眼《め》が合った。

　ワンが赤ワインの入ったグラスを掲げてみせたので、光司も軽く会釈を返す。

〝ティエレンに勝ち方を教えていただき、感謝しています〟

　レースの直後、光司はワンから握手を求められた。女形のようになよやかな白い手なのに、その握力は意外なほど強かった。

これであと一勝すれば、三歳馬のティエレンは中央に復帰できる。その日はそう遠くないだろうと光司は思う。

一度プライドを擽《くすぐ》られる勝ち方を覚えれば、牡馬《ぼば》はその優越感を忘れない。恐らく無自覚に勝ってしまったのであろう中央競馬でのデビュー戦のときとは違い、今回のアマテラス杯で、ティエレンは相手を叩《たた》き潰《つぶ》す快感を味わったはずだ。

差された馬たちは気の毒だが、土つかずだったレボルティオはともかく、何度も挫折を味わってきたフィッシュアイズがあの程度のことで潰れるとも思えなかった。

フィッシュアイズとはタイプの異なる癖馬《くせうま》に乗ったことで、瑞穂のジョッキーとしての経験値も間違いなく上がったはずだ。

超良血馬のティエレンを預かったことは、緑川厩舎《きゅうしゃ》としても悪いことではなかった。

〝ティエレンには、フィッシュアイズに勝ってもらう必要があったのです〟

しかし、握手の直後にワンが呟《つぶや》いた言葉を思い返すと光司はいささか不可解な思いに囚《とら》われる。

初めて顔合わせをした雪の日にも、ワンは同じようなことを言っていた。フィッシュアイズと戦わせるために、ティエレンを鈴田に連れてきたのだと。

ワンのフィッシュアイズに対するこのこだわりは、一体、なんだろう。

元来中央競馬の馬主であるワンが、鈴田在籍馬のフィッシュアイズをここまで気にかけてみせるのは、不思議といえば不思議だ。

それとも、またしてもワンにはなにか予感があるのだろうか。この先、ティエレンとフィッシュアイズが再びゴール前で鼻先を交えることになるとでもいう――。

そこまで考えて、光司は首を横に振った。

風水師の予測など、凡人の自分に分かるはずがない。それに、占いなど知ったことではないというのが、光司の本音でもあった。

「悪いけど、先に出るわ。ミスター・ワンによろしく言っといてくれ」

ホスト役として大童《おおわらわ》の広報課の大泉に声をかけ、光司はひと足先に大会議室を出た。挨拶《あいさつ》はひと通り済ませていたし、なにより、煙草《たばこ》が吸いたくてたまらなかった。

管理棟から表に出ると、光司は早速煙草に火をつけた。

深く吸い込みながら、砂利道を歩く。既に日は落ちていたが、西の空にはひとはけの夕映えがまだ群青の中に残っていた。

「テキ！」

厩舎に着いた途端、いきなり背後から強い力で腕をつかまれる。

振り向けば、ゲンさんが息を切らしていた。

「なんだよ、ゲンさん。おどかすなよ」

言いかけて、光司は口をつぐんだ。ゲンさんは、その赤ら顔に酷《ひど》く険しい表情を浮かべている。

「どうした、ゲンさん。なにかあったのか」

「テキ、ちょっと一緒にきてほしい」

くるりと背中を向け、ゲンさんは足早に歩き始めた。ただならぬ様子に、光司も吸いかけの煙草を携帯灰皿に押し込んで後に続いた。

厩舎街の外れまでくると、ゲンさんは物置の陰で足をとめた。そこから首を伸ばし、フェンスの向こうの様子をじっと窺《うかが》っている。

視線の先を追いかけ、光司は軽く息を呑《の》んだ。

古ぼけた街灯に照らされた堤防の脇で、誠が見知らぬ女と向かい合っている。

ネグリジェのような薄手のワンピースを着た女は、決して若くはない。街灯の下、艶《つや》のないぱさぱさした髪と、眼元に浮き出た黒ずんだ隈《くま》が、ぼんやり照らし出されていた。

だがそれらを差し引いても、女の顔立ちは美しい。

細い鼻梁《びりょう》の脇に長い睫毛《まつげ》が影を落とし、病的に痩せているのに、儚《はかな》げな色香が立ちのぼる。

その美貌《びぼう》は、そのまま誠の白い横顔に重なった。

しばらく二人は向かい合ったままでいたが、やがて女がなにかを囁《ささや》くと、誠がむき出しのままの紙幣を差し出した。女はそれをむしるように受け取り、その場で枚数を数え始める。

何度も枚数を数えた後、女は再び誠になにかを囁いていた。

「最近、いつもこうなんだ」

ふいに、傍らのゲンさんが声を漏らす。

ゲンさんは苦虫を噛《か》み潰したような表情をしていた。そのとき、光司はおおかたを悟った。

女は、誠の母親だ。

セラピー牧場から預かることになった木崎誠は、幼少期にネグレクトを受けている。小学生のとき、その母親の何人目かの男の顔を工作用カッターで切りつけて施設に入れられて以来、誠は己の声を失った。ストレスによる心因性失声症《しっせいしょう》という診断だった。それ以降、誠は社会福祉士の観察下に置かれ、母親とは直接の接触を制限されていたはずだ。

一体、いつからこんなことになっていたのだろう。

「あの女、きっと、テレビでアンちゃんの姿を見つけたんだ。それで、金の匂いに気がつきやがったんだ」

ゲンさんが吐き捨てるように呟く。

光司も眼を凝《こ》らし、向き合っている二人の様子を見つめた。

パドックでフィッシュアイズを曳《ひ》く誠の姿は、何度か全国放送のテレビで放映されている。それを見た誠の母は、もう十年以上も会っていない息子を呼び出し、金を無心することを思いついたのだろうか。

フィッシュアイズが稼いだ賞金は、担当厩務員《きゅうむいん》の誠の元にも分配される。しかし、未《いま》だに話すことのできない息子から金をせびるなど、よくもそんな真似《まね》が平然とできるものだ。

光司は思わず、奥歯を強く噛みしめる。

それでも、光司は結局、その場に踏み込んでいくことができなかった。なぜなら、女と向き合っている誠の背中が、今までに見たことのない程安らいでいるように見えてしまったからだ。

「テキ……」

黙々と厩舎への道を歩いていると、堪《たま》りかねたようにゲンさんが足をとめた。

「あれは、よくねえ」

ゲンさんが、真剣な表情で光司を見る。

「わしは、一度、とことん道を踏み外した人間だから分かるんだ。あの女、てめえの命よりも息子よりも、大事なものができちまってる。あれは、まずいぞ」

ゲンさんの言う通り、病的に痩せた女の姿は、なにかの依存症を感じさせた。酒か、薬か、或《ある》いはその両方か――。

あのまま放っておくのは、誠にとっても女にとっても、よくないことが起きる気がした。

〝木崎誠。彼はあまりよくない〟

ふいに、顔を寄せて囁いてきた、ミスター・ワンの予言めいた言葉が耳朶《じだ》を打った。

〝彼は残念ながら、背負っているものがよくない〟

突如、周囲に白檀《びゃくだん》の深く甘い香りが立ち込めたようで、光司はにわかに息苦しくなる。

「分かった。一度、俺から木崎に話をしてみる」

ワンの幻影を追い払い、光司はゲンさんに告げた。

「それでもまた同じことがあったら、社会福祉士に連絡する」

光司の言葉に、ゲンさんは無言で赤ら顔をごしごしと擦《こす》る。

あんな形であっても、誠が母親との密会をどこかで喜んでいることに、ゲンさんもまた、気がついているようだった。

ゲンさんと別れてから、光司は再び煙草に火をつけた。煙を吸い込んだ胸の奥に、やりきれない思いが渦を巻いた。

完全に暗くなった空を見上げ、溜《た》め息《いき》をつくように煙を噴き上げる。月のない夜空に、やけに大きな赤い星がひとつ浮いていた。

やがて自分の厩舎に戻ってくると、馬房《ばぼう》の前に人影が見えた。最初は瑞穂が戻ってきたのかと思ったが、薄明りの中で揺れたのは、真っ直ぐな長い黒髪だった。

冴香――。

足音に気づき、フィッシュアイズの馬房の前に立っていた二階堂冴香が振り返る。

「緑川先生、このたびはお世話になりました」

正面から頭を下げられ、光司は一瞬、言葉に詰まった。

「……いや、もう帰るのか」

「はい。今夜の新幹線で」

「そうか」

馬房の前で、光司は冴香の隣に立った。光司を見るなり、フィッシュアイズがぶるっと鼻を鳴らしてそっぽを向く。そのあからさまに不機嫌な様子に、冴香が微《かす》かな笑みを浮かべた。

「この馬、男が嫌いでね」

光司はきまり悪げに頭を掻《か》く。

「こいつ……フィッシュアイズとのレースはどうだった」

「勝負強くて、素晴らしい馬でした」

馬房の奥に戻っていくフィッシュアイズを見送りながら、「勝たせてあげられなかったけどね」と、冴香は呟いた。

「いい勝負だったよ」

光司は率直な思いを口にする。

事実、冴香の騎乗は見事だった。とかくカッとなる癖を持つフィッシュアイズに、三コーナーまできちんと我慢をさせたのだ。それがなければ、最後の直線で、超良血馬のティエレンをあそこまで追い詰めることはできなかっただろう。

だが――。

ゴール直前の冴香とフィッシュアイズの様子を思い返し、光司はわずかに眉をひそめた。

「そうだ。ちょっと事務所まできてくれないか」

「え……」

訝《いぶか》しげな表情を浮かべる冴香に構わず、光司は母屋に向かって歩き出す。

事務所の電気をつけ、冴香を招き入れると、光司はデスクの引き出しから封筒を取り出した。

「少ないけれど、調教費だ」

「いただけません」

頑《かたく》なに首を振ろうとする冴香の手元に、光司は封筒を押しつける。

「そう言うな。うちじゃ元々たいした額は出せない。あけてみて驚くなよ」

光司が冗談めかすと、冴香はようやく封筒を手に取った。

「すみません」

頭を下げようとする冴香を遮り、光司は唐突に尋ねる。

「左膝《ひざ》、いつからだ？」

冴香が弾《はじ》かれたように顔を上げた。

「痛めてるだろ」

光司は少し強い口調で指摘する。

冴香はしばらく黙っていたが、やがて観念したようにソファに浅く腰を下ろした。

左脚のスラックスをゆっくりまくり上げると、そこに痛々しい程サポーターに幾重にも巻かれた膝が現れた。

「やっぱりな」

光司は深く息をつく。

「……さすがだね。今まで誰にも気づかれなかったのに」

苦笑交じりに冴香が呟いた。いつの間にか、その口調から敬語が消えていた。

「当たり前だ。お前の騎乗を、どれだけ見てきたと思ってるんだ」

調教のときからなんとなく気づいていたが、ゴール直前でフィッシュアイズを追い切れなかった様子を見て、それが確信に変わった。膝の故障は、ジョッキーにとっては致命的だ。

「手術は？」

聞いてしまってから、光司は口をつぐむ。レースに出ることのできない騎手に、そんな余裕があるわけがない。冴香の膝に視線を落としたまま、光司は暫《しば》し沈黙した。

「嘘《うそ》！」

突然、強い声が響いた。

驚いて顔を上げれば、冴香が今までとはまったく違った表情で自分を見ている。

「光司は、私のことなんか見てなかった……！」

正面から光司を見つめ、冴香は声を震わせた。

大きく見張った黒い瞳に、ふいに涙が盛り上がる。

「どうして、栗東《りっとう》を辞めたとき、なにも言ってくれなかったの？　どうして、突然姿を消したの？」

ずっと我慢していたのだろう。ついに耐え切れなくなったように、冴香は細い肩を激しく震わせて俯《うつむ》いた。競馬新聞の散らかった事務所のテーブルに、ぽたぽたと涙の雫《しずく》が散っていく。

「冴香……！」

光司は思わず、冴香の肩を自分の胸に引き寄せた。

その刹那《せつな》、二十代の自分たちの姿が甦《よみがえ》る。

長い黒髪に桜色の唇。マスコミやファンの前ではにこりともせず、ひたすらに馬を追っていた冴香にどうしようもなく心を惹《ひ》かれた。

先輩、後輩として出会ってから特別な関係になるまでに、それ程の時間はかからなかった。だが、若くしてGⅠを勝ってから、光司は変わった。

競馬は勝てば官軍だ。勝ち続けてさえいれば、強い馬も、いい女も、向こうからいくらでもやってくる。

後ろ盾なんかなくたって、自分は腕一本でやっていける。

光司は驕《おご》った。かつての父のように、それを諭《さと》してくれる人は誰もいなかった。

もっとも諭されたところで、当時の自分が聞く耳を持っていたとは思えない。

勝てば勝つほど強い馬が集まり、調教師や馬主にどれだけ傲慢《ごうまん》な口を叩こうが、すべてが正当化されるようになっていった。

そんな日々の中で、光司は冴香とも徐々に疎遠になっていった。

しかし、ある日、思いもよらぬ落とし穴が待っていた。

怖いもの知らずだった光司は、凱旋《がいせん》気分で地元鈴田の交流戦に遠征にきたとき、自分の遠征馬の仕上がりを、周囲に喋《しゃべ》りまくった。心のどこかで、それが父の耳に入ればいいと思っていた。

父の懸念など関係なく、自分は中央で最高の馬に乗り、実力を発揮している。鈴田を捨てた自分は間違っていない。

かつて怒髪天を衝《つ》くかの如《ごと》く中央入りに反対した父に、そう見せつけてやりたかった。

「絶対に勝ってみせる」と宣告し、光司はその通りに交流戦を優勝した。

だが、この地元での優勝が、後の収賄騒ぎに発展した。

なぜなら、光司はこのとき、鈴田の大馬主だった溝木開発の初代会長から祝い金をもらっていたからだ。しかもそれは、金一封などで済まされる金額ではなかった。

けれど、こうしたことは、昔の地方競馬ではよくある風習だった。

当時の光司の感覚からすれば、地元の〝旦那〟からの祝い金を受け取らないほうが、よほど失礼に当たるというものだった。

光司の迂闊《うかつ》な振る舞いを、マスコミにリークしたのは一緒に遠征にきていた同僚のジョッキーだ。表面上は仲良く振る舞っていながら、地方競馬出身の光司にお手馬を奪われた屈辱を、同僚は忘れてはいなかった。

光司の無謀さは、彼にしてみれば、ライバルの失脚を促す絶好のチャンスだったのだ。

特別法上の収賄のほか、〝八百長《やおちょう》〟という事実とは異なるキーワードが独り歩きし、光司はマスコミに追い回されるようになった。

一度躓《つまず》いてしまえば、中央になんの後ろ盾も持たない光司は無力だった。

それまでの傲慢さも災いし、調教師も、馬主も、誰も自分の味方に立ってはくれなかった。

地裁に呼び出された後、素行責任を問われた光司は、結局騎手免許を剝奪《はくだつ》された。勝っていたときはあれほどちやほやされたのに、どれだけ釈明を試みても、話を聞いてくれようとする人は、誰ひとりいなかった。

〝競馬の世界は実力だけがすべてじゃない。地方育ちのお前がなんの縁もない中央にいけば、なにかが起こったとき、誰からも守ってもらえない――〟

事がここに至り、光司は初めて、父の辰夫が口を酸っぱくして繰り返していた言葉の真意を知った。

実力なんて、なんの関係もなかった。結局自分は、中央競馬に居場所を見出《みいだ》すことができなかった。

光司は深く絶望した。

逃れるように北関東の育成牧場に紛れ込んだのは、栗東の関係者と顔を合わせるのが嫌だったからだ。そこでも自暴自棄な日々を送り、酒が抜けないまま無理やり臨んだ調教で落馬して以来、光司は本気で馬を追えない身体《からだ》になった。

ただでさえ、冴香を放り出して、散々好き勝手に遊んでいたのだ。そんな自分に、今更、かつての恋人に合わせられる顔など、あるはずもなかった。

「あのときの俺は、なにもかも失ってしまっていたから……」

「そんなの関係ないっ」

言いかけた光司を、冴香は強く遮った。

「私は、ずっと、待ってた。ずっとずっと、待ってたんだよ……！」

たくさんの美しい女たちが群がってきたとき、そっと眼を伏せて自分から離れていった冴香の寂しげな横顔を思い出し、光司は胸が痛くなった。

「悪かった」

心からそう告げて、涙に濡れた冴香の頬《ほお》に指を這《は》わせる。

そのとき──。ふいに廊下で物音がした。

「誰だ」

冴香から離れ、光司は立ち上がる。

扉の陰から覗《のぞ》いた廊下の先に、ちらりと瑞穂の影がよぎったような気がした。

11 自覚

どこか遠くで歓声が聞こえる。

瑞穂はふと、自分が手綱《たづな》を握っていることに気づいた。

なんてこと――！

レース中に自失していたことに、ぎょっとする。周囲は凄《すさ》まじい砂埃《すなぼこり》。自分がどこを走っているのかも分からない。

とりあえず位置を確認しようと眼《め》を凝《こ》らした途端、眼の前の馬の首がぐんと下がった。

瑞穂は大きく息を呑《の》む。これは、馬が鞍上《あんじょう》を攻撃しようとするときの仕草だ。騎手が前のめりになったところを目がけて、次は力一杯首を振り上げる。要するに、馬の頭突きだ。

まともに食らえば、鼻の骨くらいは簡単に折られてしまう。

フィッシュ、やめて――！

大声で叫ぼうとした瞬間、馬がくるりと振り返った。

馬はフィッシュアイズではなく、ティエレンだった。ティエレンは上唇をまくり上げて歯茎を剥《む》き出し、悪魔のようににやりと笑う。

その表情《フレーメン》のあまりの不気味さに、瑞穂は思わず手綱を放した。ふわりと体が宙に浮き、急速に落下する。

全身を強張《こわば》らせた直後、すとんと意識が戻ってきた。

ぼんやりした視界の片隅《かたすみ》に、テレビの画面が見える。大仲《おおなか》の卓袱台《ちゃぶだい》を囲んだトクちゃんとカニ爺《じい》が、煎餅《せんべい》を齧《かじ》りながら、中央競馬の中継を見ていた。

夢――？

瑞穂はまだ茫然《ぼうぜん》として、何度か眼を瞬《しばた》かせた。どうやら午後の休憩中に、うたた寝をしていたらしい。

「なんや、嬢ちゃん、寝てたんかい。平安《へいあん》ステークス、終わってもうたで」

煎餅を口にくわえたトクちゃんが振り返った。

テレビでは、メインレースがリプレイされている。先頭を走る鹿毛《かげ》に、見覚えがあった。

「コマンダーの旦那が勝ったんやで」

トクちゃんの言葉に、瑞穂はハッとした。

コマンダーボス――。元は鈴田競馬場の藤村厩舎《きゅうしゃ》にいた馬だ。瑞穂も一度だけ、その手綱を握ったことがある。

この馬の騎乗を餌にセクハラを仕掛けてきた馬主の溝木は許せないが、コマンダーボスは惚《ほ》れ惚《ぼ》れする乗り心地の素晴らしい牡馬《ぼば》だった。

そのコマンダーボスが、GⅢ競走平安ステークスを勝ったのか。

テレビに映し出されるゴール直前のスローモーションを、瑞穂はじっと見つめた。

強い脚で後続を突き放したコマンダーボスは、最後は流す感じでゴール板の前を悠々と駆け抜けていく。

「楽勝じゃのう」

老人とは思えぬ頑丈な歯でバリバリ煎餅を噛《か》み砕いているカニ爺が、感嘆の声をあげた。

鞍上も手綱を緩く持ち、余裕の騎乗を見せている。

その綺麗《きれい》な騎乗ポーズを見るうちに、瑞穂の鼓動がにわかに速まった。

今は中央に転厩《てんきゅう》したコマンダーボスの主戦騎手は、確か——。

「あ、御木本《みきもと》や」

切り替わった画面に大写しになったのは、やはり、栗東《りっとう》の御木本貴士《たかし》だ。御木本は相変わらず強気な笑みを浮かべ、勝利ジョッキーインタビューに答えていた。

〝折り合いもついていますし、この先が楽しみな馬だと思います……〟

真っ直ぐに前を見据え、御木本は自信たっぷりに言い切る。

「なんや、いけ好かないイケメンやなぁ」

トクちゃんが顔をしかめて鼻を鳴らした。

「こいつ、嬢ちゃんと同時期デビューなんやろ？　その割に態度でかいし、いっつもええ馬乗っとるし……」

「御木本は、競馬名門の出じゃ。父親も叔父貴も実績のあるジョッキーじゃけえの」

「だからって、ちょっと調子に乗りすぎやないかい？　しかも、あのレイナちゃんとつきおうとるって、ホンマかいな。けったくそ悪い……」

トクちゃんはいつまでもぶつくさ言っている。トクちゃんのお気に入りのグラビアアイドルが最近御木本と噂《うわさ》になっていることが、どうにも気に入らないようだった。

瑞穂とて、中央遠征にいったとき、御木本からぶつけられた言葉を忘れていない。

〝話題作りじゃないって言うなら、それは無駄な努力だよ〟

女性である自分を鞍上に、地方在籍馬のフィッシュアイズが中央に挑むことを、御木本は冷ややかに切り捨てた。

冗談じゃない。

テレビに映る御木本の自信満々の笑みを、瑞穂は無言で睨《にら》みつける。

同時期デビューのジョッキーとして、そんな偏見は絶対に許せない。これからもフィッシュアイズと共に、どこへでも挑戦し続けてやる。

しかし、そう意気込んだ途端、さっきの夢の嫌な感触が甦《よみがえ》り、瑞穂は思わず肩を落とした。

夢ばかりではない。今朝のフィッシュアイズの調教は、本当に酷《ひど》いものだった。アマテラス杯以来、フィッシュアイズは完全にへそを曲げていた。いこうとすればとまる、とまろうとすればダッシュする、右へいこうとすれば左へいこうとする。まるで最初の頃に戻ってしまったように反抗的で、隙あらば、瑞穂を振り落とそうとした。

ほとんど強い調教をしなかった今日でさえ、こうなのだ。追い切りをかけなければならない明日のことを考えると、頭が痛くなってくる。

おまけに、頼みの綱である担当厩務員《きゅうむいん》の誠の様子も変だ。

聞きたいことがあるのに、筆談に応じようとしない。こちらも初めて会ったときのように、完全に自分の殻に閉じこもってしまっている。

最近は、微《かす》かな笑みを浮かべるくらい、リラックスした様子だったのに――。

果たして誠にまで、なにか意に添わないことがあったのだろうか。

瑞穂はふと、数日前のことを思い出した。

台所で近所の農家からもらってきた野菜を冷蔵庫に入れていると、事務所から誠が飛び出してきた。光司が後を追おうとしていたようだったが、瑞穂に気づくときまり悪げに頭を掻《か》き、再び事務所に戻っていってしまった。

思えば、誠の態度がおかしくなったのは、それ以降だ。

珍しく、光司が誠に小言でも言ったのか。

だがその程度のことで、よくも悪くも他人に関心のない誠が、気分を害するとは思えなかった。それに、ときとして冷淡に思えるほど放任主義な光司が、誠が触れられたくない部分に干渉するとも考えにくい。

瑞穂は眉根をぎゅっと寄せる。

分からない――。

やはり、どれだけ近くで働いていても、他の人の気持ちはよく分からない。

そう思った途端、瑞穂の脳裏に、アマテラス杯の打ち上げの後、偶然眼にしてしまった光景がよぎり、胸の奥がどきりと波立つ。

母屋の事務所から灯《あか》りが漏れているのを見たとき、また誰かが電気を消し忘れたのかと思った。だが半開きになっていた扉のノブに手をかけ、瑞穂は自分の眼を疑った。

ほんの一瞬ではあったけれど、光司が冴香を胸に抱き寄せているのが見えてしまった。

〝誰だ――〟

光司がこちらの気配に気づいて立ち上がった瞬間、瑞穂は弾《はじ》かれたように踵《きびす》を返した。そしてそのまま、脇目も振らずに母屋から飛び出した。

あの晩は、大仲の二階の自分の部屋に戻っても、なかなか寝つくことができなかった。

どうして自分があそこから逃げ出したのか、瑞穂は今でもよく分からない。ただ、胸の奥がもやもやと不快に疼《うず》くだけだ。

分からないのは、他人の気持ちばかりではなかった。

「おーっと、二階堂はんやないかい」

考え込んでいた瑞穂は、トクちゃんの声で我に返って顔を上げた。

テレビでは京都《きょうと》競馬場から画面が切り替わり、新潟《にいがた》競馬場の最終レース、三条特別《さんじょうとくべつ》が始まろうとしていた。発走係員にゲート誘導されている人馬の中に、ひとり、長い黒髪を背中に垂らした騎手がいる。

栗毛《くりげ》馬の手綱を握る二階堂冴香の姿に、瑞穂の眼は釘《くぎ》づけになった。

「二階堂は、昨日の競馬で落馬した鞍上の代理じゃな」

渋茶を啜《すす》りながら、カニ爺が卓袱台の上の競馬新聞をめくる。冴香の駆る、大外《おおそと》十六番の馬はまったくの無印。しかも、新潟競馬場の外回りコースでは分の悪い逃げ馬だ。

「人気馬じゃないようじゃけえ、臨時の乗り役が他におらんかったのかもしれんが、二階堂にしてみれば久々の中央での騎乗じゃけえの。ここは必死でくるじゃろうよ」

枠入りを嫌がる馬はおらず、ゲートインはスムーズだった。

ガッコン――――!

ゲートの開く音が響き、一斉に馬が飛び出す。

やはり冴香の馬が先頭に立った。見るからに身体《からだ》の小さな牝馬《ひんば》だ。スタミナがあるようには思えない。しかし冴香は早くから手綱をしごき、どんどん馬を先行させた。

「かーっ、大人しそうな美人なのに度胸あんなぁ。けど、あんなに飛ばしたら、直線で沈むでぇ」

「それくらい、二階堂は覚悟のうえじゃよ」

天を仰いだトクちゃんを、カニ爺は淡々といなす。

大きくリードを広げた冴香は、インコースぴったりに馬を寄せた。

「ほれ、勝負に出たぞ」

カニ爺が湯呑みを置いて、瑞穂を見た。

「分かるか、嬢ちゃん。新潟の最後の直線は日本一長いけえの。大抵は、四コーナーを曲がったところで横に広がって、よーい、どんじゃ。そうなったら脚を溜《た》めていた差し馬が勝つ。じゃがのう、逃げ馬で新潟に挑むとなったら、途中でペースは緩められん。どれだけ先行できるかが、唯一の鍵じゃ。だから、せめて馬の負担を軽くするために、できるだけ距離を走らんで済むインを取るんじゃよ」

やがて四コーナーを曲がると、カニ爺の言葉通り、後続の馬たちが横にばらけて一気に加速してきた。あっという間に差が縮まり、冴香の栗毛が馬群に呑まれる。それでも最内《さいうち》で粘りに粘り、結局冴香は四着でゴール板の前を駆け抜けた。

馬券には絡まなかったが、無印の馬を掲示板に載せたのだから、大健闘と言っていいだろう。

「随分長い間レースに出られなんだが、二階堂は別に悪い乗り役じゃない。この間のアマテラス杯は、二階堂にとって、いい巻き返しのチャンスになったのう」

カニ爺の言葉を聞き終える前に、瑞穂は反射的に立ち上がっていた。

「私、フィッシュのところにいってます」

休憩時間は終わりかけていたので、カニ爺もトクちゃんも、別段訝《いぶか》しんではいないようだった。それでも瑞穂は顔を伏せたまま縁側に下り、足早に大仲を後にした。

だから――。面倒なことをなによりも嫌う光司が、アマテラス杯の開催を引き受けたのだろうか。そして、フィッシュアイズを出走させることにしたのだろうか。

冴香の復帰を手助けするために――。

瑞穂は激しく首を横に振った。

そんなこと、あるわけない。

頭では分かっている。光司に番組を編成するような権限はない。フィッシュアイズの出走だって、馬主や主催者の意見で決めたことだ。

それなのに、どうしてこんなふうに思うのだろう。

その刹那《せつな》、冴香を胸に抱いていた光司の姿が閃《ひらめ》き、瑞穂は足をとめた。

冴香の白い頬《ほお》に指を這《は》わせていた光司は、瑞穂のまったく知らない顔をしていた。

途端に胸の奥がはっきりと痛んだ。今までのもやもやした得体の知れない不快感ではなく、引き裂くように鋭い明確な痛みだった。

ふいに視界が歪《ゆが》む。

え、なんで——？

焦って眼を瞬《しばたた》かせたときには、もうとめられなくなっていた。涙が次から次へと込み上げ、瑞穂はたまらずに顔を覆った。

好きなんだ……。

雷に打たれたように、瑞穂は悟る。

ようやく、自分の気持ちが分かった。

師匠としてでも、調教師としてでもなく、ひとりの男性として、自分は光司のことが好きなのだ。

気づいてしまった思いは、二人が抱き合う姿を垣間見《かいまみ》たとき以上に、瑞穂を激しく打ちのめした。

だって、こんなの、どうしていいか分からないよ——。

誰もいない砂利道に蹲《うずくま》り、瑞穂は膝《ひざ》を抱えて嗚咽《おえつ》した。

12

牽制

今年は早くから猛暑という予報があったが、予想以上にきつい。

前検量《まえけんりょう》を終えた御木本貴士は、ヘルメットとステッキを手に、騎手控室に向かって地下馬道《ばどう》を急いでいた。

三レースから六レースまで連続騎乗が入っていたのだが、天頂から陽光が降り注ぐ正午近くのレースは眩暈《めまい》がするような暑さだった。これから御木本は、メイン競走のマレーシアカップに騎乗する。

アジアの競馬施行団体と提携する交換競走アジアウィークが始まり、中京《ちゅうきょう》競馬場は夏競馬本番を迎えていた。

「御木本ちゃーん」

背後から声をかけられ振り向くと、電動の立ち乗り二輪車に乗った先輩騎手の内海《うつみ》が、ステッキを振りながら近づいてくる。長い地下馬道の移動では、自転車がよく使われるが、最近はこの立ち乗り二輪車を好んで利用する人が増えていた。

「お疲れ様です」

御木本は内海に向かって頭を下げる。

「いや、参ったね。この暑さ。確かまだ、梅雨は明けてないんだよね。こんなんじゃ、この先どうなるのかねぇー」

立ち乗り二輪車を降りながら、内海は額に滲《にじ》んだ汗をぬぐった。〝逃げの内海〟の異名を取る先輩騎手は、縦社会の競馬界には珍しく、後輩とも気軽に言葉を交わす気さくなタイプだった。

「まったくですね」

御木本は先に内海を通してから、騎手控室の扉を後ろ手に閉めた。

夏競馬は、身体《からだ》にぴったりした勝負服を着込む騎手、寒いところで生まれた馬共に、厳しい季節だ。それでもその夏に、妙にやる気を見せる馬もいる。

ミライハルカ――。今回御木本が騎乗する芦《あし》毛《げ》の牝《ひん》馬《ば》に、どうやらその傾向があるようだ。

レース直前の負担重量の確認を終え、内海の隣のベンチに腰を下ろしがてら、御木本はガラス越しにパドックの様子を眺めた。

ミライハルカは、マレーシアカップに出走する馬の中では唯一の三歳馬だ。今まではダートを走ってきた馬だが、馬主と調教師の意向で今回初めて芝を走る。芝が初挑戦ということもあり、直前のオッズはあまりよくない。トラックマンたちの評価も今ひとつだ。

今回、一番人気に推されているのは、十七頭の出走馬の中で唯一重賞を勝ったことのある五歳馬だった。最近勝ち星に恵まれていないが、今回のメンバーの中ではやはり格が違うという評価を受けている。手綱《たづな》を任されているのも、JRAを代表するベテランジョッキーの神崎護《かんざきまもる》だ。

御木本は、二人曳《ににんび》きで周回している五歳馬を見つめた。確かに、堂々たる体躯《たいく》の黒鹿毛《くろかげ》だ。だが、発汗が凄《すご》い。既にゼッケンの下に白い泡が垂れるほど、汗をかいている。重賞を勝ったのも、冬場だ。恐らくこの馬は暑さに弱い。

それに比べ、ミライハルカは元気よくパドックの外目《そとめ》を歩いていた。元々それほど馬体の大きくない牝馬だが、踏み込みに切れがあり、全体的に垢抜《あかぬ》けた感じがする。

その軽やかな歩様《ほよう》を見るうち、この馬をダートから芝に変更させた調教師の眼《め》は確かだという確信が湧いてきた。なにより、追い切り調教をしたときに、新馬戦から騎乗してきている御木本自身が、今までにない手応えを感じた。

追い切り日もうだるような暑さだったが、ミライハルカはむしろ溌剌《はつらつ》としていた。

この日、御木本は四鞍《くら》を乗って、最高着順が二着。なんとしてでもメインレースの優勝を手に入れたかった。

「あれ、今日は可愛《かわい》い嬢ちゃんたちがきてるんだな」

内海の声に、御木本はテレビのモニターに眼をやる。そこに、見知った顔を認めてハッとした。

芦原瑞穂――。昨年、桜花賞《おうかしょう》に挑んできた地方競馬所属の若手女性騎手が、もうひとり、最近アイドル売りで出てきている、同じく地方競馬の新人女性騎手と並んでテレビに映っている。

なにやってんだ、あいつ――。

画面の隅《すみ》に〝美少女ジョッキー予想対決〟というキャプションが躍っているのを見て、御木本は露骨に顔をしかめた。

どうも今日は場内がわさわさしていると思ったが、こんなことをやっていたのか。遠征にきたのならいざ知らず、自身もジョッキーでありながら、予想をしに中京までやってきたとはお気楽なものだ。テレビ番組の余興に駆り出されたのだろうが、こんなことで企画が成り立ってしまうところも恐ろしい。

だから、女のジョッキーなんて嫌なんだ。

御木本はモニターから眼をそらした。ふいに、昨年の桜花賞の記憶が甦《よみがえ》る。

〝自分は七光りって言われるのを嫌がっているくせに、私に言わせれば、そっちのほうがよっぽどナンセンスよ！〟

弱小地方競馬場からの桜花賞挑戦を、「話題作り」と断じた自分に、芦原瑞穂は強い眼差《まなざ》しでそう反論してきた。

冗談じゃない。あんな女に、自分の気持ちが分かってたまるか。

御木本はステッキを握る手に力を入れた。

〝あいつは親父と叔父貴のコネで、いつもいい馬を回してもらってる〟

〝競馬界は七光りがものをいう〟

関係者の中にすら、そう陰口を叩《たた》くものはいる。確かに、父の実績から、馬主の覚えがめでたくなることもあっただろう。だがそこから先は、あくまでも真剣勝負だ。馬の人気とプレッシャーは比例する。一番人気の馬を本当に勝たせるのがどれほど大変なことかは、想像に難くないはずだ。

「おーっと、鈴田の薔薇《ばら》の騎士、マレーシアカップは御木本ちゃん推しだよ」

内海に肩を叩かれ、御木本は顔を上げた。

瑞穂の持ったパネルに、単勝一点勝負でミライハルカの名が大きく書きつけられている。

〝パドックを見て決めました〟

人気薄の馬を一推しにしたことを、競馬通を自称する司会役の芸人から尋ねられると、瑞穂はカメラを真っ直ぐに見てそう答えた。

〝後脚《トモ》のさばきが軽快ですし、この暑さの中、とにかく元気がいいです。芝の初挑戦も、まったく問題ないと思います〟

生真面目な表情で、はっきり言い切る。

こいつ――。

追い切りで乗った自分と同じ感想を、パドックを見ただけで感じたのか。

御木本にとって、芦原瑞穂の実力は今ひとつよく分からないというのが正直なところだった。確かに悪い乗り役ではない。一瞬で馬の状態を見抜く眼力も、たいしたものだ。

だが、フィッシュアイズという馬に乗るときの瑞穂の騎乗は、御木本からすれば理解し難いものがある。

桜花賞トライアル競走、フィリーズレビューでのペース配分を度外視した、ある意味滅茶苦茶な乗り方といい、桜花賞での馬と一緒になって茫然自失《ぼうぜんじしつ》した迂闊《うかつ》さといい、なによりも勝ち負けを重視すべきジョッキーとしては、首を捻《ひね》りたくなるところが多々あった。

芦原が出てくると、自分まで調子がおかしくなる――。

初のGI挑戦だったのに、ついカッとして後先考えずに瑞穂と競り合ってしまった昨年の桜花賞のことを思い返すと、御木本はきまりが悪くなる。

ああいう騎手は、場を乱す。

それが、瑞穂に対する御木本の正直な気持ちだった。

「ラブちゃんのほうは、手堅いなぁ」

内海の楽し気な声に、御木本は再びモニターに眼をやった。

今年デビューしたばかりの〝ラブちゃん〟こと、木下愛子が、満面の笑みを浮かべてパネルを掲げている。一番人気の五歳馬を軸に、オッズが十倍以下の人気馬ばかりを推していた。

愛子がこなれた調子で司会の芸人とじゃれ合っている傍らで、瑞穂は瞬《まばた》きもせずにパネルを持って突っ立っている。

「しかし、鈴田の薔薇の騎士ってのは、なんか面白いな。ラブちゃんはテレビ慣れしてるけど、芦原のほうは、予想が終わった途端、さっさと帰りたいって顔してるよ」

一応、トレードマークの薔薇模様の勝負服を身につけてはいるが、黙って立っているだけの瑞穂は、どこか場違いなようにも見えてしまう。

だから、似合わないんだよ――。

画面の隅に固定されている〝美少女ジョッキー予想対決〟というキャプションを尻目に、御木本は内心毒づいた。

大体あいつ、そろそろ〝少女〟って年齢じゃないだろう。

大きな瞳の芦原瑞穂は、見かけだけならアイドルジョッキーとして騒がれている木下愛子に負けていない。

だが、鈴田競馬場初の少女ジョッキーという触れ込みでデビューした当初から、瑞穂はアイドルというタイプではなかった。中央競馬に遠征にくれば、度肝を抜くような大胆な大逃げに出るし、第一、若手にしては態度がでかい。

女性ジョッキーだからなんなのだ。女だろうと男だろうと、そんなの自分とは関係ない。自分たちは皆ひとりひとり、独立したジョッキーだ――。

そう言って自分をやり込めてきた、燃えるような眼差しを思い返すと、今も苦いものが込み上げる。

しかし、だったら、その格好はなんなんだ。

競馬場の花かなにかは知らないが、規定外の派手な勝負服を着て、今はテレビの余興に駆り出されている。これが男の若手ジョッキーだったら、企画自体が成り立たないに違いない。

やっぱり、女のジョッキーなんて、話題先行のイロモノだ。

「気楽なもんですよ」

つい苦々しく吐き捨てれば、内海に「まあまあ」とたしなめられた。

「そう目くじらを立てるなよ。あの子たちだって大変なんだ。毎年廃止が取り沙汰されている弱小地方競馬場の看板を背負わされているわけだしさ」

内海はステッキをくるりと回す。

「今後のことを考えると、地方競馬には踏ん張ってもらわないといけないんだよ。大体、生まれてくるすべての馬が、中央で走れるわけじゃない。日本の馬産業の下支えをしてるのは、なんだかんだ言って、圧倒的に数の多い地方競馬なんだし」

ベテランの神崎がここにいれば、きっと同じことを言うだろう。

ほぼすべてのレースに騎乗している神崎のような人気ジョッキーは、時間的な都合でなかなかパドックに出ることができない。そのため、やむを得ず地下馬道の検量室前で馬を待ち、そこで騎乗をして馬場《ばば》に出ることになる。

もし神崎がここにいて、今の自分の呟《つぶや》きを聞いていたら、もっと強い口調で戒められたかもしれない。

騎手会の会長でもある神崎は、地方競馬との交流競走にも積極的だ。騎乗依頼があれば、どんなに遠くの地方競馬場にもできる限り出かけていく。瑞穂の桜花賞挑戦にも、神崎は好意的な態度を示していた。

「あの子たちにとっては、あれも立派なお仕事だよ」

内海の物分かりのよすぎる言葉に、御木本はいささか鼻白んだ。

だからこそ、あいつらは、結局広告塔だということだ――。

この先ずっと真剣勝負を背負って生きていかなくてはならない、自分たちとは違う。ああしてメディアにたびたび登場して名前を覚えてもらえれば、引退しても潰《つぶ》しが効く。

そもそも、芸人相手に愛嬌《あいきょう》を振りまいている愛子は、春にデビューして以来、未《いま》だに一勝もできていない。そのままあっさり引退して、タレント活動でも始めそうだ。

だとすれば、一体なんのためにジョッキーになったのかも分からない。

勝たなければ――、勝ち続けなければ意味のない、自分たちとは背負っているものの大きさが圧倒的に違いすぎる。

「そういや、今日、第二レースに二階堂が出てたな」

前のベンチに座っていた先輩ジョッキーが振り返った。

「二階堂も急に有名になったもんだよ。パドックでも、カメラ小僧が鈴なりだった」

同じく第二レースに出ていた内海が首を竦《すく》める。

「さすがに、中央《ここ》では紫のカトレアの勝負服は着てなかったけどな」

「そりゃそうだ」

先輩たちの談笑に、御木本は長い黒髪を背中に垂らしたジョッキーの姿を思い浮かべた。

二階堂冴香。JRA唯一の現役女性ジョッキー。

第二レースで二階堂が乗ったのは、元々、御木本の同期の市橋《いちはし》が乗っていた馬だ。

三歳牝馬の未勝利戦。三キロの減量特典のある市橋が乗ったほうが断然有利だったはずなのに、ミーハーな馬主が、突如二階堂への〝乗り替わり〟を命じたらしい。

「鈴田のアマテラス杯は、二階堂にとっちゃ、いい敗者復活戦になったよな」

「美人ジョッキーぶりが認められて大復活だ。ネットじゃ、キャッチコピーが〝中央の都市伝説〟から〝中央の不死鳥〟になったらしいぞ」

先輩たちの笑い声に、御木本は口元を引きしめた。

その敗者復活のおかげで、椅子取りゲームから押し出された若手がいることを、忘れないでもらいたい。市橋は、唯一、陰口を叩かずに自分を認めてくれた同期だ。

ただでさえ騎乗依頼が減っているその同期が、これ以上悩む姿は見たくない。

大体、美人が認められて復活って、一体なんなんだ。

そんなのは競馬じゃない。

女ジョッキーを広告塔にしたり、容貌《ようぼう》で注目を集めたり、負け続ける馬を話題にしたりするのは、正当な競馬ではない。競馬は、勝ち負けがすべてだ。

「お、そろそろ時間だぞ」

内海の声に、御木本はベンチから腰を上げる。グローブをはめ直し、ステッキをしっかりと握った。

七光りなどではない。自分は競馬にすべてを懸けている。

ミライハルカが待つパドックに、御木本は駆け出した。負けられない競馬が始まる。

そして、これからも、この先も、自分は勝ち続けなければならない。

だから、芦原瑞穂。場を乱すな。

地元の鈴田ではなにをしても構わない。だが中央《ここ》を、話題作りに利用することは許さない。

これ以上、俺たちの真剣勝負の世界に、土足で入ってくるな。

13

不在

八月に入ると、一斉にミンミンゼミとアブラゼミが鳴き出した。

来週新馬戦でデビューする二歳馬の調教を終え、厩舎《きゅうしゃ》に戻ってきた瑞穂は、首に巻いたタオルで額の汗をふいた。

我知らず、唇から重い溜《た》め息《いき》が漏れる。

夏の強い日差しの中、裏山の木々も、花壇の草花も明るく輝いているのに、瑞穂の心は沈鬱《ちんうつ》な靄《もや》に閉ざされているようだった。

昨夜、瑞穂は久々に光司とやり合った。

きっかけは、最近やたらに増えてきた変な仕事の件だ。

先月も、中京競馬場へいけというので遠征かと思って喜んでいたら、テレビ番組の企画で片上競馬場の木下愛子と一緒に予想対決をするという、広報課仕切りの出張だった。

勝負服を着て競馬場にいったのに馬にも乗らず、自分が出場するわけでもないレース展開を予想するという、なんとも空《むな》しい仕事だった。

しかも――。

マレーシアカップを勝った御木本貴士の態度を思い返すと、今でもむかっ腹が立ってくる。

瑞穂の予想が的中したので、表彰式後にそれを伝えにいくという一幕があったのだが、御木本はあからさまにこちらを蔑《さげす》む眼差《まなざ》しをしていた。

司会役の芸人が、自分たちを同時期デビューのライバル扱いした途端、御木本はそれを大声で否定した。

〝僕には人様のレースの予想なんて、そんな大それた真似《まね》はできませんよ。ライバルなんて、おこがましい〟

とってつけたようにそんな言い訳をしていたが、おこがましいのが本当はどちらだと思っているかは、火を見るよりも明らかだった。

嫌みな態度に心底腹が立ったが、さすがに今回は分が悪い気がした。事実、自分は競馬のための勝負服を、場違いな用途で着ていたからだ。

これでは、女ジョッキーが広告塔だと言われても、太刀打ちできない。もうこんな仕事は二度とごめんだと、瑞穂は密《ひそ》かに唇を噛《か》んだ。

ところが昨夜、光司は次の全休日にまたしても愛子と一緒に週刊誌のグラビア撮影にいけと命じてきたのだ。

なぜオフショットなのか、なぜレース写真ではいけないのかと食い下がった瑞穂に、光司は〝さあね〟と開き直ってみせた。

〝なんでも女性ジョッキーブームなんだそうだよ。まあ、これも仕事だと思って諦《あきら》めろ〟

他人事《ひとごと》みたいに告げてくる光司に、瑞穂は堪忍袋の緒が切れた。

〝いい加減にしてください！　先生のせいで、フィッシュアイズがおかしくなったんですよ。全部、先生と二階堂さんのせいですからね！〟

そこまで思い返した途端、瑞穂は両手で顔を覆った。

なぜ、あんなことを口走ってしまったのだろう。どうしてそこに、冴香の名前を持ち出したりしたのだろう。

あのとき、光司がどんな顔をしていたのかは、とても確かめる勇気がなかった。

一目散にその場を逃げ出して、二階の自室に駆け込んだ。

自室の鍵をかけ、布団に倒れ込んでからも、瑞穂は長い間寝つくことができなかった。最初は不本意な仕事のことで腹を立てていたのに、途中からそれが、おかしな方向に変わっていった。

その気持ちの正体が分からず、また、それを探ろうとすると、胸の奥から重たい黒雲のようなものが湧き起こる。

おかげで昨夜はほとんど眠ることができなかった。

気を抜くと、寝不足で眩暈《めまい》を起こしそうだ。瑞穂はまぶたを閉じて、もう一度大きく息を吐いた。

「なんやねん、嬢ちゃん、でっかい溜め息なんかついたりしてぇー」

そこへ軽快なエンジン音を響かせ、原付に乗ったトクちゃんがやってきた。

「トクちゃん」

瑞穂は救われたように眼《め》をあける。

大抵根拠も結論もないトクちゃんの無駄話でも、今は気晴らしになる気がした。

「ははぁーん、嬢ちゃん寂しいんやな」

原付から降りると、トクちゃんは馬房《ばぼう》を指差した。厩舎の端と端の馬房が、それぞれ空になっている。

フィッシュアイズとティエレン。共に、緑川厩舎を支えてきた馬たちの馬房だ。

瑞穂もトクちゃんと並んで、空の馬房に眼をやった。

アマテラス杯以降、ティエレンは次走をあっさりと勝ち、中央へ帰っていった。勝ち方を覚えたティエレンの騎乗はそれほど難しいものではなかった。

勝利の快感に目覚めた牡馬《ぼば》の成長の早さを、瑞穂は身に沁《し》みて感じた。汚れることや疲れることを嫌い、牝馬《ひんば》のお尻ばかり追いかけていたやんちゃ坊主だったティエレンは、あっという間に、王者の風格を身につけていた。

だが一回り成長すると、中央からの転厩馬《てんきゅうば》は、再び中央へと戻っていってしまう。

「そうだね。確かに寂しいね」

強豪馬がいつかない鈴田の現実に、瑞穂は改めて嘆息した。

「しゃあないやん、元々、てっちゃんは中央の馬なんやし」

明るく割り切ってみせるが、本当はトクちゃんのほうこそ寂しいはずだ。

馬との別れは、乗り役である騎手よりも、日がな一日一緒にいる世話役である厩務員《きゅうむいん》のほうが余程つらいに違いない。

「まあまあ嬢ちゃん。今日はええお土産があるんやでぇ」

トクちゃんは原付の後ろに回り、荷台から段ボールを下ろした。

「あ、西瓜《すいか》!」

「せやでぇ、裏山のじいさんからもろたんや」

緑川厩舎では、ボロをボックスで発酵させた堆肥《たいひ》を近隣の農家に無料で配っている。

そのお礼に、形が悪くて市場に出せない野菜や、作りすぎて余っている野菜をもらってくることがよくあった。

「このクソ暑さのせいで、今年の西瓜は特別甘いんやって」

段ボールから取り出した丸々とした西瓜を、トクちゃんはポンと叩《たた》いた。トクちゃんが差し出してきた西瓜を受け取りながら、しかし瑞穂は再び気持ちが沈んでくるのを感じた。

西瓜を手に、瑞穂はもうひとつの空の馬房を見つめる。そこに、いつもメンコをかぶったような白い顔を突き出して、薄蒼《うすあお》い眼であたりを睥睨《へいげい》していたフィッシュアイズの姿はない。

「フィッシュ、好きだったよね。西瓜……」

甘いものが好物の馬は西瓜も大好きだ。

だが、馬の口には歯槽間縁《しそうかんえん》という、ハミを装着する歯の生えていない部分があり、汁気の多い西瓜を食べさせると、大抵そこから美味《おい》しい果汁が流れ出てしまう。そこで馬に西瓜を食べさせるときは皮が中心になるのだが、緑色の皮を与えると、フィッシュアイズはいつも前掻《まえが》きをして怒った。

「ほんま、よう食えんくせに、赤いとこばっか欲しがって、あれは贅沢《ぜいたく》なお馬さんやな」

皆に呆《あき》れられながら、それでもフィッシュアイズは誠から赤い果肉をもらっては、だらだら汁をこぼして喜んでいた。

口元を西瓜の汁だらけにしてご満悦になっていたフィッシュアイズの様子を思い返し、瑞穂は本当に寂しくなった。

「なんや嬢ちゃん、またそんな顔して。てっちゃんと違って、魚目《さめ》はんは転厩したわけやない。どうせ、すぐに戻ってくるんやで」

もちろん、それは分かっている。

フィッシュアイズの不在は、転厩ではなく、放牧だ。

けれど戻ってきたとき、フィッシュアイズは一体どんなふうになっているだろう。ぎくしゃくしたまま臨んだ格下レースでまたしても大敗した後、光司はフィッシュアイズを一旦休ませることに決めた。

現在フィッシュアイズは担当厩務員の誠と共に、光司の父親の古い知り合いが経営している牧場に滞在している。

「けど、ええよなぁ、アンちゃんまで牧場いけて。夏休みみたいなもんやん。おかげでこっちは仕事が溜《た》まる溜まる……」

「しょうがないよ。フィッシュの面倒は、木崎さんじゃないと見られないんだもの」

今度は瑞穂がトクちゃんを宥《なだ》めた。

その誠もフィッシュアイズと一緒に馬運車《ばうんしゃ》に乗るとき、なんとも不服そうな表情をしていた。

失声症《しっせいしょう》の誠が新しい環境に入るには、想像以上のストレスがかかるのかもしれない。

だが、誠がいかにも不承不承といった様子だったのは、職場環境の変化だけが原因ではないような気がした。

もっともそれが、フィッシュアイズ以外の他の馬たちと離れるのが嫌なのか、或《ある》いは別になにか要因があるのかまでは、瑞穂には分からなかった。

そして――。普段は基本的に事なかれ主義な光司が、このときばかりは随分積極的に放牧の準備をしていたようにも思える。

どうして？

深く考えようとすると、瑞穂はまたしても胸の奥が重くなる。

理由は簡単だ。すべては自分がフィッシュアイズを勝たせることができないからだ。

以前にも、落馬の後、フィッシュアイズに避けられた経験があったが、今回の拗《す》ね方はそれとは違う。フィッシュアイズは、瑞穂に裏切られたと思っているようだった。

大嫌いなティエレンで自分を打ち負かしたくせに、再び手綱《たづな》を取ろうとする瑞穂のことを、フィッシュアイズは理解できずにいるようだ。

でも、それというのも、なにもかもアマテラス杯のせいではないか。

瑞穂以外の騎手を受け入れることができないままでは、フィッシュアイズは正常な競走馬とはいえない。その理屈は分かる。

超良血馬のティエレンに騎乗し、お手馬のフィッシュアイズと戦ったことで、自分の騎手としての経験値も上がったと思う。それも確かだ。

だが結果として、自分とフィッシュアイズの仲は、今までにないほどこじれてしまった。

ぐるぐる考えていると、必ず最後にいき当たるのが、冴香を胸に抱いていた光司の姿だ。

「あー、もうやだっ！」

突如大声をあげた瑞穂に、トクちゃんがびくりと肩を竦《すく》める。

「な……なんやねん……」

「ごめん、トクちゃんのことじゃないよ」

瑞穂は慌てて首を横に振った。

「私、西瓜冷やしてくる。午後の休憩のときに切るから、皆で食べようね！」

無理やり明るく告げ、瑞穂は西瓜を持って走り出した。

嫌だ。

勝てないことも、意に染まない仕事も、御木本の眼差しも、誠とフィッシュアイズの不在も、まぶたの裏に焼きついて離れない光司と冴香の姿も、全部全部嫌だ。

アマテラス杯のおかげで、冴香は復帰できたかもしれないが、あれ以来、自分にはひとつもいいことがない。こんなのは絶対おかしい。

だって。

先生は、私の、私の先生のはずなのに——！

瞬間、瑞穂は持っている西瓜を地面に叩きつけそうになった。

昨夜から燻《くす》ぶり続けていた感情がようやく分かる。

これは嫉妬《しっと》だ。

自分は冴香に嫉妬している。

一番嫌なのは、そんなものにずっと囚《とら》われている自分自身だった。

裏庭に回り、瑞穂は勝手口から母屋に入ろうとした。そのとき、台所に人の気配がした。

光司は朝から調教師会に出かけている。ゲンさんは曳《ひ》き運動に出ているし、トクちゃんはまだ馬房のはずだ。となると——。

「カニ爺《じい》？」

青草の補充を終えた蟹江老人が戻ってきたのだろうか。

靴を脱いで台所に入った途端、瑞穂は大鍋を持った女性と鉢合わせになった。飴色《あめいろ》になった南瓜《カボチャ》の煮つけを火から下ろしているひっつめ髪の女性が小さく眼を開く。

「あ……」

瑞穂の口から、声がこぼれた。

「芦原、瑞穂さんね」

「え？　あ……、は、はい！」

覚悟を決めたらしい女性から呼びかけられ、瑞穂は思わず直立不動になる。

割烹着《かっぽうぎ》を着た女性は、柔らかい眼差しで自分を見ていた。ひっつめた髪には白いものが交じり、決して若くはないが、丸みを帯びた頬《ほお》にどこか可愛《かわい》らしさが滲《にじ》んでいる。背後の流し台の上には、綺麗《きれい》に洗ったザルやボウルが置かれていた。女性は勝手知ったる様子で、台所の中で立ち働いていたようだった。

このとき、瑞穂はようやく悟った。

大仲《おおなか》の食卓に並べられていた昼食は、仕出しじゃない。

光司が出かけているのを見計らい、いつもカロリー計算まで完璧なご馳走《ちそう》を作ってくれていたのは、かつて、衰退の一途を辿《たど》る鈴田競馬場に耐え切れず、厩舎を出ていってしまったという、〝おかみさん〟だったのだ。

ガスの火をとめ、おかみさんはテーブルの鍋敷きの上に大鍋を置いた。テーブルには、他にもふっくら炊けた五福豆や、唐辛子がたっぷり入った麻婆《マーボー》豆腐が並んでいる。見ているだけで、唾液腺《だえきせん》が刺激された。

「賄いは口に合いますか」

「あ、はい！」

緊張の抜けない瑞穂の様子に、おかみさんが笑みを浮かべる。

「そんなに硬くならなくて、いいのよ」

「あの、本当に美味しいです。いつも元気が出ます」

瑞穂は素直に感謝の気持ちを伝えた。

実際、夏負けをせずにここまでやってこられたのは、お昼にたっぷり食べる賄いのおかげだ。

「皆、すごく喜んでます」

あの誠ですら、箸の動きが速くなったのだ。

「でも、光司は……、先生は食べないでしょう？」

しかし、おかみさんが発した言葉に、瑞穂は大きく息を呑《の》む。いつも食卓に背を向ける、光司の姿が眼に浮かんだ。

「やっぱり」

おかみさんの口元に寂しげな笑みが浮かぶ。

瑞穂は己の迂闊《うかつ》さを呪《のろ》った。

しんとした台所に、電気釜のスイッチが切れる音が響く。おかみさんは冷蔵庫をあけると、野菜室を整理し始めた。

「立派な西瓜ね。さ、冷やしておきましょう」

促され、瑞穂はぎこちなく西瓜を手渡す。

「あの、お手伝いします」

「いいえ」

瑞穂の申し出を、おかみさんはきっぱりと制した。

「あなたはこの厩舎の乗り役でしょう。女の子だからって、変な気を回す必要はないの。先に自分の仕事をしてください」

凛《りん》とした口調は、やはりこの女性が厩舎のおかみであることを物語っていた。

「さ、こちらは私に任せて、もうひと頑張りしてきてください」

温かい手で背中を押され、瑞穂は再び裏庭に出た。

補助飼料《ペレット》の樽《たる》が高く積まれた一角を曲がり、瑞穂はふと立ちどまる。

〝やっぱり〟

おかみさんの寂しげな微笑の向こうに、もうひとつ、瑞穂の知らない光司の影があった。

そっと振り向けば、勝手口の向こうから、なにかを油で炒《いた》める音と、ニンニクのいい匂いが漂ってきていた。

14 誓い

昼間はまだうんざりする暑さだが、お盆を過ぎると、夕刻から涼しい風が吹くようになった。

競馬事業局との定期連絡会を終えて厩舎《きゅうしゃ》に向かう砂利道を歩きながら、光司は煙草《たばこ》に火をつけた。草むらでは耳に痛い程虫たちが鳴いている。いつの間にか、随分と日暮れが早くなった。

明るかった早朝四時からの調教も、最近は薄闇に閉ざされている。

看板馬のフィッシュアイズを放牧に出してから二週間が経つ。新馬を順調に勝たせることができ、厩舎の状況はまずまずだ。

とは言え、万年未勝利馬のスーパーポポロンは、先週のレースも制限タイムぎりぎりの大敗だったが。

〝全部、先生と二階堂さんのせいですからね！〟

ふと瑞穂の声が甦《よみがえ》り、光司は足をとめた。

裏山から大きな満月が昇り始めている。真新しいススキの穂が、風を受けてきらきらと銀色に輝いた。

あれ以来、瑞穂は黙々と調教に励んでいる。結果も出しているし、今日も数頭の馬の追い切りを順調にこなした。その様子に、普段と変わったところは見受けられなかった。

単に、広報課の大泉が全休日のたびに入れてくる、木下愛子と抱き合わせのアイドルジョッキー企画に癇癪《かんしゃく》を起こしただけなのかもしれない。

だが、アマテラス杯の打ち上げの晩、思わず冴香を抱き寄せてしまったとき、光司は廊下に瑞穂の影を見たような気がした。

風に波打つススキの穂を眺めながら、光司は煙を吐き出した。

もし、あのときの自分の姿を見られていたなら、瑞穂はどんな思いを抱いたのだろう。調教師が私情で、厩舎の看板馬をライバルジョッキーにあてがったと思っただろうか。

さすがに、それはないか——。

光司は煙草のフィルターを噛《か》んだ。

そんな権限が自分にないことくらい、瑞穂だって分かっているはずだ。

瑞穂の言葉に拘泥してしまうのは、むしろ光司自身が、微《かす》かな後ろめたさを抱えているからだった。まったく私情を挟まずにアマテラス杯に臨んだかと自問すると、光司は今でも割り切れない思いが胸の奥で渦を巻く。

アマテラス杯に冴香が参加することを知ったとき、ジョッキーとしてずっと恵まれない環境にいる彼女を助けたいと願う気持ちが、どこかにあった。

それが、かつて蔑《ないがし》ろにしてしまった恋人への贖罪《しょくざい》の気持ちなのかどうかは分からない。

ひょっとすると、それ以上に自分は冴香との再会を心のどこかで希求していたのかもしれない。

腕の中で震えていた細い肩の生々しい感触を思い返し、光司は煙と一緒に大きな息を吐いた。

二階堂冴香とは、あれ以来会っていない。連絡も取っていない。

だが、冴香はアマテラス杯以降、確実にレースに復帰し始めた。八月に入ってからは、小倉《こくら》の最終レースで無印の馬を掲示板に押し上げていた。

膝《ひざ》の不調を隠しながら健闘している冴香を思い、光司は唇を引き結んだ。もっとも、身体《からだ》のどこかに痛みを抱えながら騎乗を続けているジョッキーは、男女を問わず、大勢いる。

その冴香の苦労などお構いなしに、本格的に女性ジョッキーブームがやってきたと、アマテラス杯を企画した広報課の大泉は、笑いがとまらない様子だった。

光司はこの日の連絡会でも、瑞穂の調教以外のスケジュールは広報課に委《ゆだ》ねることに同意してきた。瑞穂には悪いが、競馬場存続のために、大泉が尽力していることは確かだったからだ。

すっかり周囲が暗くなっていることに気づき、光司は足を速めた。

今日は厩舎にゲンさんを待たせている。

この日、所属ジョッキーである瑞穂の広報協力以外でも、光司は競馬事業局からいくつかの打診を受けた。

そのうちのひとつは、ツバキオトメを鈴田競馬場の誘導馬に迎え入れられないかというものだった。誘導馬は、出走馬を馬場《ばば》に先導する以外に、触れ合いコーナーで写真撮影などのファンサービスをすることもある。牝馬《ひんば》の誘導馬は少ないが、穏やかな性格のツバキオトメならファンサービスにもってこいだと踏んだのだろう。

高齢のツバキオトメは最近ではレースに出るより、気難しいフィッシュアイズとの併《あわ》せ馬調教や、新馬を教育する際のパートナーホースとしての役割を果たしている。調教には欠かせないベテランホースではあるが、競走馬はレースに出るのが大前提だ。馬主を引き受けてくれている船井はこの馬の全権を光司に任せているものの、レース出走の目途が立たない以上、ツバキオトメを厩舎に置いておくのは、そろそろ無理があった。

鈴田の誘導馬は、一旦競馬場を引退し、競馬事業局と契約のある乗馬クラブに所属するのが原則だ。

光司としては、事を進める前に、新馬時代からツバキオトメに一心に愛情を注いで育ててきた担当厩務員《きゅうむいん》のゲンさんと、きちんと話をしておきたかった。

〝世話役なんざ、所詮《しょせん》そんなもんよ〟

馬主の都合で、なんの前触れもなく担当馬が転厩《てんきゅう》するたび、そう吐き捨てていたゲンさんの赤ら顔が眼《め》に浮かぶ。

しかし誘導馬への転身は、引退馬にとって決して悪いものではない。

それはきっと、ゲンさんも理解してくれるだろう。

現在フィッシュアイズを放牧している亡き父の知り合いの牧場の乗馬クラブにツバキオトメを預けるなら、ゲンさんも安心するかもしれない。父の代からつき合いのあるその牧場には、ゲンさんも何度か足を運んだことがあるはずだ。

なだらかな丘が連なる牧場の様子を思い浮かべたとき、ふとそこに、今度は誠の顔が重なった。

フィッシュアイズと共に馬運車《ばうんしゃ》に乗せられ、不服そうな表情で自分を睨《にら》みつけていた誠の様子を思い返し、光司は煙草を胸一杯に吸い込んだ。

恨むなら恨めばいい。

夜の帳《とばり》が下りてきた群青色の空に、鯨が潮を吹くように煙を噴き上げる。

直接の接触を制限されている母親がそれを破って誠に近づこうとする以上、ああでもして引き離す以外に方法が見つからなかった。

ゲンさんと違い、誠はそうそう話が通じる相手ではない。

少し前に、給金をなにに使っているのかと問い質《ただ》しただけで、誠は事務所を飛び出していった。母親に会うなと真っ向から命じたところで、それを素直に聞くとは到底思えない。

その意味では、フィッシュアイズの今回の不調は、いいタイミングでもあったのだ。

誠を牧場に送り出した後、光司は社会福祉士と連絡を取った。そして、誠の母が最近、入院していたアルコール依存症患者専門の病院から逃げ出したことを聞かされた。

病院には強制入院の権限がないため、療養途中に患者が脱走や治療放棄をしたとしても、それを無理やり連れ戻すことは基本的にできない。だが同時に、治療を放棄すれば、更生の意思なしと見做《みな》され、公的な保護が打ち切られる。

病院を脱走した誠の母は、恐らく生活保護を受け取ることができなくなり、それで息子を訪ねることを思いついたのではないかと、社会福祉士は語った。

〝もしまた、彼女が厩舎にいくようなことがあったら、そのときはここへ連絡してください〟

別れ際、光司は社会福祉士から緊急連絡先と病院の住所を渡された。

足元を見つめて歩きながら、光司は携帯灰皿に煙草を押し込んだ。

ぼんやりと白かった満月が、いつしか山の端《は》を離れ、輝きを増している。

やりきれないのは、金をむしり取りにくるだけの母親であっても、誠がその面会を心待ちにしているらしいことだった。

やがて堤防沿いにくると、虫の音に混じって蛙《かえる》の大合唱が響いてきた。堤防の向こうには、川が黒々と流れている。土手にはススキが銀色の穂を波打たせ、川面《かわも》から渡ってくる風は既に秋の気配をはらんでいた。

月明かりに照らされる自分の影を踏みながら黙々と足を進めていくうちに、光司はふと、不穏な気配を感じて顔を上げた。

厩舎の洗い場の前で、誰かが揉《も》めている。

そこに女のか細い悲鳴があがったとき、光司は弾《はじ》かれたように地面を蹴った。普段は気にならない左脚が途端に重くなる。落馬で痛めた左脚を引きずりながら、それでも光司は懸命に走った。

誠の母は、幻覚を伴う依存症状からまだ抜け切っていない……そう話していた、社会福祉士の顔がちらついた。

洗い場に駆けつけ、光司は大きく眼を見張る。

ゲンさんに腕をつかまれて身をよじっているのは、やはりいつか見た誠の母親だった。

「ゲンさん！」

光司の声に、ゲンさんがぱっと女の腕を放す。

その瞬間、長い髪を振り乱した女が、いきなり光司に取りすがってきた。

「助けてください……！」

二の腕にきつく爪を立てられ、光司は思わず後じさった。痩せ細った指が、信じられないほどの力で光司の腕をつかんでくる。

「私は息子に会いにきただけなんです。それを、いきなりあの人が……」

「テキ、騙《だま》されるな！」

背後でゲンさんが声を荒らげた。

「その女、アンちゃんを探して母屋にまで入ろうとしてたんだ」

鈴田競馬場厩舎街のセキュリティは甘い。壊れたフェンスの隙間からでも入り込んだのだろう。

「ここは関係者以外、立ち入り禁止ですよ」

光司が反対に押さえ込もうとすると、女はがらりと表情を変えた。

「息子に……誠に会わせてよ、私の息子を一体、どこにやったのよ！」

やつれた蒼白《あおじろ》い顔の中で、大きな眼だけが病的に爛々《らんらん》と輝いている。全身をわなわなと震わせながら、女は食い入るように光司を睨み据えた。

「私は誠の母親よ。母親が息子に用があるんだから、早くあの子を出してちょうだい」

「なにが、母親だっ!」

ヒステリックな女の声を掻《か》き消すように、ゲンさんが一喝する。

「お前がアンコに、母親らしいことをしてやったことが一度でもあんのか! アンコは未《いま》だにわしらと喋《しゃべ》ることもできねえんだぞ」

「そ、そんなの、私とは関係ない……」

「関係ないことがあるものか!」

ゲンさんが、仁王のように眼を剥《む》いた。

「よくそれで母親面できたものだな。どうせ酒欲しさに金をせびりにきただけだろう。お前、依存患者だろう。このわしの眼を、誤魔化せると思うなよ」

「うるさいっ」

女が金切り声をあげる。

「あんたに、なにが分かるのよ!」

しゃがみ込むなり女は砂利をつかみ取り、ゲンさんに向かって思い切り投げつけた。

「私はあの子を産むために死にかけたんだ。あんな子を産んだおかげで、こっちはなにもかもおかしくなったんだ。産んでやった子供から、少しくらいお金をもらったって、一体なにが悪いんだ!」

なおもゲンさんに礫《つぶて》をぶつけようとする女を、光司は羽交い締めにする。

「落ち着いてください。木崎誠は今、厩舎にいません」

「え……」

暴れていた女の身体《からだ》から急に力が抜けた。

「嘘《うそ》でしょう？　ちゃんと約束したのよ。今日、お金をくれるって」

怯《おび》えたような眼差《まなざ》しで、女が光司を見上げる。間近で見るその顔は、やつれ切ってはいるがやはり美しい。その長い睫毛《まつげ》や形のよい鼻梁《びりょう》が、誠の面差しにぴったりと重なった。

この女がまぎれもなく誠の母親であることを、光司はやるせなく思い知る。

「嘘じゃない。木崎は仕事で別の場所にやった。だから、お母さん、あんたは病院に戻るんだ」

光司が言い終える前に、女が激しく身をよじった。

「嘘だ、嘘だ！　今日会えないと、私は困るんだ。息子を出せ、息子に会わせろ！」

渾身《こんしん》の力を振り絞り、女が暴れ出す。

「テキ、まずい！　この女、幻覚症状が出てるのかもしれん。馬房《ばぼう》に近づかせたら大変だ」

ゲンさんが慌てて駆け寄ってくる。

馬房からは距離があり、幸い馬たちはまだ異変に気づいていない。光司はゲンさんと二人がかりで、恐ろしい力で暴れる女を押さえ込んだ。

「病院なんかに戻したら、死んでやる！」

ポケットからスマートフォンを取り出そうとした光司の腕に、女が力一杯嚙みついた。光司が呻《うめ》き声《ごえ》を押し殺した瞬間、ふいに女の全身から力が消えた。

「誠……！」

女の口から、打って変わった嬉《うれ》しげな声が出る。

「やっぱり、約束を守ってくれた。誠、誠、私の誠！」

女が闇に向かって手を差し出した。幻覚を見ているのだろうか。

だが、女が手を差し出しているほうに視線をやり、光司は言葉を失った。

汗だくの木崎誠が、闇の中から眼を光らせてこちらを見ている。

まさか――。〝約束〟のために、牧場から戻ってきたのか。

「木崎」

ようやく光司が口を開いた瞬間、凄《すさ》まじい勢いでタックルされた。はずみで光司は背後にもんどりを打つ。その隙をつき、誠が女を自分のほうに引き寄せた。女がすかさず誠の首にしがみつく。

「誠、助けて！　あいつがお母さんに酷《ひど》いことを……！」

女が光司を指差した。

「やめろ、木崎！」

光司は懸命に立ち上がる。

「金を渡しちゃいけない。それがお袋さんの命を縮めることになるんだぞ。この人は治療が必要だ。すぐに病院に戻すんだ」

しかし光司の言葉は、最早《もはや》誠の耳に届いていないようだった。母を背後に庇《かば》うなり、誠は怒りで瞳をぎらぎら燃えたたせ拳《こぶし》を振り上げる。

「木崎、駄目だっ！」

光司が肘《ひじ》で防御しようとした瞬間――。突然、横からゲンさんが飛び出してきた。

めりっと嫌な音が響く。

光司は大きく息を呑《の》んだ。誠が力任せに振り下ろした拳が、ゲンさんの脇腹に、変な角度でめり込んでいる。

「ぐうっ……！」

砂利道の上に崩れ落ちたゲンさんの口から、低い呻き声が漏れた。

その刹那《せつな》。

突如、あたりをつんざくような嘶《いなな》きが響き渡った。振り返り、光司はハッとする。

ツバキオトメだ。

馬栓棒《ませんぼう》を乗り越えんばかりに首を突き出し、ツバキオトメが眼を剥いている。暗い夜空に、滅多に鳴かないツバキオトメの咆哮《ほうこう》が何回も轟《とどろ》いた。

馬の聴覚は鋭い。特に、世話をしてくれる人の足音や話し声は敏感に聞き分ける。いつも一緒にいるゲンさんの呻き声を察知し、ただならぬ気配を感じ取ったのか、ツバキオトメは馬栓棒に身体をぶつけて暴れ出した。

厩舎のリーダー馬であるツバキオトメの引き裂かれるような嘶きに、馬房内に動揺が走る。すぐさま隣の馬房のスーパーポポロンが呼応し、どしんどしんと壁を蹴りながら嘶き始めた。まどろんでいた馬たちも眼を覚まし、あっという間に馬房のあちこちから、悲鳴のような嘶きが湧き起こった。

普段は大人しいツバキオトメの豹変《ひょうへん》に、光司は呆気《あっけ》に取られた。誠も眼が覚めたように、茫然《ぼうぜん》と周囲を見回す。

母屋の二階の電気がつき、カーテンがあいた。馬房の騒音に気づき、自室で仮眠していた瑞穂が眼を覚ましたのだ。

「先生、なにがあったんですか！」

窓をあけて顔を出した瑞穂に、光司は叫んだ。

「芦原！　裏から俺のバンを持ってこい」

「え、でも、私、仮免……」

「いいから、さっさとしろ!」

光司の剣幕に、瑞穂は慌てて首を引っ込めた。

蹲《うずくま》るゲンさんを助け起こしながら、光司は今度は誠に向き直る。

「木崎、馬たちを落ち着かせろっ」

光司の怒号に、誠がびくりと肩を揺らした。

「早くしろ! このままでは他の厩舎にも迷惑がかかる」

馬栓棒に激しく身体を打ちつけているツバキオトメの白い胸前に、真っ赤な血が滲《にじ》み始めている。気づいた誠は、ようやく我に返って馬房に向けて駆け出した。

「誠っ」

背後で女が鋭い声を放つ。

誠は一瞬だけちらりと母を振り返ったが、すぐさま前を向き、泡を吹いて嘶いているツバキオトメの元に一目散に駆けていった。

「ゲンさん、大丈夫か」

誠の背中を見送ってから、光司はゲンさんに声をかけた。

呼吸をすると痛むのか、ゲンさんは顔を歪《ゆが》ませた。完全にあばら骨が折れている。

救急車を呼ぶより、自分のバンで運んだほうが早いだろうと、光司は算段をつけていた。

「……どうってことねえ。わしのことより、オトメをなんとかしてやってくれ」

額に脂汗を滲ませながら、ゲンさんが呻くように告げる。

「大丈夫だ。今、木崎を向かわせた」

「ああ、あのアンちゃんに任しときゃ、問題ねえ」

ゲンさんは眼元に安堵《あんど》の色を浮かべた。そしておもむろに身を起こすと、馬房に向けて声を振り絞る。

「おーい、オトメよ、心配すんなぁ。わしは大丈夫だかんなぁ」

すると、まるでゲンさんの言葉が分かったかのように、ツバキオトメが暴れるのをやめるのが見て取れた。

馬に人間と同じような心があると考えるほど、光司はロマンチストではない。

だが、馬は生き物だ。生き物である以上、馬には馬の心がある。

長く厩舎に身を置いていると、人と馬の心が通い合う瞬間が、確かにあるのではないかと思わざるを得ない状況に出くわすことがある。特に、鈴田最高齢牝馬のツバキオトメとベテラン厩務員ゲンさんの姿には、そうした感慨を呼び起こすものがままあった。

「テキ……」

苦しい息の下で、ゲンさんが身じろぎする。光司は身を屈《かが》めてゲンさんの口元に耳を寄せた。

「こいつはただの事故だ。わしの怪我《けが》のことは、福祉士には伝えないでくれ」

「だが、ゲンさん」

「こんなもん、あのアンちゃんの痛みに比べりゃ、どうってこたぁねえ。それに、テキ……」

苦痛を堪《こら》えながら、ゲンさんが必死に光司を覗《のぞ》き込む。

「あのアンちゃんはこの厩舎に必要だ。馬たちのためにも、アンちゃんをここに置いてやってくれ」

「分かった。もう、いいから、それ以上喋らなくていい」

光司が頷《うなず》くと、ゲンさんの眼元に微かな笑みが浮かんだ。

「ありがとよ、光司君」

昔の呼び方でそう呟《つぶや》き、ゲンさんは力なくまぶたを閉じた。

その肩を支え、光司は奥歯を噛みしめる。

藻屑《もくず》の漂流先――。どこの厩舎でも、使い物にならなくなった馬や人が流れ着く。

亡き父から厩舎を引き継いだとき、緑川厩舎は周囲からそう揶揄《やゆ》されていた。なにより光司自身が、長い間、父の厩舎を見下し、忌み嫌ってきた。

しかし、その父が残した厩舎に、馬を自分以上に大切に思う世話役がいる。世話役の異変を敏感に察知し、喉《のど》から血が出るほど嘶き暴れる馬がいる。

「先生っ」

エンジン音と共に、瑞穂の甲高い声が響いた。

ヘッドライトが、ゲンさんを抱えた光司の顔を照らす。白いバンが砂利道を踏んで、厩舎の前に走り込んできた。

光司は片手を上げてバンをとめた。瑞穂が運転席から走り出てくる。

「先生、ゲンさん、どうしたんですか」

「あばら骨が折れてる。静かに助手席に乗せるんだ」

「えっ」

骨折と聞き、瑞穂は一瞬血相を変えたが、すぐに落ち着きを取り戻してゲンさんの肩に腕を回した。瑞穂の判断の速さに、光司は微かに満足を覚える。

それでこそ、ジョッキーだ。時速六十キロの馬の背に乗って馬場を駆けるジョッキーが、骨折のひとつや二つで我を失うわけにはいかない。

瑞穂の背中を軽く叩《たた》き、光司はゆらりと立ち上がった。

顔面蒼白《そうはく》で立ち竦《すく》んでいる女の元に近づき、細い手首をきつく握る。

「や、やめて……！　放せっ」

思い出したように女が暴れた。だがその身体には、もう先程の力は残っていない。

「あんたも一緒にくるんだ」

「嫌、病院なんて、絶対に戻らない」

光司の手を振りほどけないと悟ると、女は馬房の誠に向かって手を差し伸べた。

「誠、助けて、助けてぇーっ！」

だが、ツバキオトメの止血をしている誠は、もう振り返ろうとしなかった。

「いい加減にしろ、これ以上息子の仕事の邪魔をするな」

光司は首に巻いていたタオルを外し、後ろ手に女の手首を縛り上げた。女は髪を振り乱し、光司に体当たりしようとする。

「私は命懸けであの子を産んだんだ。女はね、皆出産で命を懸けるんだよ。あんたみたいに、女を泣かしたことしかないような男に、一体なにが分かるんだっ」

光司に引きずられながら、女が金切り声を張り上げた。

「誠っ！　母親より馬を選ぶなんて、お前はやっぱりろくでなしの子だ。お前なんて、息子なものか！　もう二度と、会いにくるものか！」

ツバキオトメの傷口にタオルを当てていた誠の動きがぴたりととまる。振り返りはしない。だがその背中に濃い絶望の色が滲んだ。

光司は無言で女を引きずり、バンの後部座席に細い身体を投げ込む。乱暴に扉を閉めると、観念したのか女はずるずるとシートに蹲った。

「木崎！」

運転席に乗り込む前に、光司は誠の背中に向かって叫んだ。

「馬たちが落ち着いたら、お前は牧場に戻れ。フィッシュアイズは過敏な馬だ。朝、お前の姿が見えなければ、不安に思って探し回るぞ。担当馬にそんな思いをさせるんじゃない」

誠がゆっくりと振り返る。

青褪《あおざ》めた端正な顔に、微かな怯えと深い悔恨の色が浮いていた。

その眼が、暴力を振るった自分が、まだここにいてもいいのかと問うていた。

「いいか、木崎。俺たちが世話をしているのは競走馬だ。何度も言うが、競走馬は勝たなきゃ駄目なんだ。そのために、自分の仕事をしろ。フィッシュアイズがBクラスで燻《くすぶ》る馬でないことくらい、お前が一番よく分かっているだろう。担当馬をしっかり勝たせろ。その金で、お袋さんの入院費を払え。それが本当に、誰かを護《まも》るということだ」

誠を見つめて、光司ははっきりと告げる。

「これは、ゲンさんからの伝言だ」

誠が地面に膝をついた。肩を震わせ、深々と頭を下げた。

秋の気配をはらんだ風が、光司の頰《ほお》を撫《な》でていく。光司はスマートフォンで社会福祉士に連絡し、件《くだん》の病院で誠の母親を引き渡す約束をしてから踵《きびす》を返した。

バンの横に、瑞穂が立ち尽くしている。その顔を眺め、光司はハッとした。

瑞穂は泣いていた。

話すことのできない誠の気持ちを代弁するように、鳶色《とびいろ》の大きな瞳から、はらはらと涙をこぼしていた。月明かりの下、瑞穂の涙が銀の雫《しずく》となって地面に散っていく。

「芦原、木崎を頼む」

光司が肩に手をかけると、瑞穂は深く頷き涙をぬぐって馬房に向かって駆けていった。

バンの窓を覗けば、助手席のゲンさんも、後部座席の女も、疲れ切ったようにまぶたを閉じている。

運転席に乗り込み、光司はアクセルを踏み込んだ。


その晩、ゲンさんを救急病院に入院させ、誠の母を社会福祉士に引き渡してから光司が厩舎に戻ってくると、まだ母屋の一階の電気がついていた。

「先生」

台所から瑞穂が顔を出す。

「木崎は？」

「最終の電車で牧場に帰りました」

「そうか、今日は悪かったな。お前も、もう……」

「先生、夕飯、まだですよね。すぐに用意します」

光司が言い終える前に、瑞穂は台所に戻っていった。

仕方なく事務所で新聞を読んでいると、瑞穂が味噌汁《みそしる》と煮物を載せた盆を手に事務所に入ってきた。懐かしい匂いが鼻孔を擽《くすぐ》る。昼の賄いの残りだ。

「それ、お前が食えよ。俺は……」

「ちゃんと食べてください」

強い口調で遮られ、光司は顔を上げた。瑞穂が真剣な眼差しで自分を見ている。

「先生。私の母は、私を産んだ後、すぐに病気で亡くなりました。元々母は体が弱くて、子供を産むことはできないって言われてたそうなんです。でも、母は命懸けで私をこの世に送り出してくれたんだって、父はいつも言ってました」

「芦原……」

「だから、私、木崎さんのお母さんが言ってたことは本当だと思うんです。あの人も、命懸けで木崎さんをこの世に送り出したんです」

瑞穂の大きな瞳にぷくりと涙が膨らんだ。

「先生、食べてください。それからおかみさんのことを、ちゃんと皆に紹介してください」

瞬《まばた》きと同時に、瑞穂の頬をひと筋の涙が伝う。

光司は黙って箸を取り、味噌汁を啜《すす》った。ほくほくとしたジャガイモに味噌の味が染みている。久しぶりに食べる母の手料理は、やっぱりこの世で一番美味《うま》かった。

まったく、自分が情けなくなる――。

ひと回り以上若い瑞穂や誠がこれだけ大きな悲しみを背負って生きているのに、かつて男と一緒に厩舎を出ていった母をいつまでも許せないでいるのは、ただの甘えだ。

自棄《やけ》になったように、光司はガンモドキの煮つけを頬張った。

賄いを食べる光司を瑞穂はしばらく見つめていたが、やがて静かに口を開いた。

「先生」

箸をとめて、光司は眼を上げる。

「なんだ」

「私、決めました。もう、広報課の仕事は受けません」

「あのなぁ……」

言いかけた光司を、瑞穂は首を振って遮った。

「以前、中央の御木本騎手に言われました。女性ジョッキーで話題作りをしているようじゃ、鈴田は終わりだと」

「言いたい奴《やつ》には言わせておけばいい」

「違うんです！」

瑞穂の口調が強くなる。

「私もそう思うんです。いくらテレビに出ても、雑誌に載っても、競馬で勝てなければなにも変わらない。先生が言った通りです。私たち、勝たなきゃ駄目なんです。勝つことが護ることです。それが、私たちの仕事です」

光司は箸を置いた。二人が黙ると、窓の外から虫の音《ね》が響いてくる。カネタタキが、ちっちと澄んだ声をあげた。

「先生、私はこの厩舎が好きです」

そう言ったとき、瑞穂はなぜか少しだけ苦しそうに自分を見た。

「ここの人たちと、ここの馬たちが好きです。だから、私はこの厩舎を護りたい」

「またそうやって勝手に背負い込むなよ」

苦笑した光司に、瑞穂は再び大きく首を横に振る。

「先生が言った通り、フィッシュアイズはBクラスで燻る馬じゃありません。このところ勝たせられなかったのは、乗り役の私の責任です。でも、もう決めました」

瑞穂が射るような眼差しで光司を見た。

「フィッシュアイズが、昨年、GⅠの桜花賞《おうかしょう》の舞台に立ったことがまぐれ《フロック》なんかじゃなかったことを、証明してみせます」

その瞳の奥に、小さな炎が赤くともる。

「先生は以前私に言ってくれました。鈴田からでもGIを目指せる。世界を目指すこ
とだってできるって。そうなれば、木崎さんのお母さんだって、木崎さんを〝ろくで
なしの子〟だなんて言えなくなるはずです」

瑞穂の強い眼差しに、光司は軽く気圧《けお》された。

「先生、私とフィッシュアイズにもう一度だけチャンスをください」

「芦原、お前……」

光司の顔を正面から見据え、瑞穂は静かに告げる。

「今度こそ、私はフィッシュアイズと一緒にGIを勝ってみせます」

15 落涙

ふと眼《め》が覚めると、まだ外ではコオロギやマツムシが澄んだ声で鳴いていた。

アラーム時計を手に取り、誠は薄い布団から身を起こす。

午前三時。緑川厩舎《きゅうしゃ》で暮らすようになってから、誠はいつもこの時間に自然と眼を覚ます。手早く着替えを済ませて布団を畳むと、誠は部屋を出て台所の奥の共同洗面所に向かった。

窓の外はまだ暗い。冷たい水で顔を洗い、誠は息を吐いた。

古い窓枠の隙間からひんやりとした空気が流れ込んでくる。九月に入っても厳しい残暑が続いているが、朝晩は随分涼しくなった。

顔をふいたタオルを首に巻いて表へ出ると、暗い夜空にもう冬の星座のオリオン座が見え始めていた。眠っている馬を起こさないように砂利道をそっと踏みながら、誠は馬房《ばぼう》に向かう。

毎朝、誰よりも早く馬房に着き、馬の健康状態をチェックするのが誠の日課だ。

馬房に到着すると、もうほとんどの馬は眼を覚ましていた。数頭の馬が馬栓棒《ませんぼう》から首を突き出し、大きな黒い瞳で誠を見ている。

誠は若い馬に近寄り、首の横を掻《か》いてやった。二歳の新馬は鼻息を荒くして、大きな身体《からだ》を摺《す》り寄せてこようとする。

その温かな体温を感じるとき、誠は胸の奥が奇妙に疼《うず》くのを感じた。

ものを言えない馬たちは、全身で誠に頼ろうとしている。どうにかして、自分の快、不快を分かってもらいたいと切に願っている。

馬たちの一途《いちず》さは、いつもは決して触れたくないと思っている、誠の記憶の深い部分を刺激した。

誠が若い馬の首を抱いていると、向かいの馬房で立ったまま うつらうつらしていたツバキオトメがくるりと眼をあけた。誠は馬の首を放し、ツバキオトメに近寄る。

年老いてすっかり白い毛並みになった芦毛《あしげ》馬の前胸には、馬栓棒でぶつけて出血したときの跡が瘡蓋《かさぶた》になって残っている。誠はいたわるように、その場所を何度も優しく撫《な》でた。

悪かった。

指に引っかかる傷跡をさすりながら、心に呟《つぶや》く。

お前の世話役を傷つけて、不安にさせて、本当に悪かった――。

一番端の馬房に眼をやれば、そこでは牧場帰りのフィッシュアイズが寝藁《ねわら》の上に仰向けにひっくり返り、腹を出して熟睡していた。その姿は、馬というよりもまるで犬か猫だ。

口元からよだれを垂らして眠りこけている様子に、誠は我知らず微《かす》かな笑みを浮かべる。

ここへ戻ってくることができてよかった。

ふいに、深い安堵《あんど》に似た思いが込み上げる。

雇い主である緑川光司と、先輩厩務員《きゅうむいん》のゲンさんに向かって拳《こぶし》を振り下ろしてしまったことに気づいたとき、なにもかもが終わったと思った。

誠には、時折、記憶が飛ぶ瞬間がある。大抵それは、思い出したくもない一番嫌な過去に、誠を連れていく。そうすると、頭の中が真っ白になって、なにもかもを打ち壊したくなる。

心療内科医によれば、それはフラッシュバックと呼ばれる現象らしい。

今までも何度かフラッシュバックを起こし、誠は他人に向かって拳を振り上げたことがあった。すんでのところでそれをとめてくれていたのは、光司をはじめとする緑川厩舎の人たちだった。

他でもない、その光司たちに、誠は暴力を振るったのだ。

許されるわけがない。また居場所を失うのだと覚悟した。

ところが――。

〝自分の仕事をしろ。担当馬をしっかり勝たせろ〟

茫然《ぼうぜん》としていた自分に、光司はそう告げた。しかもそれが、怪我《けが》を負わせてしまったゲンさんからの伝言だと言ってくれた。

あのとき、誠は初めて誰かに向かって心の底から頭を下げた。

それが社会福祉士であろうが、心療内科の主治医であろうが、ほとんど他人に感謝の念を覚えたことがなかったのに、自分でもいてもたってもいられなくなって、地面に跪《ひざまず》き、深く頭を下げていた。

誠がツバキオトメの身体を撫でさすっていると、隣の馬房から軽い嘶《いなな》きが聞こえた。

自分も構ってほしいとばかりに、万年未勝利馬のスーパーポポロンが癇性《かんしょう》に前掻《まえが》きをしている。スーパーポポロンの馬房を覗《のぞ》けば、またしても水桶《みずおけ》をひっくり返していた。

最近、スーパーポポロンは、夜中に水を飲んだ後、桶をひっくり返すという変な癖がついていた。暑い季節の今はいいが、寒くなってもこの癖が抜けなければ、身体を冷やす恐れがある。今後は夜の飼いつけを終えた後、水桶を固定しておく必要があるだろう。

濡れた寝藁を外へ出してやろうと、誠は馬栓棒をくぐって馬房の中に入った。スーパーポポロンは喜んで、鼻の穴をぴくぴくさせている。

まったく同じ白斑《はくはん》の馬がいないように、馬にはそれぞれ個性や癖がある。

そのひとつひとつを把握し、各馬にとってベストな環境を整えてやることが世話役の一番の務めだ。そのために、馬が発信している小さな信号を、見落とすことなく察知していかなくてはならない。人が馬の信号に応えれば、馬も人の意向に応えようとする。

誠にとって理不尽極まりなかった世界の中で、それは実にシンプルで、分かりやすいものだった。

〝母親より馬を選ぶなんて、お前はやっぱりろくでなしの子だ〞

そう叫んだ母の声が甦《よみがえ》り、誠はふと、竹ぼうきで寝藁を掻き出していた手をとめた。

またしても母に憎まれたのだと思うと、背中が強張《こわば》ったようになる。

数か月前、厩舎に自分を訪ねてきた母の姿を見つけたとき、誠は単純に嬉《うれ》しかった。

極端に痩せ細った身体や、せわしなくあたりを窺《うかが》う神経質な様子に、多少の異変を感じたものの、自分の居所を探し出してくれたことへの嬉しさのほうが勝った。

請われるがまま紙幣を渡すと、母は心底安堵した表情になった。

その様子を見るのも、嬉しかった。

母に必要なのは、自分ではなく紙幣だということは充分分かっていたが、母が欲するものを渡せるようになった己が誇らしかった。頼り切った眼差《まなざ》しで見上げられると、それだけで胸が熱くなった。紙幣を渡した後、また、再会の約束を交わせるのが幸せだった。

それはきっと、光司が言うように、母の寿命を縮めるだけの約束だったのかもしれないが、それでも誠は、束の間《つかま》、母と向き合えることが理屈抜きに嬉しかった。

幼い頃、どうすれば母に受け入れてもらえるのか、どれだけ考えても分からなかった。母の怒り、悲しみ、憎しみが理由もなく自分に向けられることが、誠にとって、世界の理不尽の始まりだった。

お母さん、お腹空《なか》いた――。そう訴えただけで、小突かれたり叩《たた》かれたりした。うるさい、傍《そば》にこないで、邪魔をしないで。

覚えているのは、母のそんな言葉ばかりだ。

そうかと思うと、息がとまる程強く抱きしめられて、なかなか放してもらえないこともあった。そんなとき、大抵母は激しく泣きじゃくっていた。

一体なにがこの人をこんなに苦しめているのか。

それが分からなくて、幼い頃から誠は〝敵〟を探してばかりいた。その敵は、あるときは夜な夜な母を訪ねてくる、いつも違う男たちであったり、あるときは――今思えば――母を問題視し調査にきていた役所の職員だったりした。

記憶には残っていないが、何人目かの「お父さん」を工作用のカッターで切りつけたとき、誠は男からだけでなく、母からも激しい暴力を振るわれたらしい。

以来、誠はずっと母から離れて施設で生活してきた。

自分がいつから人前で声を出せなくなったのか、誠はあまり深く考えたことがない。施設の職員にも、一緒に生活している他の子供にも馴染《なじ》まず、誰とも口を利かずにひとりきりでいるうちに、いつしか声が出せなくなっていた。

それでも、別段不便を感じることはなかった。

誰にも届かない声ならないほうがいい。ずっとそう考えてきた。

少しずつ気持ちに変化が出てきたのは、心療内科医に勧められて通っていたセラピー牧場での仕事ぶりが認められ、緑川厩舎に職を得てからだ。

人為的な血の操作を受け、走るためだけに誕生する競走馬《サラブレッド》たちは、人の手を借りないと生きていくことができない。

もの言えぬ彼らが全身全霊で、自分のことを分かってほしいと願っていることを知ったとき、誠はそこに、母に振り向いてほしくて、けれどその方法が分からなくて戸惑うばかりだった、幼い頃の自分の姿を見たような気がした。

彼らの傍にいたい。

それは、どこにいっても居場所を見つけられなかった誠にとって、初めて心に芽生えた強い欲求だった。

〝いいか、木崎。俺たちは勝たなきゃいけないんだ。本当の競馬っていうのはな、人と馬が、一緒に生きることだ。人のためにも、馬のためにも、勝たなきゃ駄目だ。そのために、お前の力を生かすんだ〟

以前、光司から告げられた言葉が耳朶《じだ》を打つ。

その強い響きは、乾いた地面に降り注ぐ雨の如《ごと》く、空っぽだった誠の中にずっと沁《し》みてきた。そして今も、心の奥底に芽生えた微かな希望のような欲求に、鮮烈な水を注ぎ続けている。

この厩舎は、理不尽な世の中で、誠が初めて見つけたたったひとつの居場所だった。

ふいに傍らでがさりと音がする。

我に返って顔を上げ、誠は眼を見張った。

休みを取っていたはずのゲンさんが、竹ぼうきを手に、隣のツバキオトメの馬房に入っていこうとしている。誠は自分の竹ぼうきを放り出し、馬栓棒をくぐってゲンさんの前に出た。

「なんだ、アンコ。邪魔すんな」

ゲンさんの手から竹ぼうきを奪い取ろうとして、邪険に振り払われる。それでも誠はゲンさんの前からどこうとはしなかった。

我を忘れた誠が渾身《こんしん》の力で振り下ろした拳をまともに受け、ゲンさんは肋骨《ろっこつ》を二本折った。幸い、骨折は内臓を傷つけるまでには至っていなかったが、全治には一か月以上かかると聞いている。

それなのに、二週間も経たないうちに、ゲンさんはこうして厩舎に現れた。

誠は首を横に振りながら、ゲンさんが馬房に入るのを阻もうとした。

「ああん⁉」

途端に、ゲンさんが眼を剥《む》く。

「なんだ、アンコ！　言いたいことがあんなら口で言え。わしらは馬じゃねえんだぞ」

まただ。

〝アンコ、喋《しゃべ》れ〟

いつもゲンさんは自分にそう言う。

〝お前、そうやって黙ってっから馬になんだ。わしらと喋れ〟

だが口を開いても、どうすれば声が出るのか分からない。

ゲンさんはしばらく誠を睨《にら》んでいたが、どうしても声を出せないでいるのを見て取ると、フンと鼻を鳴らした。

「言いたいことがねえなら、そこをどけ。オトメがわしを待ってんだ」

ツバキオトメの馬房の清掃なら自分がやる――。そう必死にジェスチャーを繰り返せば、肩をぐいとつかまれる。

「大丈夫だ。コルセットだってちゃんとしてんだ。あばらの骨折なんざ、世話役にとっちゃ、日常茶飯事よ。ほっときゃくっつく。小僧っ子が、世話役四十年のこのわしを舐《な》めんじゃねえ」

ゲンさんの気迫に押され、誠は仕方なく道を譲った。

竹ぼうきを手に、ゲンさんは素早く馬栓棒の下をくぐる。早速ツバキオトメがその肩に鼻面を押しつけ、親愛の情を示した。

「おお、オトメ。しばらくこれんで悪かったな……」

ツバキオトメの白い鼻面を撫でてから、ゲンさんが誠を振り返る。

「アンコ、お前も人の馬の面倒ばかり見てねえで、自分の馬をしっかり見ろ」

一番端の馬房では、フィッシュアイズが相変わらず黒い腹を気持ちよさそうに上下させて熟睡していた。

「しっかし、魚目《さめ》はよく寝る馬だなぁ」

呆《あき》れたように言いながら、ゲンさんは赤ら顔ににやりとした笑みを浮かべる。

「嬢ちゃんが、また、面白いことを言い出したそうじゃないか」

ゲンさんの言葉に、誠は先週の大仲《おおなか》での光司の宣言を思い返した。

フィッシュアイズの休み明け第一戦を、光司は京都競馬場のみやこステークスに決めたと全員に告げた。

GⅢ競走、みやこステークス。久々の中央遠征だ。

光司の隣では、この厩舎の乗り役《ジョッキー》、芦原瑞穂が大きな瞳を炎の如く輝かせていた。

「この意味が分かるか、アンちゃん」

ゲンさんが思わせぶりに片眉をつり上げる。

「テキと嬢ちゃんの狙いは、その先よ」

みやこステークスを勝った馬には、十二月、中京競馬場で行われるチャンピオンズカップの優先出走権が与えられる。

チャンピオンズカップ――。

それはその年の〝砂の王〟を決定する、ダート最高峰のGⅠ競走だ。

「わしらの馬が、またGⅠを目指すんだ。こんなに嬉しいことはない」

ツバキオトメの首を撫で、ゲンさんが感慨深げに呟く。

「テキは一時、オトメの引退を考えていたようだが、魚目がGⅠを目指すとなれば、そうもいくまい。なんちゅうても、オトメはあの強情な暴れ馬を一喝できる、唯一のベテランホースだからな」

ゲンさんは戻ってきて、誠の肩に分厚い掌《てのひら》をかけた。

「わしら世話役も、うかうかしてられないぞ」

ゲンさんの掌に力がこもる。

「それにな、わしの痛みなど、お前が受けてきた痛みに比べればどうということもない」

誠はハッとしてゲンさんを見た。

「いいな。今度こそ、魚目と嬢ちゃんを勝たせるぞ」

軽く肩を叩き、ゲンさんは再びツバキオトメの馬房に向かっていった。

誠はしばらくぼんやりしていたが、やがて気を取り直して竹ぼうきを拾い、フィッシュアイズの馬房に入る。

ボロを掻き集めていると、仰向けで眠っていたフィッシュアイズがようやく眼を覚まし、のそりと立ち上がった。

ふいに長い舌で頬《ほお》を舐められ、誠は肩を竦《すく》める。誠が身をよじっても、フィッシュアイズは顔を舐めるのをやめようとしなかった。

よだれでべとべとになった顔に手をやり、誠は小さく息を呑《の》む。

自分が涙を流していることに、初めて気がついた。

泣けば余計に叩かれると知った幼少期から、誠はこんなふうに涙を流した覚えがない。けれど、なんの苦しみも痛みも伴わず、湖水に湧き出る清水のように、涙は次から次へと溢《あふ》れ出た。

馬は甘いものと同様に、塩気のあるものも好む。フィッシュアイズは誠の涙に塩の気配を感じ、それを舐めていたのだろう。

フィッシュアイズが再び長い舌を伸ばし、誠の頬を流れる涙を舐め取る。

自分がなぜ泣いているのか分からないまま、誠はフィッシュアイズの温かな舌に顔を舐められ続けていた。

16

京都

十一月第一日曜日。

残暑が収まり、台風シーズンも抜け、ようやく穏やかな気候になったと思いきや、日本列島は長雨の季節に入ったようだ。

この日も京都競馬場の上空には重たい雲が垂れ込め、朝から冷たい雨が降り続いている。

騎手控室に入った瑞穂は、黒いヘルメットを手に、ガラス越しに十一頭の馬が周回するパドックの様子を眺めた。緑色の合羽《カッパ》を着た誠とトクちゃんに二人曳《ににんび》きされ、フィッシュアイズは落ち着いた足取りでパドックの外目《そとめ》を回っている。

瑞穂とフィッシュアイズにとって、これが二回目の京都遠征だ。

四歳になったフィッシュアイズの斤量は五十五キロ。初遠征のときに比べ一キロ重い。

もっとも、休み明けで力があり余っているフィッシュアイズにとって、この斤量はたいしたハンデにならないだろうと瑞穂は踏んでいる。

フィッシュアイズは根性のある馬だ。同時に、嫌になるほど頑固な馬でもある。

九月の頭に牧場から帰ってきた後、瑞穂たちは約二か月をかけ、みやこステークスに照準を合わせてフィッシュアイズの調教を進めてきた。

もう一度GIを目指したい――。

瑞穂の思いを、馬主の船井や光司をはじめとする緑川厩舎《きゅうしゃ》の面々は、積極的に受け入れてくれた。一番心配だった誠も、以前の誠実さを取り戻し、何度でも筆談に応じた。

誠によれば、フィッシュアイズは牧場でのびのびと過ごす半面、レースのない毎日に物足りなさを覚えていたらしかった。時折、乗り役の姿を探していたと知り、瑞穂は密《ひそ》かに胸が熱くなった。昨年、桜花賞《おうかしょう》の大舞台に立ったのは決してフロックなんかじゃない。

やはりフィッシュアイズは生粋の競走馬だ。

牧場から帰ってきたときに、大嫌いなティエレンが姿を消していたことも好条件となり、フィッシュアイズは徐々に厩舎ナンバーワンの矜持《きょうじ》を取り戻していった。

先輩馬ツバキオトメの胸を借りて併《あわ》せ馬調教も順調にこなし、飼葉《かいば》もしっかり食べ、馬体の張りも艶《つや》も申し分なく仕上がっている。

不安があるとすれば、未《いま》だにふとしたときに見せる、瑞穂への反抗心だ。

まだどこかで、大嫌いな馬で自分を打ち負かした瑞穂のことを怒っている。

馬の刷り込み能力《インプリント》が尋常でないことは重々承知しているが、その頑固さに瑞穂はほとほと手を焼いた。

しかし言い換えれば、それだけフィッシュアイズの闘争心は強いということだ。

馬場《ばば》取締委員の号令がかかり、瑞穂は他のジョッキーたちに続いて騎手控室を出て、パドックに駆け出した。

地方在籍馬のフィッシュアイズがGⅠ競走チャンピオンズカップに出るためには、なんとしてでもこのみやこステークスを勝たなくてはならない。

出走レースを増やし、賞金を積み上げるという手もないわけではないが、光司はそれを選ばなかった。

十月に阪神《はんしん》で行われたGⅢ競走シリウスステークスには、ティエレンが出走していたからだ。しかも、鞍上《あんじょう》はあの神崎護。今やティエレンは、JRAのスタージョッキーを背に、重賞の一番人気に推される馬になっていた。

こっぴどい負かされ方をした記憶が上書きされていない以上、休み明けすぐにフィッシュアイズをティエレンとぶつけるのは得策ではないと光司は判断していた。

一番人気に応え、ティエレンはレコードに近いタイムでシリウスステークスを圧勝した。

ティエレンは間違いなく十二月のチャンピオンズカップにやってくる。

だからこそ、フィッシュアイズと自分は、絶対にここで負けるわけにはいかない。必ずやこのワンチャンスをものにし、勝利馬のプライドを取り戻さなくてはならない。

「お、鈴田の薔薇《ばら》の騎士！」

「お嬢ちゃん、今日はお花模様の勝負服じゃないの？」

ビニール傘を片手にパドックを取り囲んでいるオヤジたちのヤジを聞き流し、JRAの貸し服を着た瑞穂は、フィッシュアイズの引き綱を持つ誠とトクちゃんに駆け寄った。

「嬢ちゃん、七番にだけは負けたらあかんでぇ」

すかさずトクちゃんが、後方を睨《にら》みながら耳打ちしてくる。

トクちゃんの言葉に、瑞穂も背後に視線を送る。

六枠七番。緑色のヘルメットをかぶり厩務員《きゅうむいん》の手をほとんど借りずに馬に飛び乗っているのは、若手ナンバーワンの呼び声も高い、同時期デビューの御木本貴士。跨《またが》っている鹿毛《かげ》は、五月に平安ステークスを勝った、元鈴田在籍馬のコマンダーボスだ。

「コマンダーの旦那に罪はないねんけど、馬主の溝木はクソオヤジやし、なにより乗り役のアンちゃんが気に入らないねん」

「分かってるよ、トクちゃん」

瑞穂は深く頷《うなず》きながら、誠の組手を踏んでフィッシュアイズに跨った。

どの道、今回一番人気に推されているコマンダーボスを下せなければ、フィッシュアイズの優勝は望めない。

「芦原」

そこへ、長い髪をひとつにまとめた光司が、左脚をわずかに引きずりながらやってきた。

「雨で砂がしまって馬場は硬いぞ。それに、内枠には水も溜《た》まっている。ペース配分はお前に任せるが、今回は中距離だってことを忘れるな」

「はい」

瑞穂は砂よけについた水滴をぬぐい、光司を見下ろした。

ジョッキールームで見た直前のダート競走も、先行馬有利の前残りの展開だった。

幸い瑞穂は二枠の二番。スタートがうまくいけば、先行できる。問題は――。

瑞穂は前をいく、栗毛《くりげ》馬を眺める。最内枠の一番を引き当てた小柄な三歳牝馬《ひんば》はダート向きとはいえないが、斤量は今レース最軽量。おまけに鞍上は〝逃げの内海〟。

この逃げ馬に引っ張られすぎれば、三コーナー付近の坂で息が上がり、最後の直線でスタミナが切れる可能性がある。

そうなれば、恐らく、差し馬のコマンダーボスにとらえられる。

瑞穂はちらりと後方の御木本を見やった。

御木本は背筋を伸ばしてコマンダーボスに乗っている。調整ルームの食堂やパドックの控室では、同世代の騎手が同じテーブルに座るという不文律があるが、昨夜から今に至るまで、瑞穂も御木本も、互いに徹底して無視を決め込んでいた。

負けるものか。

瑞穂は口元を引きしめる。

光司やトクちゃんと別れ、瑞穂は誠と共に地下馬道《ばどう》へと進んだ。フィッシュアイズは何度も首を縦に振り、盛んに気合い乗りをアピールしている。

多少のいれ込みが気になったが、誠の眼が大丈夫だと告げていた。

傘の咲くスタンドを背にウォーミングアップの返し馬を行い、輪乗りの位置へと馬を進める。雨に濡れたダートコースは、想像以上に砂がしまって硬かった。

スピードこそ出るだろうが、こんなコンクリートのような馬場で無理をしすぎれば、足を痛める可能性もある。

瑞穂は頭を悩ませながら、発走係員の誘導に従い、フィッシュアイズをゲートに向かわせた。

「またきたのか、鈴田の妖怪馬！」

「今度はダートのGI挑戦とか寝言いうつもりかよ」

「どんだけメルヘンだよ」

ヤジが飛び、スタンドがどっと沸く。

地元での連敗と休み明けがたたり、フィッシュアイズは十一頭中十番人気。ここにいるほとんどの人間が、瑞穂とフィッシュアイズの〝負け〟を確信している。

瑞穂は前だけを見て、フィッシュアイズをゲートに進めた。

すべての馬が順調にゲートに入り、態勢が整う。

スタートランプが赤く光り、ゲートが弾《はじ》けた。

あっ――!

思わず瑞穂は叫びそうになる。

ゲートを飛び出した瞬間、フィッシュアイズがハミをきつく噛《か》んだ。

内海の逃げ馬とまったく同時に、ものすごい勢いで端《ハナ》に立とうとしている。久しぶりのレースで、すっかりいれ込んでしまっているのだ。

フィッシュアイズに競りかけられて、内海の馬が悲鳴をあげるように逃げ出した。

フィッシュ、駄目!

瑞穂は必死にハミを引いた。この馬につられてはいけない。

この牝馬は、多分本気で怖がっている。勝つためではなくて、ただ単に怖くて、ひたすらに逃げている。だからこの馬につられたら、間違いなく途中で潰《つぶ》れる。

もっと抑えて、落ち着いて、フィッシュ――！

早くも第二コーナーが見えてきた。

それでもフィッシュアイズはハミを離さない。死に物ぐるいで逃げていく栗毛の牝馬の後を、牙《きば》を剥《む》くようにして追いかけ始める。

「速い！」

そのとき背後で声が響いた。

ハッとして振り向くと、中段に位置した御木本が、嘲《あざけ》るように叫んでいる。

なんのつもりよ！

瑞穂はカッとなって前を向く。

そんなことは分かり切っている。こちらだって、体内時計には自信がある。

だが御木本の恫喝《どうかつ》のようなひと声で、瑞穂は却《かえ》って腹が据わった。

どの道今更、壁を作るわけにもいかない。いきたがるなら、いかせるしかない。

瑞穂は引いていたハミを緩め、フィッシュアイズを解き放った。向正面に入るなり、フィッシュアイズはぐんぐん脚を伸ばして逃げ馬に並んだ。

「おおーっと、お嬢ちゃん、かかってるねぇ」

からかうように叫ぶ内海を無視し、瑞穂とフィッシュアイズは単独トップに躍り出

る。途端に、スタンドから失笑交じりのどよめきが起きた。内海が口にしたかかると
は、馬が騎手の指示を無視し、ひとりで走っていってしまう状態のことだ。
ここにいる誰もが、自分たちの惨敗を見越している。
ずん！と眼の前にダートが迫り、フィッシュアイズの筋肉に力が入った。坂だ。
京都競馬場には、向正面から三コーナーにかけて、ゆるやかではあるが上り下りの
坂がある。
無謀な逃げを打った馬は、大抵上り坂の途中で力尽きる。
頑張れ、フィッシュ！
瑞穂は馬の動きに合わせて手綱《たづな》をしごいた。
背後から恐ろしい音がする。脚を溜めていた馬たちが、後ろからやってくる。背筋
がびりびりと震えた。
振り向かなくても分かる。重低音の地響きをあげてやってくるのは、かつて瑞穂も
手綱を取ったことのあるコマンダーボスだ。
あの立派な体躯《たいく》を持つ筋肉の塊のような牡馬が、なにもかもを蹴散らす戦車の如《ごと》く
やってくる。
脚に余裕のあるコマンダーボスに比べ、フィッシュアイズは完全に口をあけていた。
フィッシュアイズの口角から漏れる泡が、飛沫《しぶき》となって瑞穂の砂よけを打つ。

「その馬をぶっ壊すつもりかよ」

もう肩まで並んだ御木本が、見せ鞭《むち》をしながら余裕の声をかけてきた。

瑞穂は前を向き必死に手綱をしごく。もう少し。もう少しで苦しい坂を上り切る。

「おい、聞いてるのか。そのままじゃ、その馬は壊れるぞ」

その脅しに、瑞穂の心は一瞬怯《ひる》んだ。

隙をついて、御木本とコマンダーボスが外から回り込もうとする。

その瞬間、瑞穂の心に、誠の強い眼差《まなざ》しが甦《よみがえ》った。

誠の眼が、「大丈夫だ」と告げていた。

「壊れないっ!」

瑞穂は大声で叫ぶ。

こんなところで、フィッシュアイズが壊れるわけがない。あの、馬のことしか考えていない世話役の誠が太鼓判を押したのだ。どんなに馬場が硬くても、どんなに苦しくても、フィッシュアイズは絶対に壊れたりしない。

瑞穂の期待に応えるように、フィッシュアイズは懸命に坂を駆け上る。

フィッシュアイズの思わぬ粘りに、競馬場がざわつき始めた。

その刹那《せつな》、瑞穂の心に強い衝動が湧き起こる。

どいつもこいつも寄ってたかって、私たちをバカにするな。

なにが速いだ、なにがかかってるだ、なにがメルヘンだ。

人の努力を、人の挑戦を甘く見るな。

フィッシュアイズがたてがみを翻し、最後の力を振り絞って坂を上り切る。ここからは一気に加速をつけて坂を駆け下りる。

四コーナーの手前にきた瞬間、瑞穂は眼を見開いた。坂の下の内枠に、大きな水溜まりができている。並んでいたコマンダーボスの前脚が、水を避けるようにふっと外によれた。

今だ、フィッシュ！

瑞穂の号令に応えるように、フィッシュアイズが水溜まりに飛び込んだ。真っ黒な水飛沫を上げ、人馬共に泥だらけになりながら、それでも瑞穂とフィッシュアイズは最内《さいうち》をついて直線に躍り出た。

泥水を浴びせられたコマンダーボスが、嫌気が差したように失速する。

フィッシュアイズは真っ蒼《さお》な眼を剥き、首を突き出し、泡を吹きながら、最後の直線を我武者羅《がむしゃら》に走る。瑞穂はたてがみに頭を突っ込むようにして手綱をしごいた。

泥水をかぶろうが、どんなにみっともない走りになろうが、絶対に勝負を諦《あきら》めない。

それが、フィッシュアイズだ。

見くびるな。

鮫《さめ》目の地方馬に、女ジョッキーに、緑川厩舎に、鈴田競馬場に、それからついでにメルヘンに謝れ！

泥だらけの白面《はくめん》がゴール板の前を駆け抜けたとき、競馬場全体から悲鳴に近いどよめきが起こり、大量の馬券が吹雪のように舞った。

え――？

しかしゴール後、ダクで流している最中、瑞穂はふわりと身体《からだ》が浮くのを感じた。

次の瞬間、泥水の中に尻餅をついていた。フィッシュアイズが立ち上がり、身を震わせて瑞穂を振り落としたのだ。

スタンドから、どっと笑い声が沸き起こる。

唖然《あぜん》とした瑞穂の眼に映ったのは、まるで勝利のすべてを自分の力だと誇示するように尻尾を上げながら意気揚々と去っていく、フィッシュアイズの後ろ姿だった。

17 岐路

「芦原、てめぇえええええっ！」

深夜の馬場《ばば》に、殺気をはらんだ怒鳴り声が響く。

瑞穂は闇雲にいこうとするフィッシュアイズのハミを引いた。それでもフィッシュアイズは鼻息荒く前へいこうとする。

「だから、その魚目《さめ》、かかってんじゃねえか。そのかかり癖、なんとかしろっつってんだろうが、このど下手糞《へたくそ》！」

口汚く罵《ののし》っているのは、先月中央から転厩《てんきゅう》してきたばかりの牡馬《ぼば》に跨《またが》っている池田だ。鈴田競馬場のリーディングジョッキーでもある池田の剣幕に、瑞穂は唇を噛みしめる。

そんなことは分かっている。分かってはいるのだが——。

「なんのために、みやこステークスを勝ったんだ。そんなことで、この先のＧＩに進めるとでも思ってるのか。この俺さまが、藻屑《もくず》の漂流先の馬なんかに乗ってやってるんだぞ。少しはびしっとしたところを見せてみろ」

「分かってますよ」

必死にフィッシュアイズを宥《なだ》めながら、瑞穂は言い返す。

「分かってんなら、しっかりやれや、こらぁ！」

そこへ、ツバキオトメに跨った光司がやってきた。

「まあ、そう怒鳴るなよ、池田」

「うるせぇっ」

深夜一時。

さすがにこの時間の馬場には、緑川厩舎《きゅうしゃ》以外の馬はいない。他の厩舎の馬が出てこない時間帯を使い、現在、瑞穂たちはフィッシュアイズの左回り調教を進めている。

みやこステークスに勝利した瑞穂たちは、すぐさま、チャンピオンズカップに照準を合わせた調教に入っていた。

鈴田競馬場をはじめ、ほとんどの地方競馬場は右回りだが、GⅠ競走チャンピオンズカップが開催される中京競馬場は左回りだ。

馬も人間と同じように、右利きと左利きがある。利き脚を手前にして走ったほうが踏み込みが強くなり、スピードは出る。だが、手前脚にはそれだけ負担がかかり、同じ脚ばかりを前に出して走っていると疲れてしまう。そこで、馬は所々で手前脚を替えながら疾走する。

鞍上《あんじょう》は、勝負どころで馬が利き脚を手前にするように、指示を出さなければならない。

勝負どころと同様に、手前脚を替える指示を出す最も重要な場所はコーナーだ。

今まで右回りコースを走ってきたフィッシュアイズは、コーナーで手前脚を右に替える調教を行ってきたが、今回は逆に手前脚を左に替えて、いかにコーナーを効率的に回るかを学習させなければならない。コーナーを曲がるとき先行する脚が外側になると、それだけ進路が外へと膨らみ、ロスが大きくなってしまうからだ。

フィッシュアイズは右利きだ。

つまり、中京を走る場合、勝負どころでは手前脚を右へ、コーナーでは手前脚を左へ替えることを学ばせる必要があるのだ。

フィッシュアイズは元々コーナーが得意だ。今回の左回りも、早々と順応を見せ始めている。但し問題は、競りかけられると、鞍上の指示を無視してあっという間にいってしまおうとする〝かかり癖〟だった。

先日のみやこステークスが「かかったままいかせた」結果の勝利だったことは、瑞穂も自覚している。コマンダーボスが嫌う〝不良馬場《みちわる》〟が味方してくれたのも事実だ。

「お馬さまのご機嫌なんか取ってるから、そういうことになるんだ」

大型の牡馬にダクを踏ませながら、池田がなおも吠《ほ》えている。

なんの気紛《きまぐ》れで、緑川厩舎の調教を手助けしてくれる気になったのかは知らないが、こう怒鳴り散らされたのではたまらない。

おかげでフィッシュアイズのテンションも、すっかり上がってしまっている。

「そんなに大声出さないでくださいよ。馬が益々《ますます》興奮します」

「うるせぇっ! これくらいでテンションが上がる馬に、GⅠの舞台が務まるか。寝言いってんじゃねぇ」

その言葉がもっともなだけに瑞穂はこれ以上言い返せない。

「別にかかったまま勝たせたのが悪いって言ってるわけじゃねえ。かかってようがなんだろうが、競馬は勝たせてなんぼだ。みやこステークスはあれでいい。だがな……」

池田はステッキで瑞穂を差した。

「問題は、それを矯正できねえ、お前の生ぬるい調教だよ。俺にその馬の手綱《たづな》を任せてみろ。死ぬ気でぶっ叩《たた》いて、力ずくで鞍上の言うことを聞かせてやる」

結局はそれか。

昨年の桜花賞《おうかしょう》挑戦のときも、「フィッシュアイズの馬主に自分を推挙しろ」と、池田は緑川厩舎に怒鳴り込みにきた。

「やめとけ」

ツバキオトメに乗った光司が池田の前に出る。

「そいつは新馬のとき、調教で散々ぶっ叩かれて、壊れかかった過去がある。お前みたいな当たりの強い乗り役が乗ろうとしたら、宙返りしてでも振り落とすぞ」

フィッシュアイズならやりかねない。

池田自身もそう思ったのか、けっと吐き捨ててそっぽを向いた。

しかし瑞穂とて、そんな池田を笑ってなどいられない。

今は厩舎のリーダー馬のツバキオトメの手前、比較的大人しくしているが、みやこステークスの入線《ゴール》後、フィッシュアイズは瑞穂を振り落として意気揚々と去っていった。

担当厩務員《きゅうむいん》の誠曰《いわ》く、あの行動は、フィッシュアイズが鞍上の瑞穂に自分の力を見せつけようとした結果ではないかという。

自分はティエレンよりも強い。それなのに、自分を差し置いてティエレンを選んだお前はバカだ。

どうやら瑞穂は、フィッシュアイズからそう告げられたらしい。

まったく……。

フィッシュアイズの首筋を撫《な》でながら、瑞穂はかぶりを振る。

相変わらず強情で、プライドが高くて、厄介な馬だ。

けれど超良血馬のティエレンに、鞍上などあってなきが如《ごと》くにあしらわれたことを思えば、必死にアピールをしてみせるフィッシュアイズの一途《いちず》さは、むしろ健気《けなげ》でもあった。

「だが池田の言うことはもっともだ。今のままじゃ、次は勝てない。チャンピオンズカップはGIだ。どの厩舎も本気で仕上げてくるぞ」

光司の言葉に、瑞穂は顔を上げた。

十一月も半ばに入り、チャンピオンズカップの出走予定馬も出そろってきている。

ジャパン・オータムインターナショナル、チャンピオンズカップ――。

かつてはジャパンカップダートと呼ばれ、世界の強豪馬も参戦してくる、その年の砂の王を決するJRAダート最高峰のGI競走。優勝馬には、砂の世界一決定戦、ドバイワールドカップへの道が拓《ひら》かれる。

有望なダート馬を抱えるどの厩舎も、このGIでの優勝を目指している。今までの重賞以上に、徹底的に仕上げてくるだろう。

「しっかし、本気で女馬でチャンピオンズカップを狙うつもりかよ」

池田が今更のように呆《あき》れてみせる。

ダート競走は力勝負。牝《ひん》馬《ば》や年長馬は不利というのが定説だ。

「東京競馬場でのジャパンカップダート時代に比べれば、距離は短くなってる。牝馬にもチャンスはあるはずだ」

「そうですよ！」

瑞穂は即座に、光司の冷静な言葉に追随した。

アマテラス杯のような女性騎手交流競走では駄目だ。それだけでは、たとえ話題になっても、本当の変化は起こせない。

どれだけ勝ってもフロックとしか言われない、今の状況を打ち破るには――。

「GIじゃなきゃ、駄目なんです」

瑞穂がきっぱり言い切ると、池田はうんざりしたような顔をした。

「……まあ、やるだけやればいい。せっかく出走権を取ったんだしな」

しかしその口から出たのは、池田らしからぬ呟《つぶや》きだった。

意外に思って見つめ返せば、すぐさま照れ隠しのような罵声《ばせい》が飛んできた。

「だがな、やるからには、前回のような茶番で終わらせるな。また大負けしてびゃーびゃー泣いたりしたら、ぶん殴ってやるからな」

「前回だって、茶番なんかじゃありません」

「なんだと、こら！　それが調教を手伝ってもらってる大先輩に対する態度か。お前みたいな生意気な女は、一生嫁にはいけねえな」

「だから、そういうのがセクハラだって言うんですよ」

馬上で言い合う瑞穂たちの間に、光司が割って入ってくる。

「いい加減にしておけ。つまらないことで揉《も》めてる時間なんてないぞ。俺たちは、今まで以上に強い馬を相手にしていかないといけないんだ」

初冬の冷たい闇の中で、光司は瞳を鋭く光らせた。

「ティエレンやコマンダーボスだけじゃない。関東からはエラドゥーラが出てくるぞ」

エラドゥーラ。その馬名に、瑞穂も池田も口をつぐむ。

中央のスタージョッキー神崎を背に、今年のフェブラリーステークスを制したGI馬。前走の武蔵野《むさしの》ステークスも圧勝した、東の砂の王。

「東京を何度も勝ってる馬なら、左回りも得意だろうしな」

池田が馬上で息を吐く。

「最近じゃティエレンにも神崎が乗ってるが、今回のGIでは、神崎はやっぱりエラドゥーラに乗るのかね」

「実績からすれば、恐らくそういうことになるだろうな」

それでは、ティエレンには一体誰が――？

池田の問いかけに光司が答えるのを聞きながら、瑞穂は微《かす》かに疑問に思った。

もっとも、中央競馬の騎手層は厚い。GIを何回も勝ったジョッキーが綺羅星《きらぼし》の如く居並び、加えて世界の舞台で活躍する外国人ジョッキーたちもいる。誰がティエレンの手綱を取ることになっても不思議はない。

そんな強豪馬、強豪ジョッキーが集う年末の大勝負で、自分は今度こそ優勝を目指さなければならないのだ。その現実に、瑞穂は密《ひそ》かに固唾《かたず》を呑《の》む。

「さ、もう一度、スタート地点からやり直すぞ」

光司の号令に、瑞穂も池田も馬を反転させた。

「芦原、お前も木崎ととことん話し合って、その馬との折り合いをもう一度考え直せ」

馬場の真ん中に差し掛かったとき、光司が瑞穂を振り返った。

「二階堂は、たった一日で、その馬を抑えたんだぞ」

さりげなく放たれたひと言に、思わず瑞穂のほうがかかりそうになる。

「あいつは……二階堂は、女は縁起が悪いからGI馬に触るなって言われるような時代から、ずっとジョッキーをやってきたんだ。その騎乗を研究してみても損はない」

そんなの、二階堂さんだけじゃない——。

鈴田競馬場にきたばかりの頃、瑞穂もゲンさんから「とっとと出ていけ」と怒鳴られ、カニ爺《じい》からは塩を撒《ま》かれた。調教師の光司ですら、まるで無関心だった。

心をざわつかせる瑞穂に気づいたように、フィッシュアイズが蒼白《あおじろ》い虹彩《こうさい》に浮かんだ小さな黒目でちらりと鞍上を見やった。

「フィッシュ、なんで二階堂さんの言うことは聞いて、私の言うことは聞かないわけ?」

身を屈《かが》めて囁《ささや》くと、フィッシュアイズはうるさそうに、くるりと耳を回した。瑞穂は馬上で大きく溜《た》め息《いき》をつく。

「……片上競馬場、来年閉鎖するってよ」

だが、後ろの池田がぼそりとこぼした声に、瑞穂の雑念は一気に吹き飛んだ。

驚いて振り向けば、池田が沈鬱《ちんうつ》な表情を浮かべている。

「池田、それ本当か」

光司も馬をとめて聞き返した。

「ああ。うちのテキんとこに、片上のB1以上の馬を転厩させられないかって、内々の打診があったらしい。そのうち、調教師会でも報告があるはずだ」

池田が所属する藤村厩舎は、鈴田競馬場で一番大きな厩舎だ。そうした打診が入ることも頷《うなず》ける。

片上競馬場は、鈴田同様、市が主催する小さな競馬場だ。風紀への配慮で、ナイター開催等、思い切った戦略が取れない市町村が主催する小さな競馬場は、年々集客が厳しくなっている。

毎年、鈴田が先か片上が先かと、閉鎖が危ぶまれてきたが、とうとう……。

瑞穂の胸に、芸人相手に愛嬌を振りまいていた木下愛子の朗らかな横顔が浮かんだ。

「所詮《しょせん》アイドルジョッキーの投入なんかじゃ、競馬場は救えねえってこった」

馬上で池田が鼻を鳴らす。

「芦原、その意味ではお前のやろうとしていることは、間違っちゃいねえ。女だろうがなんだろうが、ジョッキーである以上、競馬で勝負しなきゃ駄目なんだ」

池田の言葉に瑞穂は眼《め》を見張った。

なぜこの辛辣《しんらつ》な先輩が、他厩舎であるフィッシュアイズの調教を買って出てくれたのか、ようやく分かった気がした。

競馬場が閉鎖されれば、厩舎で働く多くの人たちと、そこにいる馬たちが居場所を失う。力のある人や馬は他の競馬場に移籍ができる。

だがそうでない人たちは、慣れない転職を考えざるを得なくなる。そして、それ以上に、行き場を失った馬たちは――。

「このままじゃ、鈴田だって、明日はどうなるか分からねえ。だからな、話題作りだろうが人寄せの茶番だろうが、ここ一番の競馬をやろうとしているお前は、あながち間違っちゃいねえ」

口の中でぼそぼそと呟いている池田の隣に、瑞穂は勇んで馬を並べた。

「ありがとうございます！　池田さんは本気で鈴田のことを考えてらっしゃるんですね」

瑞穂が頰《ほお》を紅潮させて頭を下げると、しかし池田は思い切り眉を寄せた。

「はあ？」

「池田さんは、やっぱり本物のホースマンです」

「なに気持ち悪いこと言ってんだ。おい、緑川、この変な小娘をなんとかしろ」

深夜の馬場に響き渡る池田の叫びに、ツバキオトメの鞍上の光司が面白そうに振り返る。

「照れることないだろう。池田、お前は正真正銘、鈴田のリーディングジョッキーだってことだよ」

「ふざけんな！」

池田が転厩馬の腹を蹴った。砂を蹴散らし、大型の牡馬が疾走する。

「俺は来年にはこんなところ抜け出して、絶対中央入りしてやる。その前に鈴田が潰《つぶ》れるようなことがあったら、寝覚めが悪いだけだ」

「そういうことにしておきます！」

瑞穂も叫んで、フィッシュアイズを走らせた。

それから、毎晩、池田を加えての深夜の猛特訓が続いた。

フィッシュアイズの左回り調教を終えた後は、明け方の通常調教が始まるまで束《つか》の間の仮眠を取り、午後の休憩時間は誠と膝《ひざ》を突き合わせてチャンピオンズカップ出走予定馬のデータを頭に叩き込む。

アマテラス杯での冴香によるフィッシュアイズの騎乗の録画も何度となく見返した。馬のやる気を削《そ》ぐことなく壁を作る絶妙な位置取りに、嫉妬《しっと》を忘れて瑞穂は唸《うな》る。

さすがは競馬学校卒業時に、アイルランド大使特別賞を受賞しただけのことはある。

けれどこれだけうまい人が長年レースに出られなかったことに、瑞穂は改めて女性ジョッキーを取り巻く状況の厳しさを考えずにいられなかった。

担当厩務員の誠は毎晩フィッシュアイズの調教をつぶさに観察し、問題点と成長点をメモ書きにしてくれた。

ここから先は、馬も人も精神力と体力の勝負だった。

瑞穂はフィッシュアイズと共に全力で馬場を駆けながら、調教以外では、とにかく食べることと寝ることに集中した。少しでも疲労を残してしまったら、力を出し切れない。

そのためにも、おかみの美津子が作ってくれる、効率的にエネルギーを摂取できる消化のよい賄いは必須だった。今では美津子は母屋に住み込み、昼も夜も瑞穂や誠の面倒を見てくれている。食欲が落ちたときに、美津子が作ってくれる南瓜《カボチャ》や里芋の入った甘酒のスープには、何度となく助けられた。

それに、光司が時折美津子と言葉を交わしている姿を見るのも、瑞穂は嬉《うれ》しかった。

再び光司が皆と一緒に大仲《おおなか》で食事をするようになったことを、カニ爺やゲンさんたちも喜んでいるようだった。トクちゃんも、張り切って特製の飼葉《かいば》作りに励んでいる。厩舎がひとつになってきていることが、瑞穂を一層奮起させた。

唯一気になるのは、未《いま》だにフィッシュアイズがアマテラス杯でティエレンに弄《もてあそ》ばれた心の傷を引きずっているという誠からの指摘だった。

真っ向勝負で負けたのなら、フィッシュアイズがこれほど傷つくことはなかっただろう。

だが、あのとき、最後の最後で、ティエレンはわざと力を抜いて、フィッシュアイズの本気を嘲《あざけ》った。

その屈辱を、プライドの高いフィッシュアイズは決して忘れていない。そしてその怒りと絶望は、ティエレンの手綱を取っていた瑞穂にまで結びついている。

最近フィッシュアイズがやたらといきたがるようになったのも、自分の力を誇示したがるのも、最後の最後で鞍上に裏切られるのではないかという、密かな恐れの表れではないかと誠は懸念している。

ずっと瑞穂のお手馬だったフィッシュアイズは、瑞穂が他の馬に乗って自分を打ち負かした意味を、今でも理解していないというのだ。

「でも、だったら、どうやってそれを理解させたらいいわけ?」

その日も瑞穂は、午後の休憩時間に大仲で誠と膝を突き合わせていた。周囲には、誠の書いたメモが散乱している。

新たなメモを書いて誠が突き出す。

〝改めて、強い信頼関係を作り直す〟

「だから、どうやって……」

書きつけられていたひと言に、瑞穂はかぶりを振った。

「瑞穂ちゃん」

そのとき、大仲の入り口に美津子が現れた。

「お友達から電話よ」

「すみません」

美津子に礼を言って、瑞穂は立ち上がる。

友達——？

廊下を踏みながら、瑞穂は首を傾《かし》げた。携帯ではなく、事務所の固定電話に連絡をしてくる友達とは一体誰だろう。訝《いぶか》しく思いながら、事務所の電話とつながっている廊下の隅《すみ》の黒電話の受話器を持ち上げた。

「もしもし、愛子ですけど」

受話器から聞こえてきた声に、瑞穂は一瞬息を呑む。

「木下さん……？」

「だから、愛ちゃんでいいですって」

電話口で、愛子の明るい声が響いた。

「もう聞いてますよね。片上、来年の春に閉鎖が決まったんです」

愛子の言葉に、瑞穂は完全に返す言葉を失った。

「黙らないでくださいよ」

「ごめん……」

「なんで、芦原さんが謝ってるんですか。別に私は平気ですよ。一応、事務所も決まりましたし」

「事務所？」

瑞穂が聞き返すと、愛子は今後、芸能事務所に所属することになったのだと語った。

「こういうときのために、テレビに出てたわけですから」

「そ、そうだったんだ……」

瑞穂は再びなにも言えなくなった。愛子の新たな出発に、どういう言葉をかければいいのか分からなかった。

二人が黙ると、ツーッと微かな通話音だけが響いた。

「チャンピオンズカップに出るって本当ですか」

　ふいに、愛子が尋ねてくる。

「うん」

　瑞穂はぎこちなく頷いた。瑞穂とフィッシュアイズの中央ＧⅠ挑戦は、再びスポーツ紙等で話題になり始めている。但しその記事は、決して好意的なものばかりではなかった。

「やっぱ、本当なんだ」

　愛子が電話口で息を吐く気配がした。

　笑われてる――。

　瑞穂は受話器を握りしめる。

「勝ってください」

　しかし響いてきたのは、思いもよらない愛子の真剣な言葉だった。

「絶対、勝ってください。芦原さんなら、きっとできます」

　瑞穂は大きく息を詰めた。

「私、アマテラス杯のとき、本当にびっくりした。同じジョッキーでも、芦原さんや二階堂さんは凄《すご》い。私とは違いすぎる」

　愛子が再び息を吐く。

「ただのアイドルジョッキーじゃ、結局駄目だった。なんにもならなかった……」

このとき瑞穂は、愛子が笑っているのではなく、泣いているのだと気がついた。

「私だって、二年間、教養センターの地獄の訓練に耐えて騎手免許を取ったんだよ。競馬が好きに決まってるじゃん。でも、落馬してから、レースが怖くなっちゃって……」

「愛ちゃん」

瑞穂は初めて心から愛子の名前を呼んだ。

レース中の落馬の恐怖は瑞穂にも分かる。それは、訓練や調教中の落馬の比ではない。

「愛ちゃんだけのせいじゃないよ」

「そんなこと分かってる。でも、私……。へたっぴの私を乗せてくれてた馬たちのこと、もっと護《まも》ってあげたかった」

「愛ちゃん……」

「でも、私、一勝するから」

愛子が声を震わせる。

「閉鎖される前に、必ず一勝する。だから芦原さんも……」

「瑞穂でいいよ」

「私の初勝利と、瑞穂さんのGI初勝利は同じだよ」

「うん」

瑞穂は本気で頷いた。どんなレースであろうと、勝利の難しさに変わりはない。
「愛ちゃん、私たち、絶対勝とうね」
愛子に心の底から呼びかけたとき、瑞穂の胸の奥から熱い思いが湧き起こった。
受話器を置きながら、瑞穂は決意を新たにする。
負けない——。
護るために、戦うのだ。

18

誘い

京都競馬場の最終レース後、調整ルームに向かおうとしていた御木本貴士は馴染《なじ》みのエージェントに呼びとめられた。

「は？」

くわえ煙草《たばこ》のエージェントから告げられた言葉に、御木本は眉を寄せる。

「だからさ、気を悪くしないでもらいたいんだけどさ、馬主の溝木さんの意向で、今回チャンピオンズカップは、コマンダーボスを下りてほしいってことなんだよ」

聞き返したのはそこじゃない。ただの〝乗り替わり〟なら、癪《しゃく》には障るがままあることだ。問題は、その乗り替わりの相手だった。

「二階堂騎手？」

「そうそう。あの美人ジョッキーのね」

まさかと思って聞き返したのに、エージェントは当たり前のように頷《うなず》く。

「最近、彼女、人気薄の馬を結構掲示板に載せてきてるしね。今日の花園《はなぞの》ステークスも二着だったじゃない」

御木本が言葉を返せずにいると、エージェントは口元を歪《ゆが》めて笑ってみせた。

「……というのは建前でね。まあ、あの馬主のオッサン、要はミーハーなんだよ。ほら今回、鈴田から、また、あの魚目《さめ》の馬と薔薇《ばら》の騎士のお嬢ちゃんが参戦してくるじゃない。そこで、女性ジョッキー対決って騒がれるのが面白いんだろうね」

くすくすと笑っているエージェントを、御木本は信じられない思いで見つめる。

「チャンピオンズカップはGIですよ?」

思わず大声を出していた。

冗談じゃない。地方競馬のお祭り招待競走ならともかく、その年のダート王を決める締めくくりのGIで、女性ジョッキー対決だなどと――。

「まあ、そうだけどさ。今年は実際には、GI馬のエラドゥーラと、三歳牡馬《ぼば》のティエレンの二強勝負でしょうよ。それに、しょうがないじゃない。みやこステークスでは、その女性ジョッキーに、御木本君、負けたんだし」

「あれは……」

しかしそう言われると、御木本は言葉に詰まった。

もちろん言い分はある。あのときの自分の騎乗が間違っていたとは思わない。むしろ無茶苦茶なのは、いつもフィッシュアイズと芦原瑞穂のほうなのだ。それに、元々コマンダーボスは、道悪を嫌う馬だ。あの日も、泥水を浴びせられた途端、呆気《あっけ》なくやる気を失った。

だが、結果を出せなかったのは事実だ。そればかりは、言い訳のしようがない。

御木本が黙り込んでいると、ふいに周囲に華やいだ声が響いた。

振り向くと、口取り撮影から戻ってきたらしい当の溝木が、いかにも水商売風の二人の女性を連れて歩いてくるところだった。相変わらずゴルフ焼けした額をテカらせた、アクの強そうなオッサンだ。

視線が合いそうになり、御木本は咄嗟《とっさ》に眼をそらす。エージェントから要件を聞かされた以上、気まずい挨拶《あいさつ》を交わすのは嫌だった。

「御木本君、悪いねぇ」

ところが、踵《きびす》を返そうとした御木本に、溝木のほうからわざわざ声をかけてきた。

「いえ、こちらこそ、結果を出せずにすみませんでした」

御木本は無表情に頭を下げる。そんな御木本を眺め回し、溝木はからかうように呟《つぶや》いた。

「だって、御木本君、芦原が出てくると勝てないからねぇ」

よくぞ大声を出さずに堪《こら》えたと思う。

一礼し、御木本は無言で溝木に背中を向けた。

なにか言いたげにしているエージェントの前を通り過ぎ、地面だけを見つめて足を運ぶ。

ふざけるな……。ふざけるな、ふざけるな！

だんだん、身体の奥底から悔しさが込み上げてきた。

同期の市橋が二階堂に乗り替わられたときもあんなに腹が立ったのに、まさか、自分までがこんな目に遭うことになろうとは。しかも、ＧＩの晴れ舞台で――。

御木本はきつく唇を噛《か》みしめた。

これというのも、なにもかも芦原瑞穂のせいだ。

なにが、弱小競馬場の悲願だ。ただの広告塔のくせに。ただの話題作りのくせに。

俺たちの真剣勝負の競馬に土足で入り込み、あまつさえ、その話題作りに便乗しようとするバカな馬主まで出始めた。

認めない。俺は絶対に認めない。

地面だけを見つめて足を進めていると、ふいに誰かに立ちはだかられた。

顔を上げ、ハッとする。周囲にはまったく人の気配がなかったはずなのに、突如、どこかから舞い降りたかのように、真っ白なスーツに身を包んだ背の高い男が眼の前に立っていた。

ミスター・ワン――？

競馬場だけではなく、テレビや雑誌でもたびたび眼にするその人と、しかし、御木本はこの日初めてまともに顔を合わせた。

ふいに白檀《びゃくだん》の甘く強い香りが周囲に立ち込め、御木本は一瞬くらりとする。

「御木本騎手、少しお時間をいただけますか」

「も……もちろんです」

戸惑いながらも頷くと、白狐《びゃっこ》を思わせるミスター・ワンの細面に、女形のような嫣《えん》然《ぜん》とした笑みが浮かんだ。

「実は、十二月のチャンピオンズカップ、神崎騎手は美浦《みほ》のエラドゥーラに騎乗することが決まりましてね。私のティエレンの鞍上《あんじょう》が空いているのです。そこで……」

御木本の胸がどきりと高鳴る。

それは、たった今、エージェントからコマンダーボスの乗り替わりを告げられた御木本にとって、願ってもない申し出だった。

ミスター・ワンは、ティエレンの手綱《たづな》を、御木本に託してくれようというのだ。

「本当ですか！」

著名人馬主からの直々の依頼に、御木本は一気に身体中が熱くなるのを感じた。

「ええ。もちろんですとも。但し、ひとつ条件があります」

ミスター・ワンは正面から御木本を見つめる。

「フィッシュアイズに、勝っていただきたい」

息を呑《の》んだ御木本を、ミスター・ワンは光る眼差《まなざ》しでとらえた。

「あなたは芦原瑞穂さんに勝ちたい。そして、私はティエレンをフィッシュアイズに勝たせたい。私たちの思惑は一致しているはずです」

魅入られたような御木本に顔を寄せ、ミスター・ワンはその耳元でゆっくりと囁《ささや》いた。

「私のティエレンは、フィッシュアイズに負けるわけにはいかないのです。絶対に

……」

19

伏　兵

十一月最終日。

チャンピオンズカップの出走馬が発表になった。

今回、チャンピオンズカップの出走馬はフルゲートの十六頭。この一年のダート戦線をにぎわした、実力馬がそろっている。

その日、午後の曳《ひ》き運動が一段落すると、瑞穂は他の厩務員《きゅうむいん》たちと一緒に大仲《おおなか》に集まった。

誠がプリントアウトしてきた出馬表を、光司が卓袱台《ちゃぶだい》の上に広げる。そこに印字された一覧を、瑞穂は固唾《かたず》を呑《の》んで見つめた。

まだ、枠順と馬番は決まっていないが、それぞれの馬の鞍上《あんじょう》が正式に発表になっている。

美浦《みほ》のエラドゥーラに神崎護。香港《ホンコン》からの遠征馬には、イタリア人ベテラン騎手。

そこまでは、概《おおむ》ね事前の予想通りだ。

しかし、人気馬の一角に大きな変更があった。

コマンダーボスの鞍上が、主戦騎手の御木本貴士から〝乗り替わり〞になっている。

乗り替わりの騎手は、栗東《りっとう》の二階堂冴香——。

「マジかいっ!」

すかさずトクちゃんが、眼《め》を剥《む》いて冴香の名前を指差した。ゲンさんもカニ爺《じい》も、唸《うな》り声を漏らす。

瑞穂は驚きのあまり、声をあげることもできなかった。

コマンダーボスの主戦騎手である御木本との対戦は予《あらかじ》め想定していたが、そこに冴香が加わってくることになるとは、考えてもみなかったのだ。

「んで、その御木本がてっちゃんに乗るんかい?」

トクちゃんの指先が、ティエレンと御木本の名にとまる。

「テキ、これ、あれかい。ミスター・ワンが御木本を指名したんで、結果、コマンダーの旦那の手綱《たづな》が二階堂はんに回ったたっちゅうことかね?」

トクちゃんの問いかけに、光司は「いや」と首を横に振った。

「俺がトラックマンから聞いた話じゃ、溝木のオッサンが最初に御木本の乗り替わりを決めたらしい。なんでも、〝女性ジョッキー対決〞って、自分から、トラックマンに売り込んできたそうだ」

光司が醒《さ》めた口調で言うのを聞いて、瑞穂は思わずゾッとする。

あの男――。

相変わらずそんなおためごかしをやっているのか。

〝新人だろうと女だろうと関係なく、誰もが実力を発揮できるのが、競馬の健全なあり方ってもんじゃないの〟

もっともらしいことを言いながら、自分に近づいてきた脂ぎった貌《かお》を思い出すと、今でも身の毛がよだつ。

その溝木が、自分と冴香をダシに、マスコミの注目を集めようとするなんて、絶対に許せない。

「だが、こりゃあ、御木本にとっちゃ、ある意味、棚ぼたかもしれんぞ」

瑞穂の傍らで、ゲンさんがおもむろに口を開いた。

「コマンダーもいい馬だが、三歳馬のほうが斤量も軽いしな。それに、なにより最近のティエレンは勝ち癖がついとる」

「ティエレンは瞬発力も力もあるけぇの」

ゲンさんの言葉に、カニ爺も頷《うなず》く。

シリウスステークスを圧勝したティエレンは、GI馬のエラドゥーラに続き、人気を集める可能性が高い。

「あの風水師の馬主が、なにを思ったのかは知らんが、乗り替わりの結果、GⅠの大舞台でティエレンの手綱が回ってきたなら、若造にとっちゃ、むしろ僥倖《ぎょうこう》だ」

「なんや、いけすかない話やな」

ゲンさんに向かい、御木本嫌いのトクちゃんが鼻を鳴らした。

「ただでさえ生意気なアンちゃんが、益々《ますます》調子づくやないかい。これというのも、溝木のクソオヤジが、お美しい二階堂はんに鼻の下伸ばしたせいやろ。ああ、二階堂はんが心配やぁ」

「いや」

光司がいつになく強い口調で、トクちゃんの懸念を遮った。

「二階堂はそんなのに乗るタマじゃない」

一瞬、大仲がしんとする。

瑞穂はじっと光司を見つめた。

「いくらあのオヤジでも、中央で曲がりなりにも十年以上のキャリアを持つ二階堂に、迂闊《うかつ》に手を出すような真似《まね》はできないだろうよ」

皆の視線を避けるように、光司が言う。その頰《ほお》に、ほんのわずかだが血の気が差したのを、瑞穂は見逃さなかった。

ふいに、もやもやとしたものが、胸の奥底から湧き起こる。

まるで、溝木にセクハラされそうになったかつての自分と冴香では、貫禄が違うと暗に示された気がした。

「じゃが、ここにきて、厄介な伏兵が現れたもんじゃの」

カニ爺が横眼で瑞穂を見る。

「嬢ちゃん。分かっちょると思うが、大人しそうに見えて、二階堂は怖いぞ」

その言葉に、新潟競馬場で、果敢な大逃げを打った冴香の姿を瑞穂は思い出した。

二階堂冴香は正確な技術と、勝負どころを逃さない度胸を兼ね備えている。

「どっちにしろ、私、負けませんから」

気がつくと、瑞穂は怒ったように言っていた。

「そうやで、嬢ちゃん。その意気や！」

トクちゃんが、調子よく合いの手を入れる。

「生意気なアンちゃんも、お美しい二階堂はんも、ちょちょちょいのちょいで楽勝や」

「うるせえっ」

ゲンさんがいきなり卓袱台の上にあった雑誌を投げつけた。

「いって！　なにすんだオヤジ」

「GIが、ちょちょちょいのちょいで済まされてたまるかっ」

睨《にら》み合う二人を、光司がうんざりした表情で見やる。

「分かったから、世話役はそろそろ厩舎《きゅうしゃ》に戻ってくれ」

時計を見れば、夕方の飼いつけが始まる時刻だった。誠がいち早く席を立ち、カニ爺もその後に続いた。ゲンさんとトクちゃんも、まだ小競り合いをしながら縁側から中庭に下りる。

「芦原、お前はいい」

立ち上がりかけた瑞穂を、光司が制した。

「なんでですか」

必要以上に反抗的な声が出てしまう。

「いいから、明日の調教まで少し休め。お前、今日、あまり食えてないだろう」

光司が正面から瑞穂を見た。

「それに昨日も、木馬に乗りっぱなしだったろう」

見られていたのかと、瑞穂は赤くなる。大きなレースを前にすると、瑞穂はいつもじっとしていられない。

なにもしないでいると気持ちが焦り、つい何時間でも木馬で騎乗訓練をしてしまう。

「気を張るのもいいが、今は休め。レースのシミュレーションも、枠順が出てからでいい」

「でも……」

「食えないほうがよっぽど問題だ」

そう諭されると、返す言葉がなかった。今まで極力疲労を残さないように体調に注意していたのに、ここへきて食欲を落としていては元も子もない。

「フィッシュアイズはちゃんと食ってるぞ。鞍上のお前もそれに倣え」

瑞穂の肩を叩《たた》き、光司は大仲を出ていった。

ひとり残された瑞穂は、ぼんやりと誰もいない中庭を眺めた。ギィイーッと、尾長の甲高い鳴き声が響く。いつの間にか、庭の木々に冬鳥の姿が増えた。厩舎の裏山のもみじもすっかり赤く色づいていた。

「瑞穂ちゃん」

ふいに声をかけられ、瑞穂は顔を上げる。

小さな土鍋を持った美津子が、大仲に入ってくるところだった。卓袱台の上の出馬表を隅《すみ》に押しやり、美津子はそこに土鍋を置いた。

「今日、お昼、あまり食べられなかったでしょ。これならどうかと思って」

美津子がミトンをはめた手で土鍋の蓋《ふた》をあけると、柔らかな湯気が上り立つ。

「モチアワのお粥《かゆ》よ。胃がきゅーっとするときにいいの。鉄分やミネラルも多いから、普通のお粥より、造血作用があるの」

「いつもすみません」

瑞穂は、差し出された茶碗《ちゃわん》を受け取った。

とろりと白濁したお粥は、ひと口含むと、微《かす》かに甘い味がする。これなら食べられそうだ。

「とっても美味《おい》しいです」

「冬野菜からお出汁《だし》を取ってみたの。大根の煮汁は、胃の荒れた粘膜を修復してくれるのよ」

美津子に指摘されたように、瑞穂は今朝からずっと、胃が収縮するような痛みを抱えていた。

野菜の出汁の甘みが効いたお粥を口にするうちに、だんだんと気分が落ち着いてくるのを感じる。

「おかみさんって、すごい……」

瑞穂は正直な思いを口にした。

「なんでも分かっちゃうんですね」

「そりゃあ、あなた。GⅠレースを控えたジョッキーが、どれだけのストレスを抱えているかくらい、誰だって分かるわよ」

美津子は柔らかく微笑する。

きっとこうやって、かつてアラブ競馬のスタージョッキーだったという光司の父や、以前ここにいた所属騎手たちを、美津子は支え続けてきたのだろう。

瑞穂が感嘆していると、しかし、美津子はふと、唇から笑みを消した。

「……いいえ、違うわね。本当は、なにも分かっていなかったのかもしれない」

「え？」

寂しげな様子に、瑞穂は匙《さじ》をとめる。

「私、結局、分かってなかったの。先代の先生のことも、今の先生のことも」

美津子がそっと、廊下の先の仏間を振り返った。美津子が光司の父や光司のことを、夫とも息子とも言わなかったことに、瑞穂は微かに胸を痛めた。

「私ね、寂しかったの」

ミトンを外し、美津子は膝《ひざ》の上で指を組む。ほっそりとしたすべての指に、指輪ははめられていなかった。

「アラブ競馬が終わって、鈴田がどんどん斜陽になって……。確かにそのことも嫌だったけれど、もっと嫌だったのは、先代の先生も、今の先生も、私を頼ってくれたことが一度もなかったことなの。昔はね、女は不吉だって言われて、たとえ厩舎のおかみであっても、馬房《ばぼう》にいくのを憚《はばか》られたものなのよ」

瑞穂は息を詰める。

自分が初めて厩舎にきたときの、カニ爺やゲンさんの反発ぶりを思い出した。数年前ですらそうだったのだ。おかみさんが厩舎にいた、二十年以上前なら、もっと偏見が強かったに違いない。

「どんなに家計を切り詰めて頑張っても、どんなに皆の体調を気遣って賄いを作っても、誰からも感謝してもらえない。それどころか、相手にさえしてもらえない。私は一緒に考えたり、悩んだりしたかったのに、先生も、世話役さんたちも、誰も私に声をかけてはくれなかった」

「おかみさん……」

「だから、寂しくて、虚《むな》しくて……。つい自棄《やけ》を起こして、ここを出ていってしまったの」

美津子の声に、深い後悔の色が滲《にじ》む。

「でも、それは全部、私の甘えだった。今なら分かるのよ。騎手から調教師になったばかりの先代の先生は、ただただ余裕がなかっただけなんだって。それに……」

視線を伏せて美津子は続けた。

「かけてもらうのを待つだけじゃなくて、私から声をかけるべきだった。先代の先生にも、今の先生にも」

その瞳に涙が光っていることに気づき、瑞穂は茶碗と匙を置く。

「なのに、私は、心の隙間に悪魔のように忍び込んできた人の後を、ついていってしまったの。光司だって、まだ十代だったのに」

組んだ手の上に、涙の雫《しずく》がぽたりと落ちた。

「私は、厩舎のおかみとしても、母親としても失格です。それなのに、結局またこへ戻ってきてしまった。去年、テレビで緑川厩舎からあなたとフィッシュアイズが桜《おう》花賞《かしょう》に出てくるのを見たとき、どうしても、もう一度厩舎を手伝いたいって思ったの。たとえ光司が認めてくれなくても、こっそり賄いを作るくらいのことはできる。それで、自分がしたことが償えるとは思わないけれど、せめて、人手不足の解消くらいにはなるんじゃないかって……。勝手なのは分かっています。光司が私を恨むのは当たり前よ」

「おかみさん」

瑞穂は美津子の傍《そば》に寄り、その指先をきつく握った。

「恨んでなんていません。先生は、そんな人じゃありません。それに、今は皆、おかみさんに感謝しています。私だって、木崎さんだって、他の皆だって、先生だってそうです」

きっと、先代の先生も――。

心の中で、小さくそうつけ加える。

「瑞穂ちゃん」

涙を払い、美津子が真っ直ぐに瑞穂を見た。

「私は、ちゃんとこの厩舎の役に立っているでしょうか」

「もちろんです」

瑞穂は強く頷き返す。

同時に、その言葉が胸のどこかで木霊《こだま》した。

自分こそ、役に立っているのだろうか。

地元のため、馬主のため、厩舎のため、そして、馬たちのために。

愛子に言ったように、本当に、誰かやなにかを護《まも》ることができるのだろうか。

それともこの挑戦は、単なる自己満足で終わってしまうのだろうか。

深く考えすぎると、自分でもよく分からなくなってくる。だがもう、ここまできたら後戻りはできない。

やめよう。

瑞穂はそっとかぶりを振った。

自分は今、大レースを前に、過敏になりすぎている。

光司が言うように、きちんと休んだほうがいい。そのうえで、改めてなにもかもを考えよう。

いつしか部屋の中が、縁側から差し込む夕日を受けて、橙色《だいだいいろ》に染まり始めた。

十一月最後の日が暮れて、来月には、チャンピオンズカップがやってくる。

そして——。

そのGIの大舞台で、再びあの女性《ひと》と、相《あい》まみえることになる。

長い黒髪を肩に垂らした冴香の姿が脳裏に浮かび、瑞穂は口元を引きしめた。

20 中京

十二月第一日曜日。

その日は朝から、雲ひとつない快晴だった。冷たい空気の中、真っ青な空がどこまでも広がっていた。

瑞穂は騎手控室から、ガラス越しにパドックの様子を眺める。

十六頭の馬が周回するパドックは明るいが、午前中は眩《まぶ》しいほどだった日差しに、早くも夕暮れの気配が漂い始めている。冬至に向けて、日一日と日没が早くなってきていた。

いよいよ、チャンピオンズカップの発走時刻が近づいてきた。

第一レース同様、騎手控室にはジョッキーが全員そろっている。

GIレースでは、すべてのジョッキーがパドックに出る。それは、連続騎乗が入っているベテランたちも例外ではない。

前のベンチには、普段、控室ではあまり会うことのない、神崎護や外国人ジョッキーたちがいた。外国人ジョッキーたちは時折、小声でなにか囁《ささや》き合っているが、神崎は先程から、しきりにステッキを点検している。

狭い控室には、GI特有の緊張感が漂っていた。

瑞穂はベンチの隅《すみ》から、黄色味を増した西日に照らされたパドックに眼《め》を凝《こ》らす。ようやくフィッシュアイズが視界の中に入ってきたとき、瑞穂はJRAから貸し出された勝負服の下に冷や汗が湧くのを感じた。

嫌な予感が当たってしまった。

遠目から見ても、フィッシュアイズは完全にいれ込んでいる。盛んに首を振り立て、ボンボンのついた毛糸《ワタリ》で綺麗《きれい》に編んでもらったたてがみを振り回している。

枠順が発表されたときから、悪い予感があった。

今回、瑞穂とフィッシュアイズは二枠の四番。そして不幸にも、同じ枠の三番が、ティエレンだったのだ。

とっくにどこかへ消え失せたと思っていた大嫌いな馬の登場に、案の定、フィッシュアイズはおおいに苛立《いらだ》っている。対してティエレンのほうは、そんなフィッシュアイズのことなど眼中にもない様子で、嫌みなほどゆったりと前を歩いていた。

気負い込み、隙あらば小走りになろうとするフィッシュアイズのことを、黒いスーツに身を包んだ誠とカニ爺《じい》が懸命に宥《なだ》めながら二人曳《ににんび》きしている。

光司は今回の遠征に当たり、担当の誠の他、もうひとり帯同する厩務員《きゅうむいん》にカニ爺を指名した。当初トクちゃんは、この人選に大憤慨していたが、蟹江老人が実は来年を目処《めど》に引退を考えていることを知ってからは、渋々納得した様子だった。

〝ジジイに最後の夢を見せてやってくれ〟

鈴田を出るとき、瑞穂はゲンさんからそう肩を叩《たた》かれた。

現在トクちゃんとゲンさんは鈴田に残り、美津子と一緒に厩舎《きゅうしゃ》を護《まも》ってくれている。

フィッシュアイズの姿が視界から消えると、瑞穂は同じベンチに座っている二人の様子を、そっと窺《うかが》った。

御木本は口元を固く引きしめ、パドックを真っ直ぐに見つめている。その向こうでじっと俯《うつむ》いている冴香は、ここからは表情が見えない。

御木本が自分を黙殺してみせるのはいつものことだが、今に至るまで、瑞穂は冴香ともひと言も言葉を交わしていなかった。アマテラス杯のときと同様、昨夜の調整ルームでも、冴香は自室にこもったままだった。

〝二階堂はそんなのに乗るタマじゃない〟

冴香を庇《かば》うようなことを言い、その直後に、頰《ほお》を紅潮させた光司の姿を思い返すと、今でも胸の中が波立つ。

瑞穂は大きく深呼吸した。

フィッシュアイズがあんなことになっている以上、自分まで余計なことでテンションを上げるわけにはいかない。

冷静に、冷静に……。

心で唱えながら、瑞穂はステッキを握り直す。

冴香の乗り替わりは、マスコミでも話題になった。一部には溝木の思惑通り、〝女性ジョッキー対決〟と騒ぎ立てるメディアもあったが、それはどちらかというと、競馬からは遠い媒体だった。

昨年の桜花賞《おうかしょう》挑戦のときにも身に沁《し》みて感じたが、普段、競馬と縁のない媒体のほうが、調教や競馬場に無遠慮に踏み込んでくる。

しかし今回、瑞穂はそうしたマスコミの攻勢に、それほど曝《さら》されることがなかった。

盾になってくれたのは、広報課の大泉と、片上競馬場の愛子だった。

瑞穂が取材を断った媒体のすべてに、同世代の女性ジョッキーとして、愛子がコメントを出した。中には首を傾《かし》げるような発言もあったが、機転が利き、愛嬌《あいきょう》のある愛子のほうが、マスコミ受けはいいし、大泉としてもハンドリングがしやすかったようだ。

片上競馬場の閉鎖が決まってはいても、これからも愛子は愛子なりのやり方で、ジョッキーとしての仕事に力を発揮していくことになるのだろうと、瑞穂は思う。

「とまーれー!」

やがて馬場《ばば》取締委員の号令が響き、周回していた馬の動きがとまった。

騎手控室の空気がピリッと引きしまる。黒いカバーをかぶせたヘルメットを手に、瑞穂はベンチから立ち上がる。

大外《おおそと》のピンクのヘルメットをかぶった冴香と眼が合った。

その刹那《せつな》、火花が散った気がした。

我に返ったときには、もう冴香は控室の外に出ていた。

ほんの一瞬ではあったが、稲光のように閃《ひらめ》いた冴香の強い眼差《まなざ》しが、瑞穂の脳裏にくっきりと刻まれる。

負けない――。

瑞穂はステッキを握りしめ、パドックに駆け出した。

西日を受けたサラブレッドたちは、どの馬も隆々とした筋肉を浮き立たせ、宝石の如《ごと》く輝いている。冬毛が少なく皮膚が薄く張っているのは、馬の状態が絶好調である証拠だ。どの厩舎も、この大舞台に向けて、万全の調整を行ってきたことが窺える。

「フィッシュ!」

瑞穂は、停止位置でじれったそうに前掻《まえが》きをしているフィッシュアイズに近寄った。

思ったほど発汗はしていないが、停止させられてからも、盛んに首を振り立てている。

ずっと宥めながら引き綱を曳いてきたカニ爺は、すっかり息を切らしていた。

「カニ爺、大丈夫？」

心配して覗《のぞ》き込めば、カニ爺は苦しい息の下で果敢に首を横に振る。

「なに、これくらいのいれ込み、アラブに比べりゃ、どうちゅうこともないけぇの」

カニ爺は、かつて軍用保護馬として飼育されてきたアングロアラブによる、今はなきアラブ競馬に長年携わってきた、鈴田競馬場の生き字引だ。

アングロアラブは、スピードでこそ改良の進んだサラブレッドにかなわないが、スタミナとパワーに関しては、サラブレッドの比ではない。パドックでのいれ込みも、相当なものだったと聞く。

しかし、フィッシュアイズはアラブ馬ではない。

いくらスタミナ自慢とはいえ、今からこんなにいれ込んでいては、本番で力尽きるのではないかと、瑞穂ははらはらした。

枠順が発表されたとき、ティエレン対策に遮眼革《ブリンカー》の着用も検討したのだが、担当厩務員の誠が頑として首を縦に振らなかった。元々誠は、馬が怯《おび》えているとき以外では、矯正馬具を使用することに、あまり積極的ではない。

事実、矯正馬具は、能力のある馬の闘争心や瞬発力の妨げになることもある。

「どうだ。少しは落ち着いたか」

瑞穂が誠の組手を踏んで鞍《くら》に跨《また》がると、長い髪を後ろでひとつにまとめたスーツ姿の光司がやってきた。

正装した光司はいつになく凛々《りり》しい。

だがその光司の姿に、フィッシュアイズはブルッと鼻を鳴らして顔を背けた。

「どこまでも可愛《かわい》げのない馬だな」

無精ひげを綺麗に剃《そ》った頬に、光司は苦笑を浮かべる。

「芦原」

そう呼びかけたとき、光司は真顔に戻っていた。

「馬場はかなり乾いている。砂は深いぞ。こいつは砂をかぶったくらいでめげる馬じゃないが、ある程度は前で勝負をしたほうがいい」

「はい」

瑞穂は強く頷《うなず》いた。

ジョッキールームで見たダート競走も、ほとんどが先行馬有利の前残りの展開だった。スタートで躓《つまず》けば、それが命取りになる。

フィッシュ、落ち着いて。

瑞穂はフィッシュアイズの首筋を軽く叩く。ティエレンの隣ということさえのぞけば、二枠という枠順は悪くない。スタートさえうまくいけば、馬群に包まれることなく、先行できるかもしれない。

恐らく、一枠二番の逃げ馬が端《ハナ》を切るだろう。そこから少し控えて、内ラチ沿いに位置を取ることができれば――。

瑞穂は頭の中で、素早く展開を思い描く。

四枠七番のエラドゥーラ、八枠十五番のコマンダーボスは差し馬だ。最初は中団、ないしは後方に控えて、最後の直線で勝負をかけてくるだろう。

自在性のあるティエレンは、果たしてどう動くのか。

順当に考えれば、瑞穂と同じように内ラチ沿いを奪いにくるだろう。

最悪なのは、ティエレンに並ばれたフィッシュアイズがカッとなり、後先考えずに逃げ馬と一緒にいってしまうことだ。

前回は、それでも残れた。だが今回、同じ手が通用するとは思えない。

芦毛《あしげ》の誘導馬に誘導され、馬たちが順番に地下馬道《ばどう》に進み始める。そのとき――。

突然、前を歩いていたティエレンがくるりと振り返った。フィッシュアイズに顔を近づけるなり、上唇をまくり上げて発情顔《フレーメン》をしてみせる。

途端にフィッシュアイズが甲高く嘶《いなな》く。

「フィッシュ!」

ティエレンに向かって立ち上がりそうになるフィッシュアイズを、鞍上《あんじょう》の瑞穂と誠が懸命に抑えた。よろけたカニ爺に代わり、光司も引き綱を握りしめる。

上と下から手綱《たづな》と引き綱で動きを封じられ、フィッシュアイズが虹彩《こうさい》の抜け落ちた薄蒼《うすあお》い眼を剥《む》いた。

「こらぁ、アンコ！　しっかり前を向かせとかんかっ」

カニ爺の怒鳴り声に、御木本がすかさず手綱を引いてティエレンに前を向かせたが、フィッシュアイズはなおも立ち上がろうと、荒い鼻息を吐く。

「悪い。先にいってくれ」

暴れるフィッシュアイズを抑えながら、光司が後についていた馬の騎手と厩務員に声をかけた。瑞穂は手綱を引き、一旦、フィッシュアイズをパドックの隅に後退させる。

それでもフィッシュアイズはうるさく首を振って、瑞穂たちをてこずらせた。

「じいさん、後ろに回れ。ここからは、俺と木崎で曳く」

光司が誠と並び、本格的に引き綱を取る。

ティエレンの姿が完全に見えなくなると、フィッシュアイズはようやく立ち上がろうとするのをやめた。首筋を叩いて宥めながら、瑞穂は再びフィッシュアイズを馬列に近づけていく。

後方からきた馬が、歩みを緩めてスペースをあけてくれた。

「すみません」

横から入る形になり、後方の騎手に頭を下げ、瑞穂はハッとする。

瑞穂とフィッシュアイズを中に入れてくれたのは、コマンダーボスに跨った冴香だった。

色白の顔は大きなゴーグルに覆われ、表情は読めない。丸みを帯びた大型馬の鞍上で、その姿は一層華奢《きゃしゃ》で儚《はかな》く見えた。

「ほら、いくぞ」

光司に声をかけられ、瑞穂は我に返って手綱を握り直した。

落ち着きを取り戻したフィッシュアイズは、自ら地下馬道に進んでいく。瑞穂は内心、ホッとした。

なんだかんだ言っても、フィッシュアイズは生粋の競走馬だ。これから自分がなにをすべきかを知っている。ちょっかいをかけてきたティエレンをはじめ、ここに並み居る強豪馬たちの頂点を目指さなければいけないことを、本能的に悟っている。

引き綱を取る誠にも、焦りや不安の色は見られない。

ならば鞍上の自分のなすべきことは、ただひとつ。馬と世話役を信じることだ。

瑞穂は気持ちを引きしめ直し、ひんやりとした地下馬道に馬を進めた。

やがて検量室の前の人だかりが見えてきた。ここで陣営と合流し、調教師から言葉をもらう騎手もいる。

ひと際大勢の人たちに囲まれているのは、神崎とエラドゥーラだった。どうやら、ステッキになにか不備があったらしい。鞍上の神崎が、スタッフから新しいステッキを受け取っている。

先程の控室で、神崎が入念にステッキの点検をしていたことを、瑞穂は思い出した。

エラドゥーラは脚をそろえ、大人しく神崎の指示を待っている。

それにしても、なんて綺麗な馬だろう――。

エラドゥーラ。その馬名は、スペイン語で幸運のシンボルである「蹄鉄《ていてつ》」を意味するという。金色のたてがみをなびかせた、神話の中から抜け出してきたような美しい栗毛《くりげ》馬。

フェブラリーステークスを制したこのGI馬を抱えるのは、光司同様まだ三十代の調教師が率いる、美浦《みほ》の新興厩舎だと聞く。

「まずいっ！」

瑞穂がエラドゥーラに見惚《みと》れていると、突然、光司が切羽詰まった声をあげた。

「え？」

いきなり光司に引き綱を強く引っ張られ、鞍上の瑞穂はバランスを崩しそうになる。

瞬間――。

悲鳴のようなフィッシュアイズの甲高い嘶きが、地下馬道一杯に響き渡った。もんどりを打つ程に立ち上がられ、瑞穂は耐え切れずに鞍上から飛び下りる。

手綱を取る者がいなくなると、フィッシュアイズは飛び跳ねるようにして暴れ始めた。

「フィッシュ！」

瑞穂は叫びながら、必死に馬体を抑えようとする誠の加勢に回る。二人で引き綱を曳いても、身体《からだ》を持っていかれそうになった。カニ爺が、慌てて後続の冴香たちにストップをかけにいく。

一体、なにが起きたのか。

パドックでのいれ込みとは明らかに違う。光司、誠、瑞穂の三人で抑えても、フィッシュアイズは薄蒼い眼を見開き、耳を後ろに引き絞り、口から泡を吹いて後じさった。

これは、この反応は――。

瑞穂の脳裏に、初めて鈴田でフィッシュアイズの調教を行った日のことが甦《よみがえ》る。ゲンさんが馬の攻め具の鼻ネジを取り出したときと、よく似ている。

これは、いれ込みではない。

フィッシュアイズは、なにかを猛烈に怖がっていた。

「おいおい……」

騒然とした地下馬道に、呆《あき》れたような溜《た》め息《いき》が漏れる。

「はた迷惑だなぁ。そんな暴れ馬、中央に連れてくんなよ」

エラドゥーラの陰から、浅黒い弛《たる》んだ肌の男が、ゆらりと現れた。

すかさず光司が、フィッシュアイズを背後に庇うように立ちはだかる。

「よお。久しぶりだな、緑川」

蟇蛙《ひきがえる》を思わせる男の顔に、薄気味の悪い笑みが広がった。

「俺が捨てた屑《くず》馬を、一体、どこで拾ってきたんだよ。え、緑川先生よ」

その言葉に、瑞穂は雷に打たれたようになる。

もしや、この男は――。

肩のあたりまで発汗してしまったフィッシュアイズを誠と一緒に抑え込みながら、対峙《たいじ》する光司と男の姿を、瑞穂は息を詰めて見守った。

「相変わらずみっともない面《つら》の馬だな。馬体は随分立派になったが、まさかこんなところまで出てくるようになるとはな……」

男が眼を光らせて、しげしげとフィッシュアイズを眺め回す。その視線から逃れようとするように、フィッシュアイズが激しく身をよじった。

「この馬に近づくな」

光司が男を見据える。

「稲葉《いなば》さん。今のこいつに、あんたの顔は見せたくない」

やはり、そうか。

美浦の稲葉調教助手。面識こそないが、その名は瑞穂の脳裏にも深く刻み込まれていた。

朽ちかけた日当たりの悪い馬房《ばぼう》で、威嚇《いかく》とは思えぬほどの怒気を滾《たぎ》らせていた、ガリガリに痩せこけた魚目《さめ》の馬――。

それが、北関東の牧場で初めて出会ったフィッシュアイズの姿だった。

〝もしかして……、稲葉のオッサンのいるところか？〟

たった二歳だった未出走馬を、併《あわ》せ馬調教の当て馬として、ぼろぼろになるまで酷使した厩舎について尋ねたとき、光司はそう口にした。

元騎手だった稲葉は、レースに勝つためなら、裁決委員から制裁を受けるほど馬に鞭《むち》を入れたと聞く。同時に、己を追い詰めることにも容赦がなく、斤量のきつい馬に乗るたび、調整ルームのトイレで喉《のど》に指を突っ込んでは吐いていたそうだ。

その稲葉が、今はエラドゥーラの陣営に加わっていたのだ。

「よく言うよ」

稲葉が不敵な笑みを浮かべる。

「文句があるなら、その馬の醜い面を見た途端、あっさり約束を反故《ほご》にした最初の馬主に言うんだな。俺はそんな屑馬を、鍛え上げてやったんだ。礼を言われることこそあっても、文句を言われる筋合いはねえよ。こいつは元々俺の馬だ。なあ、そうだろう……」

光司を押しのけて近づくなり、稲葉はフィッシュアイズの耳元でなにかを囁いた。

途端に、フィッシュアイズの悲鳴のような嘶きがあがる。その眼に、見たことのない怯えの色が滲《にじ》んでいた。

使い倒されていたときの呼び名を告げられたのだろう。

「違う！」

瑞穂は大声で叫んで、フィッシュアイズの長い首を抱いた。

初めて緑川厩舎にやってきたとき、フィッシュアイズの黒い馬体には、いくつもの蚯蚓《みみず》腫《ば》れができていた。鞭でしたたかに叩かれた跡だった。

今でこそ、暇さえあれば腹を出して眠りこけているが、当時のフィッシュアイズは異常な興奮状態で、常に蒼い眼を爛々《らんらん》と光らせ、眠ろうとも飼葉《かいば》を食べようともしなかった。

一時的にフィッシュアイズを預かっていた北関東の牧場の人たちは、それを〝燃え尽き症候群の最悪な形〟だと言っていた。

競走馬を「経済動物」と割り切る人たちもいる。

だが、瑞穂をはじめ、緑川厩舎にそんなことを考える人間はひとりもいない。

もう二度と、自分たちの馬にそんな思いをさせたくない。

「違う。この馬は、あなたなんかの馬じゃない。この馬の名は、フィッシュアイズ。

私たちの馬だよ！」

誠とカニ爺も、フィッシュアイズの馬体を左右から支えた。誠は眼に怒りを滾らせて拳《こぶし》を握りしめていたが、いつものように、相手に飛びかかっていこうとはしなかった。

光司の背後で一丸となっている瑞穂たちに、稲葉がなにかを言い返そうとしたとき――。

「稲葉さん」

冷静な声が響いた。

ハッとして視線をやれば、エラドゥーラの鞍上から、神崎が平静な表情でこちらを見ている。

「後がつかえています。いきましょう」

それだけ言うと、神崎は何事もなかったように、馬を反転させて本馬場《ほんばば》への坂を上り始めた。稲葉はまだなにか言いたげにしていたが、結局、「ふん」と鼻を鳴らして、陣営の元へ戻っていった。

「騒がせて悪かった。先にいってくれ」

光司が背後の冴香を振り返る。

冴香は小さく頷き、無言で瑞穂たちの傍らを通り抜けていった。色の濃いゴーグルに覆われた冴香の表情は読めなかったが、最後尾につけていた十六番のジョッキーは、明らかに迷惑そうに舌打ちを残して去っていった。

フィッシュアイズを地下馬道の端に寄せ、瑞穂と誠は同時に大きな息を吐く。

「アンちゃん、よく我慢したな」

その誠の肩に、カニ爺がそっと手を置いた。

「皆、怪我《けが》はないか」

光司の言葉に、全員が頷く。

「稲葉のオッサンが、エラドゥーラの厩舎に移っていたとは誤算だった。前もってよく調べなかった俺のミスだ。すまなかった」

頭を下げようとする光司を、カニ爺が押しとどめた。

「先生のせいじゃありません」

瑞穂も強い声で答え、ようやく落ち着いてきたフィッシュアイズに乗り直す。

そうだ。誰のせいでもない。

だけど――。

まだ荒い息を残しているフィッシュアイズの首を撫《な》でながら、瑞穂は黒雲のように湧いてくる不安に囚《とら》われる。

こんな状態で、果たして自分たちはまともにレースができるのだろうか。

いつもレースに前向きだったフィッシュアイズが、どこか虚《うつ》ろな様子で上を見ている。

まるで、心が遠くへ飛んでいってしまったようだ。

つかめない。

迷うことなく一緒に戦ってきたフィッシュアイズの心が、今どこにあるのか分からない。

どうしようもなく込み上げてくる不安と戦いながら、瑞穂は手綱を握りしめる。

やがて地下馬道の先に、五万人の観衆が待つ、ＧⅠの本馬場が見えてきた。

21

発声

天気に恵まれたこともあり、スタンド席は色とりどりのコートやダウンジャケットを着た観客たちで埋め尽くされている。馬場《ばば》内広場にも、多くの家族連れの姿が見えた。

調教師席に向かう光司やカニ爺《じい》と別れ、誠はひとり、待機所の付近で返し馬を行う馬たちの様子を眺めていた。

出走馬のゲートへの誘導は、基本、JRAの発走係員が行うのだが、ティエレンと同じ枠ということを踏まえ、今回は誠に口取りをさせるように、光司が前もって申告をしていた。ただでさえ警戒心の強いフィッシュアイズのストレスを、少しでも軽減するためだ。

ふいに、スタンドからの歓声がひと際大きくなる。

視線をやれば、一番人気のエラドゥーラが長いたてがみをなびかせて、スタンド前を軽やかに走っていた。西日を受けて輝く金色の馬体が美しい。

そののびのびとした走りに、誠は一瞬見惚《みと》れる。

あんな男のいる厩舎《きゅうしゃ》の馬なのに――。

気がつくと、拳《こぶし》を固く握りしめていた。

耳を後ろにきつく引き絞り、歯を剥《む》き出して周囲を威嚇《いかく》していた以前のフィッシュアイズの姿を、誠は決して忘れていない。くるもの全員に牙《きば》を剥こうとする様子に、自分を見ているような気がした。

一頭のGIホースを育成するために、何頭もの馬を犠牲にする。そんなことが、許されていいはずがない。

以前の自分なら、間違いなく、あの場で男に殴りかかっていただろう。

〝アンちゃん、よく我慢したな〟

ふと、肩に置かれたカニ爺の掌《てのひら》の温かさが甦《よみがえ》ったような気がした。

ひょっとして――。これでも自分は、少しずつ変わってきているのだろうか。

自分たちは馬じゃない。馬と人は違う。だから自分たちは人として、馬を護《まも》らなければならない。

ゲンさんから繰り返し聞かされてきた言葉の意味を、誠はようやく本気で考え始めているのかもしれなかった。

スタンド前を次々に駆けていく馬たちの状態に、誠は眼《め》を凝《こ》らした。

どの馬も速歩《ダク》から緩やかな駈歩《キャンター》へとスムーズに移っていく。筋肉痛《コズミ》を感じさせるような馬はいない。

中でも、唯一の三歳馬であるティエレンの動きはひと際滑らかで、状態のよさを窺《うかが》わせた。若い芦毛《あしげ》馬に特有の銀色の毛並みが西日に映えている。

ほとんどの馬が四コーナーに向かって駆けていく中、一頭だけ、逆回りをしている馬がいる。

勝負服の背中に垂れた長い黒髪。二階堂冴香と、コマンダーボスだ。

スタンドの歓声を避けているのだろうか。しかしコマンダーボスは、ちょっとやそっとの歓声になどには動じない馬のはずだ。

誠は少しだけ不思議に思ったが、すぐにそこから視線を外した。返し馬でウォーミングアップをしている馬の中に、瑞穂とフィッシュアイズの姿はない。

瑞穂は一コーナー付近で、他の馬の邪魔にならないように、フィッシュアイズにダクを踏ませていた。

パドックでも散々いれ込んでいたうえ、地下馬道《ばどう》であれだけ暴れたのだ。少しでも体力を温存しようとしているのだろう。

遠目で見る限り、フィッシュアイズは落ち着きを取り戻しているようだった。

けれど――。なんだろう。

強い西日で逆光になっているフィッシュアイズの様子をもっとよく見ようと、誠は眼を眇《すが》めた。なにかがいつもと違う気がする。

気合い乗りの問題だろうか。さすがのフィッシュアイズも、大嫌いな馬との再会や、かつて自分を虐待した調教助手との遭遇に、やる気を削《そ》がれてしまっているのかもしれない。

フィッシュアイズは、心許《こころもと》なさそうに、どこか虚《うつ》ろな様子でダクを踏んでいる。

もしかすると、今回は駄目なのだろうか。誠の心に、不安の影が差す。

せっかく、ここまでやってきたのに。

小さな地方競馬場に所属する馬が、中央競馬のGIの舞台に辿《たど》り着くのは決して容易なことではない。だが馬にやる気がない以上、無理やり走りを強要することが正しいことなのかどうか、誠にはよく分からない。

騎手と馬が一緒に勝利を目指してこその競馬だ。特に芦原瑞穂とフィッシュアイズの走りは、元々そういうもののはずだった。

でも、今のフィッシュアイズのあの様子は――。

なにかに困っているような。

そしてその要因が、自分でもよく分かっていないような……。

じっと眼を凝らし続けていると、照りつける西日の中、なにかがきらりと光を弾《はじ》いた。

その刹那《せつな》、違和感の正体に気づき、誠は大きく眼を見張る。

蹄鉄《ていてつ》だ。

地下馬道で暴れたときに釘《くぎ》が緩んだのか、右前脚の蹄鉄が外れかけてしまっている。足元のなにかがいつもと微妙に違うことに、フィッシュアイズは困惑しているに違いない。

今のフィッシュアイズは、履き慣れたランニングシューズの底《アウトソール》が、わずかに剥《は》がれかけているような、なんとも気味の悪い状態だ。

このままフィッシュアイズを走らせるわけにはいかない。

一気に心拍数が上がり、誠の頭に血がのぼった。

発走時刻まで、もう十分もない。

瑞穂の元へいくべきか。否、それでは処置が間に合わない。

どっと汗が噴き出る。切羽詰まった誠は、周囲をきょろきょろと見回した。

「どうしました?」

近くにいた係員が誠の焦燥した様子に気づき、声をかけてきてくれた。誠は意を決して口を開いたが、喉《のど》からはかすれた息の音しか出ない。

酸欠の金魚のように口をパクパクさせるだけの誠のことを、係員は訝《いぶか》しげに見つめている。

誠は係員に背を向け、全力で地下馬道の出口付近にある調教師席へと走った。

息を切らし、調教師席を見上げると、運よく手前の席で、光司が双眼鏡を手にしてベンチに座っていた。

誠は大きく息を吸い込む。

大声で呼べば、聞こえる距離だ。

だが――。

その声の出し方が、分からない。

声を出そうと焦れば焦るほど、口の中になにかが詰め込まれたようになっていく。

〝お母さん〟

そう呼びかけただけで小突かれた。酷《ひど》いときには、母の男から煙草《たばこ》の火を近づけられた。

怖くて、つらくて、悲しくて、やがてなにも言えなくなった。それでも母から、気にされることすらなかった。

届かない。自分の声は、どこにも誰にも届かない。

誠はいつしか小さな子供の姿に戻り、地面に蹲《うずくま》りそうになった。

バカたれ！　このアンコッ――!!

そのとき、胸の奥のどこかから、濁声《だみごえ》が飛んできた。

仁王のように眼を剥いたゲンさんが、幼い誠の腕をつかんで引き立たせる。

お前、馬じゃねえんだ。わしらは人として、馬を護んなきゃなんねんだ。

それが、わしら、世話役の役目ってもんだ！

誠は大きく眼を見開く。

「……テ……」

誠の喉が震えた。

そうだ。今、魚目《さめ》を護ってやれるのは、お前しかいないんだ。

胸の奥で、再びゲンさんの声が響く。

以前、寒い冬の川べりで、ゲンさんと揉《も》み合った記憶が甦る。

あのとき、あの人は泣いていた。なんの関係もない自分のために、血と涙と鼻水で顔中を汚し、拳を握りしめて叫んでいた。

頑張れ、誠、頑張れ――！

「テ……、テキィイイィッ!!」

ついに誠の口から大声が出た。

調教師席の光司がハッとしてこちらを見る。異変を察知した光司が、素早く身を翻した。

「どうした、木崎！」

駆けつけてきた光司と、地下馬道の出口で落ち合う。

光司に腕をつかまれ、誠はあえぐように口を開いた。

「テキ……、フィッシュ……アイズ……」

「フィッシュアイズがどうした」

必死に言葉を押し出そうとする誠を、光司が食い入るように見つめる。誠の眼から、生理的な涙がぼろぼろとこぼれ落ちた。

「て……蹄鉄……外れ……て……」

その瞬間、光司が力強く頷《うなず》く。

「よく言った！」

思い切り背中を叩《たた》かれ、誠は全身の力が抜けそうになった。気がつけば、汗と涙でなにもかもがびしょびしょだ。

「厩務員席《きゅうむいん》のじいさんを呼んで、お前もすぐにこい！」

馬場に向かい、光司が駆け出していく。

誠は暫《しば》し茫然《ぼうぜん》とその背中を見送っていたが、やがて我に返り、厩務員席にカニ爺の姿を探しにいった。

22 GI

ほとんどの馬が四コーナーに向かって駆けていく中、ただひとり、一コーナーに向かっている冴香の姿を、瑞穂は無言で見つめていた。

馬を反転させると、冴香はゴール板の前をゆっくりと進む。

〝馬場《ばば》見せ〟をして、馬にゴールの位置を教えているのだ。最近ではほとんどの騎手がこうした手順を省く中、冴香は基本に忠実に返し馬に入ろうとしていた。

〝邪魔すんなよ、女ぁーっ〟

〝コマンダーから、今すぐ下りろ！〟

途端に、心無いヤジが飛ぶ。

隅《すみ》のほうでフィッシュアイズにダクを踏ませている瑞穂の耳に、それはいやおうなく届いた。

〝こっちのお嬢ちゃんは、早くも故障かよ〟

〝さっさと鈴田に帰れ！〟

すぐに矛先が瑞穂にも向けられる。瑞穂は聞こえぬふりを装い、スタンドを背に回した。

それにしても……。フィッシュ、一体、どうしちゃったの？

いつもなら、広い馬場を見ると勇んで駆けていこうとするフィッシュアイズが、心ここにあらずの様子で上を見ている。

地下馬道《ばどう》での一件で、すっかりやる気をなくしてしまっているのだろうか。

フィッシュアイズの心が読めないことに、瑞穂は焦《じ》れた。

でも、もしかしたら。馬のほうだって同じなのかもしれない。

フィッシュアイズには、瑞穂たちのやろうとしていることがまるで理解ができないのかもしれない。

以前のレースでは、大嫌いな馬に乗って自分を打ち負かした騎手が、今度は自分の背に乗って、すべての馬に勝てという。しかも、見知らぬ場所に連れてこられ、二度と会いたくない人間に引き合わされた。

そうした不快な出来事のなにもかもを、フィッシュアイズは瑞穂が引き起こしているのではないかと訝《いぶか》しんでいるのかもしれない。

お前は本当に味方なのか――。

ふいに瑞穂は、フィッシュアイズから改めてそう問われている気がした。

競馬とは、人と馬が共に生きるもの。

競走馬は競馬をするために生まれてきた。勝てない競走馬は淘汰《とうた》されて消えていく。だから馬を護《まも》るためには、競馬に勝たなくてはいけない。

そう信じて瑞穂はここまでやってきた。

でもそれは、ただの己のエゴだったのかもしれない。

瑞穂は背後に山のようにそびえているスタンドをそっと振り返った。

スタンド席にはぎっしりと人が詰めかけ、今年の砂の王者を決するGI競走の発走を今か今かと待ちわびている。二階席も三階席も満員だ。

このスタンドのどこかに、広報課の大泉や、鈴田から応援に駆けつけてくれた人たちもいるのだろう。

そして最上階のガラス張りの奥の部屋には、今回も気持ちよく送り出してくれた馬主の船井夫妻がいる。

地元のため、馬主のため、なにより自分たちのために、瑞穂は勝たなくてはならない。

だがそれは、元来フィッシュアイズのあずかり知らぬところのものだ。

強い信頼関係を作り直す――。誠に突きつけられたメモが脳裏をよぎり、思わず瑞穂は俯《うつむ》いた。こんな状態のフィッシュアイズと、どうやってレースに臨めばいいのか分からない。

「芦原！」

そのとき、調教師席にいるはずの光司の声が瑞穂の耳朶《じだ》を打った。

驚いて顔を上げれば、光司が誠やカニ爺《じい》と共にこちらに向けて駆けてくる。その後方には、JRAの係員たちもいた。

「先生、どうしたんですか」

「芦原、馬から下りろ。蹄鉄《ていてつ》が外れかけているんだ」

光司の後ろの係員のひとりが装蹄《そうてい》用前垂れをかけた装蹄師であることに気づき、瑞穂は息を呑《の》んだ。

「木崎が気づいたんだ。前脚の蹄鉄の釘《くぎ》が緩んでいるらしい」

瑞穂が慌てて下馬すると、誠がすかさずフィッシュアイズの口元に引き綱を取りつけた。前に回ったカニ爺が右前脚を確認し、低く唸《うな》る。

「アンちゃん、よう気づいたのう……」

注意深く眼《め》を凝《こ》らせば、確かに右前脚の蹄鉄の外側の釘に、わずかな緩みができていた。今でこそ小さな緩みだが、全力疾走すれば、蹄鉄はやがて外れてしまうだろう。

フィッシュアイズはずっと、いつもとなにかが微妙に違う、奇妙な違和感をもち続けていたに違いない。

一緒に引き綱をつかみながら、瑞穂は今更ながらに誠の慧眼《けいがん》に感服した。決してとっつきやすい相手ではないが、もの言えぬ馬の不安を見抜くことにかけて、誠は並々ならぬ能力を発揮する。

繋《つな》ぎ馬房《ばぼう》に誘導すると、恰幅《かっぷく》のよい装蹄師がハンマーを手に近づいてきた。

ところがその途端、それまで心細そうに上を眺めていたフィッシュアイズが、いきなり鼻息を荒くした。漆黒《しっこく》の馬体が跳ね上がり、引き綱を持っていかれそうになる。

「フィッシュ！」

瑞穂の叫びに光司も引き綱を取ったが、フィッシュアイズは甲高い嘶《いなな》きをあげてなおも身をよじった。度重なるストレスで、いつも以上に警戒心が強くなってしまっている。見知らぬ装蹄師の接近に、フィッシュアイズは薄蒼《うすあお》い眼を剥《む》いて尻っぱねを始めた。

これでは、脚を固定することすらできない。瑞穂たちは三人がかりで、暴れるフィッシュアイズを必死に押さえ込もうとした。

「フィッシュ、お願い、落ち着いて……！」

万一こんなところで放馬《ほうば》でもしたら、レースの出走さえ危うくなる。

「わしがやる！」

カニ爺の大声が響いた。

「そんなわけにはいきませんよ」

馬の前に仁王立ちしたカニ爺を、ＪＲＡの係員が困惑した表情で見やった。

「ここでは、こちらの指示に従っていただかないと……」

「頼む、やらせてくれ」

係員の言葉を、光司が遮る。

「この人は、鈴田が軍用保護馬の養成所だったときから、馬と寝起きを共にしてきた生来の馬方《うまかた》だ。当時は何十頭という馬の蹄鉄を打ってきている」

「当時は、でしょう?」

係員は明らかに、カニ爺の高齢を懸念している様子だった。

「バカにするな! わしはまだ耄碌《もうろく》しとらんっ」

癇癪《かんしゃく》を起こして係員につかみかかろうとするカニ爺を、光司が制した。

「なにが起きても、責任は俺が取る」

「そういう問題じゃないんですよ」

光司と係員の押し問答に、瑞穂は全身から冷や汗が噴き出すのを感じた。このままでは、最悪、出走を取り消されてしまうかもしれない。

「頼む。わしはまだ現役じゃ」

カニ爺の声にも焦りが滲《にじ》んだ。

「わしは馬の面倒を見るしか能のない、ろくでなしじゃ。けど、けど……」

白髪頭がぶるぶると震え出す。

「この馬は、わしの最後の夢じゃけえ！」

カニ爺の必死の叫びが、周囲に響き渡った。

そのとき——。装蹄師が突然前垂れを外した。

皮でできた重い前垂れが、ぶるんと音を立ててカニ爺に差し出される。装蹄師は、無言でカニ爺を見つめていた。

「……恩に着るけえ」

受け取るなり、カニ爺は素早く自分の腰に巻きつける。

「すまない」

光司が装蹄師に頭を下げると、傍らの係員が大きな溜《た》め息《いき》を漏らした。

「後で、装蹄届出を競走馬診療所に提出してください。追って、日報を書いてもらいます」

完全に切り替えた口調で、係員は事務的に告げる。

「承知した」

「言っておきますが、これは今回だけの措置ですからね」

そう釘をさすと、係員は装蹄師と共にその場を離れていった。

周囲が瑞穂たちだけになっても、フィッシュアイズはまだ落ち着きなく身をよじろうとしている。

「アンちゃん！」

軍手に釘を仕込みながら、カニ爺が誠を呼んだ。

「自分の馬に、声を聞かせてやるんじゃ。世話役の声が、馬にとっちゃあ、一番の安定剤よ。さあ、早く馬を安心させてやれ」

声？

瑞穂は思わず眉を寄せる。それは、誠にとって無理難題のはずだ。

「木崎、いけ」

光司が誠に代わって引き綱を握った。

でも、木崎さんは——。

しかし瑞穂の戸惑いをよそに、誠はフィッシュアイズの前に回って耳に唇を寄せた。

「だ……」

瑞穂は大きく眼を見張る。

「……大丈夫、だ……から……」

誠はフィッシュアイズの耳元で懸命に囁《ささや》いた。かすれてはいたが、しっかりとした力強い声だった。

初めて聞いたであろう誠の声に、フィッシュアイズの耳がくるりと回る。

「大丈夫……。なにがあっても……護る、から……」

額から、こめかみから、眼尻から、汗とも涙ともつかない雫《しずく》が、誠の白い頰《ほお》を次々と流れていく。瑞穂の中からも熱いものが込み上げ、フィッシュアイズの首をしっかりと抱いた。

怖がらないで。私たちは味方。

あなたは、私たちの大事な馬だよ――。

フィッシュアイズの身体《からだ》から、ふっと力が抜ける。薄蒼い眼に浮かんだ小さな黒い瞳が、囁き続ける誠をじっと見つめた。ふいに長い舌を出し、フィッシュアイズが誠の頰を流れる雫を舐《な》め取ろうとする。

その隙に、装蹄用の前垂れをかけたカニ爺が、右前脚をしっかりと自分の腿《もも》の間に挟み込んだ。ハンマーを片手に、緩んだ釘を手早く抜き取る。

軍手に仕込んでおいた釘を蹄鉄に当てると、蟹江老人はハンマーを慎重に上げた。

「あかん！」

テレビの画面に覆いかぶさるようにして、トクちゃんが叫ぶ。

「あかん、あかん、あかん……。絶対、なんかあった。なんかあったでぇ」

ついにはテレビをつかみ、トクちゃんはがたがたと揺さぶり出した。

「魚目《さめ》はんは一体どうなってるんや。なんでテレビに映らんのやぁあああ！」

「うるせえんだよ！」

ゲンさんが一喝する。

「大体、てめえがそんなとこに陣取ってたら、テレビが見えねえだろうが」

思い切りミカンを投げつけられ、トクちゃんが「いてっ」と後頭部を押さえた。

「だって、そんじゃ、なんで魚目はんだけ返し馬に出てこないんや。てっちゃんや、コマンダーの旦那は元気に返し馬しとるのに、魚目はん、さっきからちっとも画面に映らんやないかい。パドックでも散々いれ込んでたし、絶対なんかあったんやぁ」

トクちゃんの絶望的な叫びに、部屋の中がしんとする。

チャンピオンズカップの発走を控え、緑川厩舎《きゅうしゃ》の大仲《おおなか》には、他厩舎の池田までが集まってきていた。

「くっそ……。ここまできてずっこけたりしたら、あの小娘、ただじゃおかねえからな」

美津子が淹《い》れたお茶を啜《すす》りながら、池田が凶悪な表情で低く唸る。

「あー、やっぱりアンちゃんとジジイだけじゃあかんかったんや。ここは、俺がいくべきやったんや、もうおしまいやぁあああ」

天を仰いで嘆きまくるトクちゃんに、ゲンさんが今度は茶托《ちゃたく》を投げつけた。

「うるせぇっつってんだよ。お前なんかがいったところで、なんの役に立つってんだ。いい加減にそこからどけや。画面が見えやしねえ」

ゲンさんの剣幕に、トクちゃんは渋々テレビから離れた。

画面は最終の単勝オッズを映し出している。

依然、一番人気はGI馬のエラドゥーラ。二番人気は、目下連勝中のティエレンだった。香港《ホンコン》から遠征してきた、イタリア人ジョッキーが手綱《たづな》を取る五歳馬も注目を集めている。

今回、唯一地方から参戦するフィッシュアイズや、直前で二階堂冴香に乗り替わりになったコマンダーボスは、十番以内に入っていない。

たとえ話題になったとしても、本気の勝負の場で、観客たちが女性ジョッキーに期待していないことが、如実にデータに表れている。

カメラは先程から、人気上位馬の姿ばかりを追っていた。

「だから、魚目はんを映さんかい！」

トクちゃんが焦れて、再びテレビに食ってかかった。

「そう、騒ぐな。パドックでいれ込んだ馬の返し馬を控えるのは、よくあることだ」

池田が横目でトクちゃんを睨《にら》む。

「まあ、決して望ましいもんではないけどな……」

独り言のように言うと、池田はひと息にお茶を飲み干した。

〝今年は、地方競馬の鈴田からフィッシュアイズが参戦してきていますが……〟

初めてアナウンサーがフィッシュアイズに触れ、全員が「お」と身を乗り出す。

初老の解説者の苦笑いが大写しになった。

〝まあ、みやこステークスではよく勝ちましたが、ここじゃ相手が悪すぎるでしょう。この馬、去年も桜花賞《おうかしょう》に出てきて惨敗してますからね。着《ちゃく》でも拾えれば大健闘ですが、パドックでも変にいれ込んでましたし、逸走《いっそう》とかしないといいんですけどねぇ……〟

「うるせぇよ!!」

トクちゃんとゲンさんと池田が一斉に声をそろえる。

続けて解説者がエラドゥーラとティエレンの状態を褒めちぎり出すと、画面が先刻のパドックの録画に切り替わった。

ティエレンの後方で、ワタリで編んだたてがみを散々に振り回しているフィッシュアイズの姿が映り、大仲の空気が一気に重くなる。

逸走を懸念されるのも、あながち分からなくはない暴れぶりだ。

「だから映してほしいのは、さっきのやなくて、今の魚目はんの様子なんやけどな」

きまり悪げにトクちゃんが呟《つぶや》く。しかしこの有様を改めて見てしまうと、今の状態を見るのがいささか恐ろしくもあった。

「大丈夫ですよ」

それまで黙っていた美津子が卓袱台《ちゃぶだい》をふきながら、平静な眼差《まなざ》しで全員を見る。

「先生も、瑞穂ちゃんも、誠君も、そして皆さんだって、今日のためにやるべきことはすべてやってきたんじゃありませんか」

布巾《ふきん》を畳み、美津子は両手を膝《ひざ》の上に置いた。

「一度はここから逃げた私が今更大きなことは言えませんが、私はあの子たちを信じてますよ」

部屋の中には西日が差し込み、美津子の手元をべっこう飴《あめ》のような色に染めている。

「……だな」

少し遅れて、ゲンさんが静かに頷《うなず》いた。

「おかみさんの言う通りだ。やれることは全部やったんだ。後は信じるしかねえ」

ゲンさんの言葉に、大仲の空気が少し和らぐ。

「あ、大泉」

トクちゃんが、画面の端を指差した。

パドックを取り囲む観客の中で、〝がんばれフィッシュアイズ、競馬は鈴田〟と書かれたあからさまな宣伝用団扇《うちわ》を手にした広報課の大泉が見切れていた。

〝間もなく発走時刻です〟

アナウンサーの言葉と共に、画面が中継に切り替わる。

ウイナーズサークルに、GⅠのファンファーレを演奏する楽団が整列していた。

スタンドに詰めかけた大観衆から、手拍子が湧き起こる。

トクちゃんも、ゲンさんも、池田も、固唾《かたず》を呑んでテレビの画面を見つめた。美津子が、胸の前で両手を合わせてまぶたを閉じる。

赤旗を持った発走委員を乗せたスタンドカーのスタンドが、ゆっくりとせり上がり始めた。

中京競馬場第十一競走、午後三時三十分発走。ダート、千八百メートル。

グレードⅠ、チャンピオンズカップ。

発走委員が掲げもつ赤旗が翻り、生演奏のファンファーレが冷たい空気の中に鳴り響いた。勇壮なファンファーレ以上に聞こえてくるのは、五万人の大観衆による手拍子だ。

ファンファーレの終了と共に、巨大なスタンドから地鳴りのような大歓声が沸き起こり、瑞穂は全身に鳥肌が立つのを感じた。

これほどの歓声、これほどの重圧を瑞穂は他に知らない。改めて思う。

自分とフィッシュアイズは、再びGⅠの舞台に帰ってきたのだ。

発走係員に導かれ、奇数の馬から番号順にゲートに入っていく。

順番を待っていた瑞穂とフィッシュアイズは、誠に口取りをされて、ゲートへと向かった。フィッシュアイズがグイッと顎《あご》を引き、鶴のように首を曲げる。

「入ります！」

瑞穂と誠の声が、ぴったりと重なった。

素早く頷き返し、誠がゲートから離れていく。ここからは、瑞穂とフィッシュアイズ二人きりだ。

発走係員の口取りで、他の偶数馬も順調にゲートインしていく。

だが、途中、香港から遠征してきた馬が、見慣れぬゲートを嫌って後じさり始めた。

イタリア人ジョッキーが、優しい声で馬名を呼びながら宥《なだ》めている。

狭いゲート内で待たされているうちに、最初は落ち着いていた馬たちの鼻息が次第に荒くなり始めた。

ガンッ――！

途端に横から大きな音がする。

ゲートの隙間から、隣枠のティエレンが、フィッシュアイズを挑発するようにこちらを見ていた。御木本が前を向かせようと手綱を引くが、ティエレンは面白半分といった様子でガツンガツンと更に馬体をぶつけてきた。

フィッシュアイズは、じっと堪《こら》えて立っている。

やがて臀部《でんぶ》に尾まわしのロープをかけられ、香港からの遠征馬がゲート内に引き入れられた。

世界中の競馬場で活躍してきた百戦錬磨のイタリア人ジョッキーは、余裕の表情でゲートインした馬のたてがみを撫《な》でている。

大外《おおそと》の馬が最後にゲートに入り、ようやく態勢が整った。

ダンッ!

眼の前のゲートが弾《はじ》け、一気に視界が広がる。勢いをつけ、フィッシュアイズが懸命に飛び出した。

よし——!

スタートがうまくいったことに、瑞穂は内心快哉《かいさい》を叫ぶ。

予想通り、一枠の逃げ馬が端《ハナ》を切った。馬込みに閉じ込められる前に内ラチ沿いを奪いにいきたいが、この馬につられるわけにはいかない。

中京競馬場の最後の直線には、みやこステークスを戦った京都競馬場とは比べものにならない急勾配《こうばい》の坂がある。前半でスタミナを使いすぎれば、間違いなくこの坂で潰《つぶ》れる。

ふいに銀色の馬体が横をかすめた。

御木本を鞍上《あんじょう》に、ティエレンが涼しい表情で横を駆け抜けていく。ちらりと視線を寄こされた気がしたが、フィッシュアイズは動じなかった。

もうフィッシュアイズは、むやみにティエレンと張り合おうとはしなかった。テポよく首を振りながら、落ち着いて走っている。

偉いよ、フィッシュ。

瑞穂は心の中で呼びかける。最初のコーナーを回りながら、瑞穂はティエレンの後ろにつけた。

ティエレンの巻き上げる砂塵《さじん》がびしびしと飛んでくるが、フィッシュアイズは堪えている。首を振るリズムにも、耳の動きにも、乱れや苛立《いらだ》ちは出ていない。

緩やかな坂を上り、向正面《むこうじょうめん》に向かう。エラドゥーラや大外のコマンダーボスは後方に控え、馬群は縦長になった。

向正面に入った途端、外から一頭、すごい勢いで駆けてくる馬がいる。香港の遠征馬だ。

枠入りを嫌っていた馬はあっという間にフィッシュアイズを抜き去り、ティエレンに並びかけた。二頭の馬の後ろ脚が交互に砂を蹴り、西日を反射した蹄鉄がちかちかと眼を射る。

大丈夫。

瑞穂は手綱を長く持ち、フィッシュアイズと呼吸を合わせた。

体内時計には自信がある。

レースのペースはやや速い。今はまだ、焦らなくて大丈夫。

今の緩い坂を上り切れば、向正面の途中から四コーナーまでだらだらと下り坂が続く。そこまで体力を温存し、急勾配の坂を含む残りの四百メートルで、一気に勝負をかけるのだ。

まだ緩い坂の途中なのに、早くも逃げ馬が口をあけた。見る見るうちにリードがなくなり、ティエレンと香港からの遠征馬が鼻先を並べるようにして前へ出た。

見知らぬゲートを嫌いこそはしたが、遠征馬は香港沙田《シャティン》の人工馬場《オールウェザー》をタフに走ってきたエース級の大型馬だ。競り合いになれば、譲ろうとはしない。

若いティエレンと馬体を合わせ、遠征馬が最初の坂の頂上に上り詰める。瑞穂は一瞬、アマテラス杯で自分がティエレンの手綱を握っていたときのことを思い出した。

己の進路を邪魔されたティエレンは恐ろしい。

ティエレンの身体に流れる絶対王者の血は、完膚なきまでに相手を叩《たた》きのめす残酷さを秘めている。

それは、人為的な血の交配から生まれた、桁《けた》外れの能力を持つ不気味な怪物を思わせる。

坂が下りになると、案の定、ティエレンは遠征馬の隣にぴったりと並び、質《たち》の悪い差し合いを始めた。相手が前に出ると、少しだけ前に出る。そして懸命に追いついてきたところを、今度はあざ笑うように突き放す。

後ろにつけているだけで、遠征馬の焦りと悲鳴が聞こえてくるようだった。ベテランのイタリア人ジョッキーも、折り合いがつかずに苦戦している。

あのときティエレンの手綱を握っていた瑞穂は、言いようのない無力感に襲われた。

だが、今ティエレンを駆る御木本の騎乗にはひとつも迷いがない。他馬を潰すような走りをものともせず、絶妙なピッチで三コーナーに切り込んでいく。

悔しいけれど、この男は確かにうまい。これが本当の競馬だと、瑞穂は突きつけられている気がした。

完全に口をあけてしまっている逃げ馬と、能力の差を見せつけられて半ば戦意を喪失した遠征馬を交わし、瑞穂は二番手で三コーナーを回った。

絶対王者の血を引くティエレンは強く、恐ろしい。だが、しかし——。

その馬にはひとつ、治りきらない悪い癖がある。

身体に脈々と流れる絶対王者の血を滾《たぎ》らせ、他馬を潰しながら先頭に立つと、ティエレンは本来の無邪気さを覗《のぞ》かせる。

「フィッシュ！」

その瞬間を待ち、瑞穂はハミに合図を送った。ガチッとハミを噛《か》み、フィッシュアイズが一気に加速した。フィッシュアイズも覚えているのだ。

そう。その馬は、先頭に立つとほんの一瞬、気を散らす。

隙をついて強襲してきたフィッシュアイズに気づき、御木本がティエレンにステッキを入れた。我に返ったティエレンが、手前脚を利き脚に替えて加速する。

アマテラス杯では、最後の追い合いで、ティエレンがフィッシュアイズをねじ伏せた。

でもね、ティエレン……。

うねる馬体の上で、瑞穂は歯を食いしばる。

ここは平坦《へいたん》な鈴田ではない。

中京の最後の直線には、高低差二メートルの心臓破りの坂がある。加えてその直線は、京都よりも阪神よりも長い。全国でも、最もタフなコースだ。

タフであればあるほど、試されるのは気力だ。

そして、私たちには、それがある――！

瑞穂の見せ鞭《むち》に応え、フィッシュアイズの筋肉にぶるんと力が漲《みなぎ》った。カーッと馬体が熱くなり、猛烈な襲歩《ギャロップ》が繰り出される。

今やフィッシュアイズの意識は完全に瑞穂に添っていた。

馬は優しい生き物だが、決して臆病なばかりではない。敵には敢然と立ち向かう、勇気と気高さを持っている。

初めて馬の背に乗った六歳の瑞穂に、そう教えてくれたのは、今は亡き父だった。

その父が何度も繰り返した言葉が耳に木霊《こだま》する。

馬に乗るときに一番大切なことは、敵ではないと分かってもらうこと――。

カニ爺が見事な手さばきで蹄鉄の釘を打ち直した後、フィッシュアイズの顔つきが明らかに変わった。

小さな違和感の解消が、フィッシュアイズの信頼に大きな灯《ひ》をともしたのだ。

かつて自分を虐待したのも人なら、自分の不安を取り除くために必死になっているのも人なのだと、フィッシュアイズは初めて理解したようだった。

人は敵にも味方にもなる。そしてはっきりしているのは、瑞穂や誠や緑川厩舎の人たちは、間違いなく、自分の味方だということだ。

お前は味方――。

今瑞穂はくるおしいほどに、フィッシュアイズの信頼を感じる。

なくしかけていたものが、一層鮮烈な熱情を帯びて戻ってきたのだ。その純粋な一《いち》途《ず》さに、瑞穂の胸がマグマのように熱くなる。

猛烈な勢いで、フィッシュアイズはティエレンに食らいついた。

御木本が激しく鞭を入れ、さすがのティエレンが耳を絞る。香港の遠征馬を弄《もてあそ》んでいた余裕は、もう微塵《みじん》も残っていない。

それでもティエレンは強い。王者の血の誇りと怒りに貫かれ、眼を燃え立たせて砂を蹴る。

ティエレンと競り合う瑞穂の背筋がびりっと痺《しび》れた。

くる！

そう思った瞬間、怖いほどの地響きを上げて、後続の馬たちが現れた。

ここまで力を温存していたエラドゥーラが、美しいフォームの神崎を背に、金色の矢のように飛んでくる。

そして、もう一頭、大外から怒涛《どとう》のような圧力が押し寄せた。

視線を走らせ、瑞穂は息を呑む。

長い黒髪を翻し、コマンダーボスに乗った冴香が凄《すさ》まじい気迫でやってくる。

そこに、普段の儚《はかな》げな冴香の姿はどこにもない。五百キロを優に超える大型馬のコマンダーボスを従え、鬼気迫る勢いですべてのものをなぎ倒すように駆けてくる。

馬たちが巻き上げる濛々《もうもう》とした砂嵐の中から、エラドゥーラとコマンダーボスが首を現した。

遠い昔、父と一緒に映画館で見た怪獣映画に出てくる、荒ぶる双頭の竜のようだ。交互に首を突き出しながら、どこまでもどこまでも追ってくる。

ぐんと地面が近くなった。坂だ。

瑞穂は必死に手綱をしごいて馬を押す。苦しい急坂を駆け上がろうとするフィッシュアイズの口角から、飛沫《しぶき》のような泡が飛ぶ。

ゴールの直前で、ついにエラドゥーラとコマンダーボスに並ばれた。内ではまだ、ティエレンがしぶとく粘っている。

フィッシュ――！

祈るように瑞穂は馬を押した。

四頭の馬が横いっぱいに広がって、砂を蹴って高みを目指す。きつい坂の頂上の先に待っているのは、ゴールだ。

上れ、上れ、どんなに苦しくても、歯を食いしばって駆け上れ！

瑞穂は全身全霊で手綱をしごく。

閉鎖寸前の地方競馬場。藻屑《もくず》の漂流先と揶揄《やゆ》されてきた弱小厩舎。人寄せパンダの女ジョッキー。打ち捨てられた醜い魚目の馬……。

最初から、マイナスからのスタートだ。今更失うものなどなにもない。

でもだからこそ、どんなときでも私たちは上を向ける。

瑞穂の熱とフィッシュアイズの闘志が、紅蓮《ぐれん》の炎となって砂を巻き上げる。

私たちは負けない。

絶対に、負けてなるものか。

内の御木本から、外の神崎から、大外の冴香からも強烈なエネルギーが竜巻のように立ち上る。その不可視の衝撃波に錐《きり》もみのように揉《も》まれながら、瑞穂の心はいつしか気の遠くなるような高揚感に満たされる。

なにかのため、誰かのため――そんな大義名分は、とどのつまりは関係ない。

この快感は、この興奮は、理屈じゃない。

なんという、素晴らしい馬たち。

なんという、誇らしいライバルたち――！

私は、私たちは、この瞬間を、この喜びを、決して忘れない。

「うわぁああああああっ!!」

咆哮《ほうこう》の如《ごと》く響き渡る声は、最早《もはや》、誰が発しているのかも分からない。

四人の騎手と四頭の馬が、一斉に坂を駆け上り、地響きを立ててゴール板の前を駆け抜ける。

一瞬の静寂の後。

競馬場全体から、地鳴りのような歓声が沸き起こった。

23 好敵

「きわどいっ」

厩務員席《きゅうむいんせき》で、誠とカニ爺《じい》と共にレースを見ていた光司は拳《こぶし》を握った。

ターフビジョンではゴール前の映像をリプレイしているが、それでもどの馬が一着なのか分からない。内のティエレンがわずかに遅れているようにも見えるが、それでも、残りの三頭の着差はここからではほとんど見分けられない。

ターフビジョンに写真判定の表示がつき、場内が静まり返る。

しかし、すごいレースだった。

光司は額に滲《にじ》む汗をぬぐう。逃げ馬が順調に逃げてペースが速くなったところに、ティエレンが先行し、フィッシュアイズもそれに食らいついた。途中、香港《ホンコン》馬がティエレンに競りかけたが、フィッシュアイズは焦らずペースを守った。最後のコーナーを回ったところで、後続馬が強襲し、そこから一番人気のエラドゥーラと、ダークホースのコマンダーボスが抜け出した。

結果、力のある先行馬と後続馬が、ゴール直前で一直線に並ぶという、ひと筋縄ではいかない展開になった。

あの激流の中で、瑞穂はよく自分を保ったものだ。そして、冴香も……。

二人の精神力の強さに、光司は改めて感嘆する。

果たして結果は――。

光司はターフビジョンを見つめた。

着順はなかなか発表されず、じりじりとした時が過ぎる。次第に場内がざわつき始めた。

とにかく、早く出てくれ。

光司もにわかに喉《のど》がひりついてくるのを感じた。

「どうしたんじゃ、アンちゃん」

カニ爺の声に、光司は我に返った。見れば、誠が俯《うつむ》いて肩を震わせている。

「どうした、木崎」

答えようとしない誠に、光司は不安になった。もしかして、また声を出せなくなったのだろうか。

「おい、木崎、大丈夫か」

肩に手をかけると、誠はようやく顔を上げた。その唇が微《かす》かに震える。

「……った」

「え？」

聞き返そうとした瞬間、場内がうわぁっと大きくどよめいた。

入着《にゅうちゃく》の馬番が点灯したのだ。眼《め》を凝《こ》らし、光司は大きく息を吸い込む。

四番、七番、十五番……。確定の赤いランプがつく。

一着四番、一着四番。光司は頭の中で何回も繰り返す。

四番――フィッシュアイズ。

「やったぁあああああああ!!」

光司は両腕で、誠とカニ爺を抱き寄せた。

誠の肩がびくりと撥《は》ね、反射的に身を引こうとしたが、光司は強引にその頭を掻《か》き抱く。先程、誠は「勝った」と呟《つぶや》いたのだ。

「やった、やったぞ！」

繰り返す光司の声に、カニ爺のむせび泣きが重なった。

思えば、栗東《りっとう》所属のジョッキーだったとき、初のGIフェブラリーステークスを勝ったシーギリアは、かつての父の厩舎《きゅうしゃ》で蟹江老人が育て上げた鈴田からの転厩《てんきゅう》馬だった。

そして今、なんの期待もせずに惰性で引き受けた新人女性ジョッキーと、セラピー牧場出身の失声症《しっせいしょう》の厩務員が、亡き父の後を継いで鈴田競馬場の調教師となった自分に、二度目の砂の栄冠を与えてくれた。

その奇縁を思うと、光司はなんだか茫然《ぼうぜん》とする。

当の瑞穂も実感が湧かないらしく、神崎に背中を押されて、よろよろと頼りないウイニングランに駆け出している。

そのとき、光司の上着のポケットのスマートフォンが震えた。

馬主席からか。番号を確認もせずに耳に当てると、しかし、聞き慣れた声が響いた。

「で……で……でぇぎぃいいい……」

電話口でトクちゃんがしゃくりあげている。

「ぼ、ぼでぇ、いぎでてぼがだぁ……ぼんどにぼがだぁあああ」

なにを言っているのかさっぱり分からない。背後からは、ゲンさんや池田の歓声も聞こえた。

「でぇええぎぃいいい……」

「そうか。分かった。落ち着いたら、また後で連絡する。皆によろしくな」

感極まったトクちゃんはまだなにかを言っていたが、光司は適当にあしらって通話を切った。その途端、間髪入れずに再び着信がくる。

「緑川先生！」

今度は広報課の大泉だ。興奮して、耳が痛いほどまくし立ててくる。

「いやあ、素晴らしかったですね。三次元《リアル》でこんなの見られるなんて、私は競馬事業局に異動になって本当によかったですよ。鈴田の薔薇《ばら》の騎士ミズホちゃんは、やっぱり本物の魔法少女だったんですね！　か、感涙ですぅうっ」

こちらもなにを言っているのか、さっぱり理解できない。光司は無言で通話の終了ボタンを押した。

電源を切ってしまおうかと思った矢先、またもや着信が入る。そこに今度こそ馬主の船井のナンバーを認め、光司は勇んで通話ボタンを押した。

「はあ？」

しかし響いてきた声に、光司はぽかんと口をあけた。興奮と喜びのあまり、船井が馬主席で卒倒したという。

「分かりました。すぐそちらに伺いますから、落ち着いてください」

電話口でおろおろしている船井夫人に告げ、光司は通話を切った。取り急ぎ、誠とカニ爺を検量室前に向かわせ、裏道を通って馬主席に向かう。

直通のエレベーターが開くと、茶髪をこれでもかと頭頂に盛り上げた水商売風の若い女を伴った溝木と鉢合わせた。

「大体、十六頭中十三番人気の、しかも牝馬《ひんば》がくるなんて、普通、誰も思わないでしょう。こんなの完全にフロックだって」

馴染《なじ》みのトラックマン相手に、興奮気味にまくし立てている。話題目当てに冴香に〝乗り替わり〟にしたコマンダーボスが三着に食い込んだことへの棚ぼた的な喜びと、地元の仇敵《きゅうてき》瑞穂とフィッシュアイズに優勝された悔しさがごっちゃになったような、妙な表情をしていた。

「おや、緑川君。もしかして、これも八百長《やおちょう》なんじゃないの？」

それでも光司の顔を見ると、しっかり嫌みを吐くことだけは忘れない。殴ってやろうかと思ったが、今はそれどころではない。

溝木とすれ違いざまにエレベーターに乗り込みながら、光司は最上階のボタンを連打した。

「あ！　緑川先生」

馬主席に入るなり、和服姿の船井夫人が駆け寄ってきた。

「本当にすみません、うちの人ときたら肝心なところで……」

ほつれた髪を気にしながら、夫人が「本当に、もう！」と身をよじった。

なんでも確定のランプがつくなり、万歳をしたまま後方にばったりと倒れ込んだという。幸いたいしたことはないらしく、今は化粧室で休んでいるらしい。

「大丈夫ですよ。まだ多少の余裕はありますから」

光司の言葉に、夫人はようやくホッとした顔になった。乱れた髪を直すために夫人も化粧室に向かうと、光司は喫煙所のベンチにどさりと腰を下ろした。

ここまできたら、焦っても仕方がない。いざとなったら先にいった連中に、表彰式までの場繋《ばつな》ぎをしてもらうしかない。

とはいえ、瑞穂や誠やカニ爺にそれができるとも思えない。

まったく、頼りになるようでいて、頼りにならない連中だ。

光司の頰《ほお》に、ふと笑みが浮かぶ。

そのまま くっくと声が漏れ、光司は自分がこんなふうに笑うのは、随分久しぶりだと気がついた。

スーツの胸ポケットから煙草《たばこ》を取り出し、一本引き抜き唇にくわえる。まさに火をつけようとしたそのとき、ふいに誰かが眼の前に立った。

そこに真っ白なスーツを身に纏《まと》ったミスター・ワンの姿を認め、光司は思わずベンチから腰を浮かす。

「どうか、そのままで」

ワンは片手で制したが、光司は結局立ち上がった。

長身のワンと向かい合うと、強い白檀《びゃくだん》の香りに包まれる。

「このたびは、本当におめでとうございます」

ワンが右の拳に左の掌《てのひら》を当て、中国式の祝辞のポーズを取ってみせた。

「あなた方は、本当に興味深い……」

光司の返礼を待たずに、ミスター・ワンは薄い唇の角を持ち上げる。

「ところで、まだお分かりになりませんか。私が、ティエレンをフィッシュアイズにぶつけた理由《わけ》が」

ワンの光る眼が、光司の頭のてっぺんから爪先までを眺め回した。

言わんとしていることを理解できずに眉根を寄せた光司に、ワンはひと息に告げる。

「私は、あの魚目《さめ》の馬の最初の馬主です」

その瞬間、光司は頭を殴られたような衝撃を受けた。

生まれた途端に、口約束のできていた馬主に逃げられた――。

北関東の育成牧場で聞かされた話が甦《よみがえ》る。

〝最初の馬主はお金持ちの華僑《かきょう》だったらしいんすけど、中国じゃ、顔だけが白いのを縁起が悪いって言って嫌うみたいなんすよね。おまけに、両眼が魚目ときちゃ……〟

なぜ、今の今まで気づかなかったのだろう。

光司は茫然とミスター・ワンを見つめ返す。そうと分かれば、今までのワンの不可解なまでのフィッシュアイズへのこだわりが、ことごとく理解できた。

「あの馬が桜花賞《おうかしょう》に出てきたとき、本当に驚きました。私にとって、それはまさしくあり得ないことだったのです。そのとき私は、自分の面子が潰《つぶ》されたと思いました。

私とて、吉凶を占う風水師のはしくれですから」

ワンの口元に、苦笑めいたものが浮かぶ。

「私が捨てた馬を、立派に育て上げたあなた方に興味を覚えたのも、そのときからです」

光司は黙って、ワンが語るのを聞いた。

「私たち中国人は、なによりも面子を大切にします。但し、中国人にとっての面子《ミエンツ》は、周囲に対するものではなく、自分自身に対して保つべきものなのです。ですから、私は自分の選んだティエレンで、フィッシュアイズの真の実力を測りたかったのです」

ワンは正面から光司を見据える。

「フィッシュアイズは、今でも私にとっては不吉な馬です。それに、木崎誠も、芦原瑞穂も、そしてあなたも、決して恵まれた星の下に生まれたわけではありません」

非礼にも聞こえる言葉を、けれど光司は冷静に受けとめていた。

〝君は地方《クサ》競馬で育ったから〟〝中卒の学歴しかないから〟

かつて不祥事を起こしたとき、法廷で検事が公《おおやけ》にぶつけてきた台詞《せりふ》が脳裏に浮かぶ。

当時、自分をあれほど激昂《げきこう》させ、絶望させた言葉を、今では光司は淡々と受け入れられるようになっていた。

なぜだろう。

光司はふと、不思議な気持ちに囚《とら》われた。

別になにかが変わったわけではない。今でも自分は学歴とは無縁だし、中央で挫折し、すべての栄光を失って地方競馬の世界に舞い戻ってきたはみ出し者だ。

でも今は、それほど己の不運に怯《おび》えてはいない。

「率直に申し上げて、あなた方は邪道です」

その言葉に、光司はハッと我に返る。

ミスター・ワンは光司を見つめながら続けた。

「けれど……、たとえ日の当たらない道であっても、顔を真っ直ぐに上げて突き進んでいけば、いつしかそれは、正道へと変わるのかもしれません」

ワンの切れ長の眼の下に、ふっと一本の笑い皺《じわ》が寄る。

「完全に私の負けです」

今までのような仮面めいた笑みではなく、壮年の男性の柔和な笑みが、その白い顔に浮かんでいた。

「私にとっても、ティエレンにとっても、とてもよい勉強になりました。緑川先生、ありがとうございます」

差し出された手を、光司は自然に握り返した。

なんだか奇妙な夢でも見ているようだ。身体中《からだ》がふわふわして落ち着かない。

神崎に促され、かろうじてウィニングランに出たものの、瑞穂にはそれがなんの意味なのかも、スタンドから聞こえてくるはずの歓声も、ほとんど実感できなかった。

そのまま地下馬道《ばどう》に戻り、検量室の前までやってくると、そこにはやはりどこかぼんやりした表情の誠とカニ爺がいた。

「嬢ちゃん、テキが……」

涙と鼻水でべたべたの顔のカニ爺がなにやらもごもご言っているが、よく聞き取れない。検量室前の枠場《わくば》にフィッシュアイズを誘導しながら、光司の姿を求めて瑞穂は視線を漂わせた。

肝心なときに光司の姿がないことに、自分を含めた全員が戸惑っていた。

「芦原!」

そこへ、船井夫妻を伴った光司がようやく現れた。

「先生……」

瑞穂が馬から下りたとき、もうひとりの影が動いた。

検量室から、冴香が勢いよく出てくる。長い黒髪をなびかせながら、冴香がつかつかと近づいてきた。光司が軽く眼を見張るのが分かった。

瑞穂の胸がずきりと痛む。二人が抱き合う姿が脳裏をかすめた。

しかし。

冴香が立ったのは、光司の前ではなく、瑞穂の前だった。

「あなたが道を拓《ひら》いてくれた」

感極まった声が響く。

調整ルームでも、ジョッキールームでも、一度もこちらを見ようとしなかった冴香が、真っ直ぐに自分を見ていた。

「あなたがいなければ、私は浮上できなかった」

いつも冷静な冴香の透き通るように白い頬が、みるみるうちに紅潮する。

「どんなに馬鹿にされても、腐されても、決して諦《あきら》めずに、あなたがここまできてくれたから……」

冴香の真剣な眼差《まなざ》しが、瑞穂を射抜く。

「あなたのおかげで、やっと長年の夢がかなった。初めてGIの舞台に立てた……！」

その瞬間、瑞穂の頭に走馬灯のように、今までの出来事が甦った。

勝てなくて、勝てなくて。

騎乗依頼もなく、ひたすらに唇を噛《か》んで木馬に乗っていたあの日々。

〝ちょっと、私の馬にそんな新人の女の子を乗せるのはやめてよね〟

〝テキ、わしらの馬に、こんな小娘が乗るんかい？〟

女のジョッキーに本気で期待する客なんていない。すべては茶番、だから気張るな。成績なんてともかく、女のジョッキーは希少価値だけで名前を覚えてもらえる。さっさと引退して、競馬ライターにでもなんでもなるがいい――。

身内からも外野からも、散々ぶつけられてきた心無い言葉の数々。

きっと、この人も、ずっと耐え続けてきたに違いない。

〝女は縁起が悪いからGI馬に触るなと言われた時代から、あいつはジョッキーをやってきたんだ〟

光司の声が耳朶《じだ》を打つ。

でも。

でも、ようやく、私たちは……。

半ば麻痺《まひ》していた瑞穂の心の奥に、ちかっと光が走った。

その光は勢いよく昇る朝日の如《ごと》く、ぐんぐん瑞穂の胸をまばゆく照らしていく。

私たちはついに――!

瑞穂の全身を震わせて、たまらなく熱いものが込み上げた。

「本当に、本当に、おめでとう……」

冴香の言葉が終わらぬ前に、瑞穂は両腕を差し出した。驚く冴香に構わず、力一杯その肩を引き寄せる。

「うっ」

冴香の身体の温かさを感じた途端、唇から声が漏れた。

「うぁああああーん……！」

気づくと瑞穂は、冴香を抱きしめながら、盛大に声をあげて泣いていた。

大声で泣きじゃくる瑞穂に最初は呆気《あっけ》に取られていた冴香も、やがてそっとまぶたを閉じる。

互いの背中に手を回し、二人はしっかりと抱き合った。

それまでたったひとりで堪《こら》えていたものを吐き出すように、いつしか冴香の頬にも静かに涙が流れ始めた。

「うわ、また泣いてる。しかも今度は二人で」

検量室から出てきた御木本が、思い切り顔をしかめる。

御木本を見るなり、瑞穂は一層声を張り上げて泣いた。

「バカじゃねえの」

御木本は益々《ますます》嫌そうに口元を歪《ゆが》める。

「なに、勝者が泣いてんだよ。さっさと後検量《あとけんりょう》して、表彰式いけよ、みっともないな」

それでも瑞穂は冴香の肩に顔を埋《うず》めて、おいおいと泣き続けた。

不思議なことに、負けたときの涙と勝ったときの涙に、それほどの違いは感じられなかった。どちらも熱くて、混じりけがなかった。

「芦原、検量にいけ」

光司に促され、瑞穂はようやく涙でぼろぼろの顔を上げた。

誠からチャンピオンズカップの優勝レイをかけてもらったフィッシュアイズが、意気揚々と胸を張っている。その傍らで、船井が少年のように頬を染めて愛馬の晴れ姿にうっとりと見惚《みと》れていた。

「芦原さん」

船井夫人が、瑞穂と冴香にティッシュを差し出した。

礼を言って受け取りながら、瑞穂は改めて自分を支えてくれた陣営を見返す。

引き綱を持つ誠と眼が合うと、微かに頷《うなず》き返された。光司は満足そうに腕を組み、カニ爺は噛みしめるような笑みを浮かべて小さな眼を瞬《しばた》かせている。船井夫妻も嬉《うれ》しそうに自分を見ていた。

〝フィッシュアイズー！〟〝芦原ぁー！〟

いつしか地下馬道の向こうから、自分たちの登場を催促する歓声と手拍子が聞こえてきた。

〝俺の金を返せー、女ぁー！〟

中には恨み節もある。

涙に濡れた眼を見かわし、瑞穂と冴香は思わず噴き出した。

〝やったな、ネエチャン〟〝すげえぞ、地方馬！〟

それでも、温かい声援のほうが圧倒的に多い。冴香に背中を押され、瑞穂は検量室に向かって駆け出した。

ちっ……！

ジョッキールームに入るなり、御木本は大きく舌打ちした。

晴れのGIの舞台で有力馬の手綱《たづな》を任されたのに、まさか、こんな結果になろうとは。

フィッシュアイズに絶対に勝てと言った馬主のミスター・ワンは、ひょっとしてこうした展開を予測していたのだろうか。

実業家であると同時に、人気風水師というもうひとつの顔を持つワンのいささか人間離れした佇《たたず》まいを思い、御木本は密《ひそ》かにひやりとする。

もっとも、ワンは比較的あっさりと今回の敗北を受け入れていた。頭を下げにいった御木本に、「よい競馬でした。次回もまたお願いします」と告げた口ぶりは、皮肉にも、リップサービスにも聞こえなかった。

あれだけこだわっていたフィッシュアイズとの勝負に負けたのに、その表情はなぜか晴れ晴れとしているようにさえ見えた。

しかし、GI初勝利を、あの芦原瑞穂に先を越されるとは。

「泣きたいのはこっちだよ」

毒づいた途端、後ろから肩を叩《たた》かれた。

「やられたな」

スリット一枚の差で二着に甘んじた神崎が、笑みを浮かべている。

「冗談じゃないですよ」

御木本は鼻を鳴らした。

「エラドゥーラやティエレンならまだこの先があるのに、あんな先のない地方馬……」

チャンピオンズカップの優勝馬には、砂の世界一決定戦、ドバイワールドカップへの道が拓かれる。だが御木本には、弱小地方競馬場所属のフィッシュアイズにそんな余力があるとは到底思えなかった。

「それはどうかな」

「え？」

神崎の反応に、御木本は眉を寄せる。

「緑川光司と芦原瑞穂は、それほど甘い相手じゃない」

声は明るかったが、神崎は意外なほど真剣な表情をしていた。先輩騎手の言葉を訝《いぶか》しく思いながら、御木本は控室のモニターに眼を移す。

そこには表彰台に立つ、瑞穂の姿が映っていた。

「それと……」

神崎の声がにわかに楽し気な色を帯びる。

「貴士はちょっと、芦原君を意識しすぎだな」

「はあっ？」

思わずひっくり返るような声が出た。憤然と向き直れば、神崎は掌をひらひらさせながら立ち去っていくところだった。

なに、くだらないこと言ってんだ――！

いくら尊敬する大先輩とはいえ、これぱかりは許せない。

芦原瑞穂を意識している？

そんなことはあり得ない。絶対に、あり得ない。

〝だって、御木本君、芦原が出てくると勝てないからねぇ〟

嫌みな馬主の台詞が甦り、御木本は大きくかぶりを振った。

そんなこと、あるわけがない――。

再びモニターに眼がいってしまう。

鳶色《とびいろ》の大きな瞳に溢《あふ》れんばかりの喜びをたたえている瑞穂の顔を、御木本は我知らずじっと見つめた。

エピローグ

漆黒《しっこく》の闇の中、地響きが轟《とどろ》く。

暗い広場を、長いたてがみをなびかせながら、何頭もの馬が真っ白な息を吐いて次々と駆けていく。

やがて山の端《は》が白く染まり、砂の広場に夜明けの気配が漂い始めた。痺《しび》れるような寒気の中、馬体からもうもうと白い湯気が立ち昇る。

いつもの早朝の調教風景だ。

新しい年を迎えても、瑞穂はなんら変わることなく、〝お弁当箱〟と揶揄《やゆ》される鈴田の小さなトラックでフィッシュアイズを走らせていた。

薄蒼《うすあお》い眼《め》を爛々《らんらん》と光らせ、フィッシュアイズが砂の上を飛ぶ。

チャンピオンズカップ後、ティエレンやエラドゥーラたちは東京大賞典《とうきょうだいしょうてん》を経てフェブラリーステークスへと駒を進めるようだが、光司はフィッシュアイズの次走を地元鈴田の早春特別《そうしゅんとくべつ》に決めた。

強豪牡馬《ぼば》を蹴散らし、中央GIを制した女傑馬の凱旋《がいせん》人気を見越し、大泉は即席でフィッシュアイズカレンダーを作って大張り切りで当日に備えている。ところがフィッシュアイズは写真が嫌いで、結果、一月から十二月まですべてのページでレンズを睨《にら》み、歯を剥《む》き出している、世にも恐ろしいカレンダーが完成した。

だが大泉の商魂も負けていない。それを『魔除《まよ》けカレンダー』と称し、通販でも売ろうと画策しているらしい。

十六頭中十三番人気の牝馬《ひんば》が制した昨年のチャンピオンズカップは、ダークホースだったコマンダーボスが三着に食い込んだこともあり、近年稀《まれ》にみる払戻金を記録した。

あれから大きな変化があったようでいて、実はそれほど、瑞穂の周囲は変わっていない。

言葉を取り戻したにもかかわらず、誠はやはり口数が少なく不愛想だし、光司も瑞穂の気持ちにまるで気づいてくれようとしない。他の古株厩務員《きゅうむいん》たちのどこかがずれたマイペースぶりも相変わらずだ。

光司と冴香の関係が、その後どうなったのかも分からない。

じれったくて悔しいような気もするが、そんなことばかりを気にしている余裕などなかった。

風の噂《うわさ》によれば、冴香は長年密《ひそ》かに不調を抱えていた膝《ひざ》の、本格的な治療に入ったとのことだった。隠していた不調を明らかにして、ようやく療養に入ったのだから、冴香の中央での立ち位置はそれだけ盤石なものになったのに違いない。

しかし、不調を抱えながら、あの騎乗だったのだ。戻ってきた冴香がどれだけ怖い相手になるかは想像に難くない。

次にレースで会ったとき、もう一度勝てるとは限らない。気を抜く時間はどこにもない。

今や瑞穂には、全国の地方競馬場から頻繁に招待の声がかかる。

まずは春の閉鎖前に、片上競馬場で女性騎手招待競走が開かれることになった。

今回、療養中の冴香の参戦はないが、再び愛子や環《たまき》たち、全国の地方競馬場の女性ジョッキーたちと顔を合わせることになる。

今度はきっと、調整ルームで男性ジョッキーたちが引くほど盛り上がるのではないかと、瑞穂は予感している。

なんだかんだ言って自分たちは、圧倒的な男性社会の中で似たような苦労を重ねてきたジョッキー同士なのだ。

瑞穂や緑川厩舎《きゅうしゃ》に対する評価は、結局のところ未《いま》だに定まっていない。中には見方を変えようとする人たちもいるが、まだまだ少数派だ。GI勝利も「フロック」で片づけるトラックマンが多かった。

そうしたことに一喜一憂しながら、それでもそれらとは無関係に、瑞穂はこれからも懸命に前に突き進む。

レースも日々もまだまだ終わることがない。

山の端から現れた太陽が強烈な光を放ち、空が白々と明けていく。

闇から鮮烈な青に変わっていく空を見上げ、瑞穂は白い息を吐いた。

負けるものか。

レースも、恋も、なにもかも。正々堂々、最後まで戦い抜いてみせる。

なぜなら、人も馬も、生きとし生けるすべてのものは、高らかなファンファーレに寿《ことほ》がれ、この世界に送り出されてきたと思うからだ。

それは、早くに両親を失った自分も、母の愛情を知らない誠も、奇怪な容貌《ようぼう》に生まれた馬も、きっと変わらない。

大海原の荒波のように次々にやってくる困難や試練と立ち向かい、ときとして支え合い、ときとして傷つけ合いながら自分たちは生きていく。

けれど、たとえどんなに厚い雲が天を暗く覆おうと、積乱雲が激しい雷を呼ぼうと、土砂降りの雨が降ろうと、その上には、太陽があまねく輝く、澄んだ青い空がある。

だから挫《くじ》けそうになったとき、闇に取り込まれそうになったときにこそ。

この胸に何度でも甦《よみがえ》れ。
高らかに鳴り響く、蒼天《そうてん》のファンファーレ。

【巻末特別読みもの】

ドラマ

『風の向こうへ駆け抜けろ』

主要キャストインタビュー

「最初から最後までずっと馬が好き」

芦原瑞穂役　平手友梨奈

Q 女性騎手、瑞穂役のお話があった時、率直にどう感じましたか?

瑞穂という役の前に、全体のストーリーがすごく好きで、是非やらせていただきたいなと思いました。いちばんは、主人公の瑞穂の成長物語だと思うのですが、同時に、緑川厩舎の仲間たちの再生物語だと思っています。人生をあきらめていたみんながだんだん前を向いて一つになっていくところが心に響きました。

Q 瑞穂と似ていると感じるのはどんなところですか?

性格は基本的には真逆かな、と自分では思います。瑞穂はすごく負けず嫌いですよね。私は全然負けず嫌いじゃないですし。瑞穂は誰かに対してストレートに感情をぶつけたり、声を張って思いを訴えたりしますが、私はあまり感情を表に出すタイプではないので。ただ、似ているというか、共感するのは、何か一つのことに突き進んでいくところです。まわりの方から私が瑞穂役にぴったりだと言っていただけることは、とても嬉しいです。

Q 馬に乗るシーンなど、ほとんど吹き替えがなかったと聞きました

私は、どの現場でも基本的に吹き替えなしでやりたいと思っていて、それは今回も同じでした。吹き替えの方の姿を見ると、（私が演じる）瑞穂の動きじゃないな、と気になってしまうので。乗馬については、実際に馬で練習をしたのは撮影前に八回くらい。あとは、本番で乗ったり、合間に練習をしつつ撮影をしました。

お馬さんとの撮影は初めてでしたが、最初から違和感はなくて、怖いという気持ちもまったくありませんでした。むしろ、現場にお馬さんがいるとすごく安心しました。この撮影でいちばん大変だったのは、お馬さんだったんじゃないかな。あと、お馬さんチームの方々。機嫌が悪い時もありますし、予定通りに動いてくれない時もありますし。

瑞穂はいろいろな経験をしながら変わっていきますが、何があっても馬が好きという気持ちは変わらない。私も、最初から最後まで変わらずずっと馬が好き、という気持ちでした。

Q 瑞穂を演じていて、印象に残っているシーンやセリフはありますか？

瑞穂と誠が心を通わせていくところです。誠はセリフがほとんどないので、脚本では瑞穂と誠がどうやってつながっていくのかが見えません。撮影前には、誠役の板垣さんともそこをどう描こうか、何度か話し合いました。でも、実際に現場に入ったら、いい意味で自然にできたんじゃないかなと感じています。

ほかには、「私は、勝ちたいんです！」というセリフが印象に残っています。最初は、ただ勝ちたいだけだったのが、だんだん、支えてくれた人のため、緑川厩舎のため、仲間のためになっていく。それがとても心に残りました。

Q 瑞穂のように、新しい道を切り開いていく女性についてどう思いますか

女性というだけで下に見られたり、女だからしょうがないよね、と思われることがまだある

かもしれませんが、私は瑞穂と同じで、女とか男ではなくて、実力で見返そう、実力で認められたい、自分自身でやらなければという気持ちになります。女性は男性より、強い信念をもっていないといけないのかなと思います。

でも、緑川厩舎の仲間が、瑞穂を支えたい、応援したい、となったように、認めてくれる人も必要で。結局は、どんなことも一人では成り立たず、周囲の人も大切なんだと思います。

Q この作品の魅力をお願いします

ドラマでも、瑞穂と緑川厩舎の仲間たちが成長し、再生をして、いい意味で変わっていきます。その変遷を見ていただきたいです。今まで、競馬や馬に興味がなかった方にも、興味をもってもらえたら嬉しいです。

ひらて ゆりな

二〇〇一年生まれ。愛知県出身。欅坂46一期生オーディションに合格しデビュー。二〇一八年公開の「響 -HIBIKI-」で映画初出演・初主演。本作品で「日本アカデミー賞」新人俳優賞受賞。二〇二〇年「ダンスの理由」をリリース。他の出演作品に、映画「さんかく窓の外側は夜」（松竹）、「ザ・ファブル 殺さない殺し屋」（松竹・日本テレビ）、ドラマ「ドラゴン桜」（TBS）などがある。

「自分の弱さを認めるところから始まる」

緑川光司役　中村蒼

Q　やさぐれた調教師という役のお話があった時、率直にどう感じましたか？

嬉しかったです。緑川光司は、はじめのうちは人生をなかばあきらめているような人間。そういったタイプの役を演じるのは初めてでした。今まではどちらかというとまじめな役が多かったので、演じる自分自身が想像できない役だな、と。楽しみでもあり、不安もありました。実際、演じてみて、自分がどう映っているのかはわかりませんが、物語の中で光司が様々なことを乗り越えてどんどん前向きになっていく姿が、演じていてすごく楽しく、充実感がありました。

Q　馬に乗るシーンもありましたね

実は最初はちょっと怖い気持ちもありました。近くで見るとすごく大きいし、競走馬だし。乗馬の先生から、馬の脳みそは三歳児と同じくらいで、すごくいろんなことを見ているし、いろんなことがわかるから人の不安も伝わると聞いて、自分はビビリなところがあるので、それが悟られていないか心配でした（笑）。

でも、現場にお馬さんがいるだけで癒されるというか、一緒に過ごした時間は幸せな時間でした。コロナ禍で、みんなが気を遣いながらの撮影だったんですが、お馬さんの存在にずいぶん助けられたと思います。お馬さんに乗るシーンは難しいところもあったけれど楽しかったですね。乗っている時の爽快感とか、高いところから見える景色とか、感じる風とかがすごく気持ちよくて。少しでも長く馬に乗っていたかったです。

Q 光司を演じていて心に残ったシーンやセリフを教えてください

瑞穂とお互いの過去を語り合うシーンです。光司が初めて自分をさらけ出して、そこから変わっていくという場面です。光司には才能があって、実はみんなから慕われていて、みんながついてきてくれるのに、あんな自堕落な生活を送っているなんてもったいないなぁと思っていました。セリフでは、「自分の弱さを認めろ、そこからしか成長は始まらない」。まさにその通りだと思い、強く共感しました。

Q 瑞穂や、厩舎の仲間は光司にとってどんな存在だったのでしょう？

瑞穂は、最初は見たくないくらいまっすぐで輝いている存在だったと思うんです。純粋に競馬の世界にあこがれて、どんな壁にも立ち向かっていく。演じた平手さんも同じ印象で、ぴったりだなと思っていました。一方で、光司といちばん絆が深いのは蟹じいですよね。本番で、カニ爺役の大地さんの目から、その絆の深さがじわりと伝わってきて、すごいなと感じました。

Q この作品の魅力を教えてください

馬が何頭も出ていて、しかもお芝居をしています。本番さながらのレースシーンもあり、これまで見たことのない映像をたくさん見ることができると思います。

なかむら あおい

一九九一生まれ。福岡県出身。二〇〇六年、主演舞台「田園に死す」で俳優デビュー。その後、数々のドラマ、映画、舞台に出演。二〇二二年五月より、東京・新国立劇場小劇場ほかにて公演の舞台「ロビー・ヒーロー」にて主演を務める。

「一人一人が自分を取り戻して前を向く」

木崎誠役　板垣李光人

Q　失声症の厩務員という役のお話があった時、率直にどう感じましたか？

最初は「厩務員」の厩の字も読めないくらい無知だったので、どれくらい大変なのか、ということがわかっていませんでした。馬については、大河ドラマで初めて乗ったんですが、最初から怖さはありませんでした。「失声症」についても、以前、愛着障害を抱えている役をやらせてもらったこともあり、難しい役もどんどん挑戦しようと思っていたのでやりがいがあった。ただ、声を出せない、という苦労と大変さはわかっておきたいと思ったので、休みの日に、一日中外出先でも一切声を出さないでいる日をつくって役になりきる練習をしました。

誠の説明に、原作の小説で「中世ヨーロッパの宗教画から抜け出してきたような端正な顔立ちの美しい少年」とあるので、そっちの方が気になりました（笑）

Q　馬の世話をするシーンもたくさん出てきますが、撮影は大変でしたか?

家でトイプードルを飼っていたので、動物は好きなんです。世話をしていると愛着がわきました。岩手での撮影中は寒かったこともあって、馬の首元にずっと休憩中も抱きついていたり、鞍の下に手を入れたりして、いつも一緒にいました。ただ、馬と芝居をするっていうのは、やっぱり大変なことも多かったですね。本番前に興奮している馬をぼくが隣にいてずっと押さえていたり、動きやすい位置や暴れ具合を考えたりしながら撮影することもありました。ロケの間は、誠と同じくらいずっと馬のことを考えていました。

Q　撮影が進んで、今、誠に対してどのように感じていますか?

人に対して心を閉ざしている誠が、瑞穂のひたむきで真摯な姿を見て瑞穂に引っ張られてだんだん心を開いていくのですが、平手さんの演技に対するストイックさに自分が引っ張られていく、というところと重なった感じがしています。誠としては、平手さんが瑞穂役だということがすごく大きくて意味があったと思います。

Q 平手さんから刺激を受けた中で心に残っているエピソードは？

桜花賞で騎乗した瑞穂に誠が「声」をかけるシーンがあります。もともと台本にはなかったのですが、平手さんがアイデアを出してくれて。誠としても是非やりたいなと感じて、監督に伝えました。このシーンがあったからこそその後、誠が一歩踏み出そうとする気持ちに、自然にすっと入れたと思っています。

Q この作品の魅力を教えてください

いったんはレッテルを貼られてしまった人間一人一人が、自分を取り戻して前を向く物語。見ている方も瑞穂の熱量に引っ張られて前向きな気持ちになれるんじゃないかな。みんなが緑川厩舎のメンバーと同じ気持ちになれるドラマです。

いたがき りひと

二〇〇二年生まれ。山梨県出身。10歳で俳優デビュー。主な出演作品は、「青天を衝け」（NHK）、「生徒が人生をやり直せる学校」（日本テレビ）、「ここは今から倫理です。」（NHK）など多数。雑誌『CanCam』（小学館）にてメイク連載を担当。趣味はイラストを描くこと。

――本書のプロフィール――

本書は、二〇一七年七月に単行本として小社より刊行された『蒼のファンファーレ』に加筆・改稿し、改題をして文庫化したものです。

小学館文庫

風《かぜ》の向《む》こうへ駆《か》け抜《ぬ》けろ2
蒼《あお》のファンファーレ

著者　古内一絵《ふるうちかずえ》

二〇二一年十二月十二日　初版第一刷発行

発行人　飯田昌宏
発行所　株式会社 小学館
〒一〇一-八〇〇一
東京都千代田区一ツ橋二-三-一
電話　編集〇三-三二三〇-五八二七
販売〇三-五二八一-三五五五
印刷所――大日本印刷株式会社

ISBN978-4-09-407095-8